山河之书

长江出版传媒

长江文艺出版社

余秋雨

一九四六年生，浙江人。早在二十世纪八十年代中期，经由教育文化界的多次民意测验和专家推举，成为当时中国大陆最年轻的高校校长，并任上海市中文专业教授评审组组长，兼艺术专业教授评审组组长。曾获"国家级突出贡献专家"，"上海十大高教精英"，"中国最值得尊敬的文化人物"等荣誉称号。

二十多年前毅然辞去一切行政职务和高位任命，孤身一人考察并阐释中华文明诸多被埋没的重要遗址。这些遗址由此受到保护和弘扬，他也被公认为当代中国重新梳理传统文化的主要代表人物。所写作品，开创了"文化大散文"的一代文风，追慕者众多。

二十世纪末，又冒着生命危险贴地穿越数万公里考察人类最重要的文明故地，对当代世界文明作出了一系列全新思考和紧迫提醒。作为国际间唯一亲身完成这种穿越的人文教授，及时判断了新一轮恐怖主义的发生地，准确预言了欧洲不同国家的经济危局，在海内外引起极大关注。在这过程中所写的书籍，长期位居全球华文书排行榜前列。仅在台湾一地，就囊括了白金作家奖、桂冠文学家奖、读书人最佳书奖、金石堂最有影响力书奖等一系列重大奖项。

以高层级的思考性作品，持续二十年创造了惊人的畅销奇迹。直至二〇一〇年一月，国内发行量最大的《扬子晚报》和江苏教育出版社在全国各省青年学生中票选"谁是您最喜爱的当代作家"，仍名列第一，且遥遥领先。

联合国教科文组织、北京大学、《中华英才》杂志等机构一再为他颁奖，表彰他"把深入研究、亲临考察、有效传播三方面合于一体"，是"文采、学问、哲思、演讲皆臻高位的当代巨匠"。

自二〇〇二年起，赴美国哈佛大学、耶鲁大学、哥伦比亚大学、纽约大学、华盛顿国会图书馆讲授"中华宏观文化史"、"中外文化对比史"等课题，广受好评。二〇〇八年，上海市教育委员会颁授成立"余秋雨大师工作室"。最近几年，兼任香港浸会大学人文奠基教授、香港凤凰卫视首席文化顾问、澳门科技大学人文艺术学院院长。（陈羽）

目 录

我的文化山河

一

一个人，迟早会经历一次极大的恐惧。

不是生老病死，不是瘟疫猖獗，不是盗匪来袭，而是在一个阳光明媚的下午，一位美丽的女教师在教室里讲"常识"课。她说："宇宙没有边际，地球微不足道，即便是它围着转的太阳，也只是银河系中很多恒星中小小的一颗。"

"银河系里，大约有多少颗恒星？"一个同学怯生生地问。

"三千亿颗。"女教师平静地回答，却把"亿"读成重音。

课堂里"嗬"的一声。

"银河系这么大，宇宙里还有别的星系吗？"同学又问。

"太多太多星系了。"女教师说。

"大概多少？"学生追问。

"也以千亿计，至少。"女教师回答。

这么几句问答，使同学们再也不好意思问地球的事。

过了几天，大家从一位男教师那儿得知，微不足道的地球，倒也已经出现了四十多亿年，而人类的出现才三百多万年，不到千分之一，相当于一天二十四小时的最后一分钟。

"请记住"，男教师赶紧补充说："这最后一分钟，是在比喻三百万年。如果要说人类开始创造文明，至多是近一万年里边的事儿，太短促了，匆匆一瞬之间，任何比喻都使不上。"

——这番师生问答，产生在孩子们正在形成世界观、人生观的时候，实在有一种震天动地的恐惧。

但是，孩子毕竟是孩子，很容易转移情绪。身边的快乐、争吵、比赛，立即替代了三千亿、四十亿这些数字。在他们心中，大大的真相变成了故事，小小的游戏变成了真实。

只有一个孩子没有完全转移，那就是我。我不断地研习这些令人恐惧的话题，而且越来越明白，当年老师所说范围还是太小、太浅。也许是老师怕伤害了幼小的心灵，他们没有进一步说明，在宇宙间无数星系的不息运动中，没有一种力量可以保证地球不消失，也没有一种智慧可以判断消失的时间是很远，还是很近。

即使地球暂时不消失，人类也可以轻易陨灭。非洲加蓬发现了二十亿年前的疑似核反应堆，估计运转了五十万年；土耳其的一幅古代地图，似乎只能绘制于宇航之后。越来越多的遗迹让人渐渐相信，在人类产生之前很久，已经出现过不少"史前超文明"，又都一批批陨灭了。那么，怎么证明，现在的人类能够破例长存？

这一切，构成了我世界观的基础：一种彻底看破了周遭功利的宏伟悲观。

但是，这种悲观中的"悲"也被看破了，因为悲喜本是人类的作态。

二

当然，在看破一切之后也看破了自己：区区凡胎肉身，无法逃离脆弱生存，唯一能做的事情是打量同类，再打量自己。

我的朋友周涛写过这样一个场面：两只蚂蚁在大地上相遇了，由于矜持互相没理。爬过很久都后悔了，毕竟是同类啊，怎么没有拥抱一下？

我们就是这样的蚂蚁。

我们再渺小，也算拥有了生命。生命，有它的本性。

本性之一是聚集，本性之二是延续。对于智能高于蚂蚁的人类而言，就会因为聚集和延续，呼应前后左右，既自我安慰，又互相安慰。

人类的自我安慰和互相安慰，主要办法是寻找"意义"。生存的意义，生命的意义，聚集的意义，延续的意义……这在早期比较容易，只要有聪明人站出来一说"意义"，大家就相信；一到现代就难了，既然大家从小已经知道了银河系和地球的一点点真相，那就很难再从根本上信任各种"意义"。所以，现代智者特别苦恼，他们必须把知道了的一切当做不知道。用我的话来说，叫做"通过切断思维来捕获意义"。这种情景，就像哈维尔（V.Havel）所说的那样，在汪洋大海中寻找一个"意义的岛屿"。

"意义的岛屿"可以让人忘了茫茫大海，忘了惊涛骇浪，产生精神上的安全感，从而居住下来。这，便是文化。

居住在"意义的岛屿"上，极有可能产生纷争，甚至产生对意义的争夺，因此必须把意义层层细分，以便各守其事、各司其职、各耗其身。随之，文化也必须把自己的宏观能力自动缩小，使之越来越专业化、偏执化、琐碎化。结果，很多更狭隘的"意义"就冒出来了。

每一种"意义"一旦成形，都会自我增量，以证明自己存在的理由。例如，个体的意义、群体的意义、家庭的意义、民族的意义、国家的意义、西方价值的意义、东方价值的意义，如此等等。这么多"意义的岛屿"，都在宣称自己的极端重要。但在私底下，真觉得有那么重要吗？又是那个哈维尔说的了，每一个岛屿都会自问是否连接着"海底山脉"。如果有连接，"意义"就让人安心；如果只是"珊瑚礁"，"意义"就要重新更替。按照哈维尔的自述，他从原来东欧国家的意识形态系统中拔身而出，成为捷克总统，就是因为发现了原来"意义"的不可靠。

但是，他找到的新的岛屿，是可靠的吗？怎么证明，它连接着海底山脉？而且，即使连接了，又怎么证明能够抵御海啸？

三

海啸和岛屿只是比喻，我们就在比喻中栖息。

偶尔，也会有一些诚实的目光重新提醒我们。例如，老子、庄子、释迦牟尼、爱因斯坦、霍金……

他们的提醒，常常让我们出一身冷汗。回头看世界，人们还在忙着假设各种"意义"，并由此互窥互耗、血火争斗、连篇累牍、纷纷扰扰。一提醒，才发现人们沉溺的"意义"都是假设的，因此也变得稍稍平静。

平静了不一会儿，人们受不了"失重"之苦，便又重新建立"意义"。为了诱使别人加入，也为了说服自己，便把这种"意义"竭力撑大，使虚假更加虚假。

这一来，人类文明史就分出了两大层次：假设层次和真实层次。假设层次在比例上占九成以上，而且一会儿表现为神圣，一会儿表现为壮丽，一会儿表现为强大，一会儿表现为成功，一会儿表现为深刻，一会儿表现为叛逆，都从者如云，烈烈扬扬；真实层次是摆脱假设之后的思维结晶物，很少，却可以看淡一切神圣、壮丽、强大、成功、深刻、叛逆。

在假设层次与真实层次之间，有一个彷徨层次。那里，很多智者在苦恼，在决裂，在求索，在挣扎，在批判……，文化，主要停留在这一层次。在假设层次上也有文化，但往往宣导色彩、痴迷色彩太浓，等级不会太高；在真实层次也有文化，但因为过于透彻、过于达观，失去了苦恼和决裂，往往笔墨疏落、月冷影单。

处于中间彷徨层次的文化，无意中承担着两种不同方向的引导作用：或引向热闹的假设，或引向冷寂的真实。后一种引导很难，因为那要卸除很多东西，也就是要不断做减法，一直减到不能再减。

除非，有了无法抵抗的外力，使人们突然窥得了人类生存的真实，不得不做最彻底的减法。

四

说到这里，我们可以把目光拉回到现实人生中来了。

我曾在一本书中表述一个特别的观点：真正结束中国"文革"的，是唐山大地震。中国，突然窥得了人类生存的真实。

也就是说，一场天降的自然灾害，从根子上否决了人为的政治灾害。数十万生灵的刹时陨灭，使原先陷于极左痴迷的中国惊呆了。

各地慌忙驰援，但贫困之极的大地，能拿得出什么？当时还有少数人想把"天灾"引向"人祸"，继续在血泊废墟上闹点政治话题，但绝大多数中国人已经不理他们，而是补了一门有关"生存底线"的"天地之课"。我一直认为，那次大地震后不久"文革"结束，以及后来的改革开放，都是这门最原始课程的延续。

唐山大地震发生时，我正潜逃到家乡的一座山上研读中华文化经典。因地震，我联想到了祖先遇到天灾时创建的"补天"、"填海"、"追日"、"奔月"等等神话，一下子摸到中华文化的"生存底线"。这个过程，我在《中国文脉》一书中曾经写到。

从此，中华文化的"生存底线"，一直盘桓在我心中。

后来，我也以通行的学术方式研究了世界上十四个国家在哲学、美学、艺术学上的种种成就，并写成了好几本书，但很快就转回到了我的学术原点：只从文化人类学、历史地理学的视角，来探询中国文化的生存状态。所有的探询都依附着一条极不安全的生存底线，因此，始终如临深渊、如履薄冰。

正是为了这种探询，我在二十几年前便辞去一切职位孤身投入旷野。在这之前，我们被灌输的都是**生存意义**，而不是**生存状态**。

由于辞得干净，我走得很远很远。

总有人在路边问我："读万卷书，行万里路，两者关系如何？"

我回答："没有两者。路，就是书。"

从学术上说，我是从文本文化走向了生态文化。然后，又把文本文化并入了生态文化。

我的生态文化，也可算之为山河文化。我在山河间找路，用短暂的生命贴一贴这颗星球的嶙峋一角。

五

一路上写了不少，像《文化苦旅》、《山居笔记》，以及后来整理结集的《寻觅中华》、《摩挲大地》、《行走十五年》等等。但是，让我重新下决心系统汇总的，是另一次地震灾难：五一二汶川大地震。

就像当年的唐山大地震一样，这次大地震又让我们万分惊悚地感知了人类的生存底线。只不过，唐山大地震时中国相当贫困，而汶川大地震时中国已经相当富裕。两次大地震提醒我们：在生存底线面前，贫富荣衰一律平等。

与唐山大地震时不同，汶川大地震之后我立即赶赴了现场。在触目惊心的废墟间，我强烈感受到，当这样的天灾降临，个人、家庭、村落、乡镇几乎都无法自救。若能延续生命、保存文明，必然是互相救助的结果。

这种现场感受使我得出了一个推论：中华文化为什么能成了全人类唯一没有中断和湮灭的古文明？必然与一次次灭顶之灾中的守望相助有关，可惜没有被朝廷史官们记录下来。我得出这个推论，也因为亲眼看到了那些天，全国各地民众自发救援的感人景象。正好我考察过亚洲好几个天灾现场，又去过美国遭遇飓风的一个灾区，救援情况都远不如中国。

由此我想，在自然暴力面前人类确实微不足道，但是，即使毁灭降临，在毁灭前一刻的善良互助，可能成为人类到过地球一次的最终安慰，也可能是人类各个文明之间的最后比赛。为此我当即发表文章说，汶川大地震证明，中华民族很可能是人类历史上一个比较像样的族群。我还说，我将把这个想法，作为今后研究中华文化的新起点。

与唐山大地震的时候一样，仍然有一些人不明白"天事"大于"人事"，一心想把"天灾"引向"人祸"，继续在血泊废墟上闹点政治话题。这次，是全世界民众不理他们了。正如台湾学者南方朔先生所说："这次地震让人痛心，却让中华文化在全世界面前扬眉吐气。"

南方朔先生在这里所说的中华文化，是指在"生存底线"中的善良互助。这种善良互助在平日很可能被掩埋，掩埋得连自己也不知道；一旦大灾降临，却"震"出了集体本性，这便是文化自醒。

六

那么，就让我们简单扫描一下中华文化的生存状态。

地球，这个在银河系中几乎找也找不到的小颗粒，十分之七是海洋，十分之三是陆地。在一块块陆地中，最大的一块是欧亚陆地。在这块陆地东边，有一个山隔海围的所在，那就是中国。

中国这地方，东部是大海，西北部是沙漠，从西到西南，则是高原。光这么说还显得平常，因此，必须立即说明，大海是太平洋，沙漠不止一个都很大，而高原则是世界屋脊。那就是说，这是一片被严严实实"封"住了的土地。

在古代，那样的海是无法横渡的，那样的山是没人攀越的，那样的沙漠是难于穿行的。结果，这地方就产生了一种"隔绝机制"。幸亏，它地盘不小，有很多山，很多河，很多平原，很多沼泽。人们安于一隅，傍水而居，男耕女织，春种秋收，这就是多数中国人的生存状态。

这种生存状态又被说成"靠天吃饭"。一个"天"字，就包括了气温、气候、降水量以及与之相关的种种自然灾害。

"天"怎么样？从中国最近的五千年来说，开头一直温暖，延续到殷商。西周冷了，到春秋、战国回暖，秦汉也比较暖。三国渐冷，西晋、东晋很冷。南北朝又回暖，暖到隋、唐、五代。北宋后期降温，南宋很冷，近元又暖。明、清两代，都比较冷，直到民国，温度上去一点，也不多。

气候的温度，或多或少也变成了历史的温度。我在《中国历史地理学》（蓝勇著）上找到一幅气温变化曲线图，据注释，此图采自于《中国文化地理》（王会昌著）。这幅曲线图把气温和朝代连在一起，让人联想起一次次无奈迁徙，一次次草衰风狂，一次一次生态战争，一次次荒野开拓，一次次炊烟新起……我对着这幅曲线图，看了很久很久。

我相信，不管说大说小，生态原因都是历史的第一手指。即便从最小的角度看，那一些著名战争的胜败，其实都与历史学家所强调的将士多寡、君主贤愚、帷幄谋略关系不大。根据传说资料，黄帝能够战胜蚩尤，主要是气候原因。说近一点，诸葛亮的最大亮点，便是"借东风"，由预测气候而决定了赤壁之战的胜负。成吉思汗纵横天下，他的谋士耶律楚材也是凭着准确的气候预测而取得了最高信任。他的后代攻日本而未成，完全是因为海上台风。

孟子英明，把成败因素分为"天时"、"地利"、"人和"三项。这就打破了人类封闭的自足系统，重新仰赖于天地的力量。但是，囿于视野极限，他提出了"天时不如地利，地利不如人和"的轻重模式。

其实，更宏观的结论应该是："人和不如地利，地利不如天时。"人太渺小，怎么强得过天地？

是天地，给了我们生存基座，因此也给了我们文化基座。

在严严实实的封闭结构中，中华文化拥有三条最大的天地之线，那也可以说是中华文化的基本经纬。按照重要程度排列，第一条线是黄河；第二条线是长江；第三条线比较复杂，在前两条的北方，是四百毫米降雨量的分界线，也就是区分农耕文明和游牧文明的天地之线。

我的文化考察，主要是对这三条天地之线的漫长踩踏。

黄河，我几乎从源头一步步走到了入海口。现在的入海口是山东东营，以前的入海口变化很多，本想一一寻访故河道遗址，未能做到。正是在黄河流域，我找到了黄帝轩辕氏的出生地，并应邀担任了"黄帝国际学术论坛"的主席很多年。我猜测了黄帝、炎帝、蚩尤决战的疆场，然后又在殷墟盘桓了很长时间。当然，花时间最多的是在黄河流域寻找先秦诸子的足迹，并把他们与同龄的印度、希腊、波斯的哲人们进行对比。为了对比，我甚至历险万里去一一考察那些哲人们生存过的土地，分析不同或相同的生态原因。黄河使我感受到了中华文化的基本性格，以及其中的精英人物有可能达到的思维高度。

由于气候变化，从那个寒冷的西晋时期开始，中华文化随着仓皇的人群一起向南方迁移，向长江迁移。迁移是被迫的、艰难的，但这是天地的指点，不能违逆。

长江也早有自己的文化。与黄河相比，它似乎对宇宙空间有更多的惊惧，更多的疑问，更多的祭拜。于是，从上游三星堆以仿佛外星人的神秘魔力所铸就的青铜的诗，到下游良渚以隆重祭祀所刻凿的白玉的诗，最后都集中到三峡险峻处那位叫屈原的男子的一系列"天问"。屈原在问，长江在问，人类在问。大问者，便是大诗人。自宋代之后，中国的文化、经济中心已从黄河流域转到了长江流域。中心难免人多，因此又有不少人南行。到近代，南方气象渐成，一批推进历史的人物便从珠江边站起。

我要着重说说第三条线，四百毫米降雨量分界线。这条线，让"天"和"地"密切呼应起来。高于四百毫米降雨量的，可以种植农作物；低于四百毫米降雨量的，是草原和沙漠，适合游牧。

有趣的是，这条降雨量的界线，与万里长城多方重叠。可见，万里长城的功用是区分两种文明，让农耕文明不受游牧文明的侵犯。因此，这是天地之力借秦始皇之手画下的一条界线。这样一来，中华文明的三条天地之线，也就成了黄河、长江、长城。

从长城内侧的农耕文明来看，侵犯总是坏事；但是，从长城外侧的游牧文明来看，用马蹄开拓空间，正是自己的文明本性，不应该受到阻拦。于是有战争，于是有长城，于是有一系列奇特的历史。

干燥和湿润发生了摩擦，寒冷和温暖拔出了刀戟，马鞭和牛鞭甩在了一起，草场和庄稼展开了拉锯……

冲突是另一种交融。长城内外的冲突和交融正是中国文化的核心主题，其重要，远远超过看起来很重要的邦国争逐、朝代更替。我平生走得最多、写得最多的，也恰恰是这些地带。

例如，我反复考察了鲜卑族入关后建立的北魏，发现它不仅保护了汉文化，而且让汉文化具有了马背上的雄风，与印度文化、希腊文化、波斯文化结合，气象大振，使中国终于走向了大唐；我还反复考察了清代康熙皇帝建立的热河行宫，发现它不仅年年让统治集团重温自己的起步生态，而且还让各种生态友善组合，避免冲突；我又考察了敢于穿越长城北漠、沟通千里商贸的晋商故地，明白了中国本来有可能通过空间突破而获得财富，提升生态……我的这些考察所写成的文章，都在海内外产生了不小的影响。

基于对长城内外异态文明的兴趣，我渐渐对一切异态文明都产生了向往。只要有机会就会一次次赶去，考察它们的对峙和结亲，并追踪后果。为此，我的孤单的足迹，遍布了云南、广西、贵州、辽宁、黑龙江、吉林、内蒙古，以及我非常喜爱的新疆。按照传统汉族学者的说法，那是边缘地带、边外地带，甚至干脆说是"无文地带"。他们错了，因为最重大的文化现象，都产生于异态对接之中。小文在他们身边，大文在远方旷野。

我的生命起点，出现在长江流域；我的文化基础，倚重于黄河流域。过了很久才发现，我的远年故乡，应该在甘肃武威，也就在四百毫米降雨量分界线外侧。这一来，这三条天地之线，也成了我自己的生命线。

恍然大悟，原来从祖辈开始，就是一队生态流浪者。我怎么会那么决绝地辞职远行到甘肃高原，以"文化苦旅"来延续生态流浪？似乎是冥冥中的安排。

七

踏遍了中国文化的一条条天地之线，容易为中华文明产生一点遗憾，那就是对海洋文明的疏离。黄河、长江是农耕文明的杰出代表，长城代表着农耕文明与游牧文明的"隔墙对话"，而海洋文明，则始终未能成为主角。

这一点，一直成为某些自以为获得西方立场的中国评论者的批判热点。他们赞颂古希腊、古罗马的海上战绩，羡慕地理大发现之后西班牙、葡萄牙、荷兰、英国、法国的海洋霸权，嘲笑中国对此完全漠然，直至十九世纪在诸多海上侵略者面前屡屡惨败。

这种批判忽视了一个宏观前提：地球不存在一种"全能文化"。任何文化都是特定生态的产物，因此不能作跨生态攀比。中国在封闭环境中埋头耕作，自给自足，既没有必要、也没有可能对外远征掳掠。但是对内，却需要对辽阔的黄河、长江流域进行统一治理，以免不同河段间在灌溉和防灾上的互戕。这种农耕生态沉淀成了一种文化心理，追求稳定、统一、保守、集权，即使拥有了郑和这样的航海技术，也无心海洋战略。

是的，中国有太多太多的缺点，但是如果回到本文开头的视野，从远处看地球，却会发现蝼蚁般的人群在不大的星球上实施跨海侵害同类的霸权和战略是多么无聊。相比之下，中国从来没有跨海远征。我想，如果天地有眼，最看不下去的也许是欧洲人十六世纪跨海对天真的印第安文明的毁灭，以及十九世纪跨海用毒品和炮火来侵犯安静的中国。他们后来编制了一些好听的概念，难道就能把这些恶行都洗白了？

我从来不相信那些高谈阔论，只愿意观察山河大地的脸色和眼神。偶然抬头看天，猜测宇宙是否把地球忘了。忘了就好，一旦记得，可不是玩的。

趁还有点时间，我觉得比较有趣的事情是多走走，了解历代祖先各种所作所为的生态理由。当然，说到底，这种了解也是徒劳。但除此之外，还能做什么呢？

在这个过程中，只有一个经验可以奉送同类。那就是：天下万物中，能够做人不容易，不妨开心过完这一生。开心的障碍是重重忧虑和烦恼，但是只要像我这样时时记得地球是怎么回事、人类是怎么回事，那些琐琐碎碎的障碍就会顷刻不见，那些曾经压迫过我们的荣誉、事业、地位也会顷刻不见。于是，整个身心都放下了，轻松了，开心了，再看周边热闹，全都成了表演。看一会儿表演也不错，然后走路。陌生的山河迎面而来又一一退去，行走中的人更能知道生存是什么。

再宏伟的史诗也留不住，只剩下与之相关的无言山河。陆游说："细雨骑驴入剑门。"剑门是权力地图的千古雄关，但消解它的，只是雨，只是驴。

史诗也会变成文字存之于世，顾炎武说："常将《汉书》挂牛角。"煌煌汉代，也就这么晃荡在牛角上了。那牛，正走在深秋黄昏的山道间。

陆游、顾炎武他们在旅行中让人间的大事变小、变软、变轻，这颇合我意。历史是山河铸造的，连山河都可以随脚而过，那历史就更不在话下了。

我不能预计地球的寿命、人间的祸福，却希望有更多的人走在路上。

八

年轻的行走者们总是希望我能给他们提一些建议，最先该到哪里去。中国该去的地方不少，如果除去那些堆压了很多复杂故事的皇城、经院，偏重于渗透了文化的美丽山河，那我就可以随手写出二十几个自己比较喜欢的点。大家先走着，以后有机会再补充。

我首度建议的名单是——

长江三峡；

黄河壶口；

长白山天池；

安阳殷墟；

三星堆；

曲阜孔林；

都江堰；

泰山；

兵马俑；

万里长城；

高昌故城；

交河故城；

库车千佛洞；

敦煌石窟；

云冈石窟；

龙门石窟；

法门寺；

西夏王陵；

杭州西湖；

南京紫金山；

承德避暑山庄；

峨眉山；

黄山；

庐山；

九寨沟；

桂林漓江；

普洱茶山；

黔东南村寨。

写下后数了数，二十八项。

不管世界多么无聊、人生多么短暂，以这样的面貌出现的中国文化实在有点可爱，值得为它来人间一遭。

为了供行走者参考，我把自己过去行走时写的一些文章选编了一下，名为《山河之书》。这个书名，比较符合我上面所说的思路。以前也为同样的目的编过一本《摩挲大地》，不少读者觉得"摩挲"两字太偏，读起来不顺口，我接受他们的意见。

英勇的探险家余纯顺先生在罗布泊沙漠遇难后，人们在他极少的随身遗物中发现了我写的书。这事让我很感动，进一步明白了山河行走者要战胜孤独，只能靠文字互相取暖。我的书一直畅销，可见后起的行走者还是不少。又想起了周涛所写的蚂蚁。我这一只，用文字在泥土上划下淡淡的印痕，给后面的同类一点鼓励。

蚩尤的后代

一

　　中国哪里美女最多？我没有做过认真比较。但是，那次去贵州省雷江县的西江苗寨，实在被一种拥挤的美丽镇住了。那天正好是这里的"吃新节"，夏收刚刚结束，新米已经上灶，大家远远近近走在一起庆祝好年成。长廊上摆着一长溜看不到头的矮桌，村民们坐在两边吃吃喝喝，长廊外面的广场上已经载歌载舞。这本是寻常的村寨节日，但总觉得眼前有一种不寻常的光华在飘浮，定睛一看，那一长溜矮桌边上已经是数不清的美艳笑容，而广场上的歌舞者和观看者更是美不胜收。

　　西江苗寨很大，一千多户，四五千人，因此这种美丽很成规模。

　　西江苗寨的女孩子知道自己长得好，以微笑来感激别人欣赏的眼神。她们喜欢这个青山环抱的空间，不愿意让自己的美丽孤零零地到外面去流浪，因此仪态一派平和。与她们相比，外面城市里很多远不如她们美丽的女孩子成天揽镜弄影、装娇扮酷，真是折腾得太烦人了。

不少中原人士未到这些地区之前，总以为少数民族女孩子的美属于山野之美、边远之美、奇冶之美。其实不然，西江苗寨女孩子美得端正朗润，反而更接近中华文明的主流淑女形象。如果不是那套银饰叮当的民族服装，她们似乎刚从长安梨园或扬州豪宅中走出。

这使我惊讶，而更让我惊讶的是，问起她们的家史血缘，她们都会嫣然一笑，说自己是蚩尤的后代。

二

实在无法把这番美丽与"蚩尤"这两个字连在一起。

蚩尤是中华文明史上第一轮大战的主要失败者。打败他的，就是我们的共同祖先黄帝。因此，蚩尤成了最早的一个"反面人物"。蚩尤有时又被通指一个部落，那么这个部落也就成了一个"反面族群"。

胜利者在拥有绝对话语权之后，总会尽力把失败了的对手妖魔化。蚩尤就是被妖魔化的第一典型。

妖魔化到什么程度？《龙鱼河图》说，蚩尤和他的兄弟都是"兽身人语，铜头铁额，食沙石子，造立兵仗刀戟大弩，威震天下"。《述异记》说："蚩尤人身牛蹄，四目六手。"《玄女传》说："蚩尤变幻多方，征风招雨，吹烟喷雾，黄帝师众大迷。"《志林》说："蚩尤作大雾弥三日，军人皆惑"……

这些妖魔化的言辞，被《史记正义》、《太平御览》、《广博物志》、《古今注》、《初学记》等重要著作引述，影响广远。

更严重的是，黄帝的史官仓颉在创造文字的时候，用两个贬斥性的文字给这个已经妖魔化了的失败者命名，那就是"蚩尤"。有学者检索了一系列最权威的汉语词典，发现这两个字的含义不外乎悖、逆、惑、谬、乱、异、劣、笨、陋、贱，认为其间浇铸了太多的仇恨和敌意。蚩尤是蒙受文字"恶谥"的第一人。

直到现在，我看到一些最新出版的历史书籍里还把蚩尤说成是远古时代"横行霸道"、"蠢蠢欲动"的力量。虽然没有提供任何证据，却承接了一种横贯数千年的强大舆论。

在越来越多的中国人认祖归宗、确认自己是黄帝子孙的今天，这种千年舆论更加难以动摇。

因此，当我听到西江苗寨的这些女孩子轻轻说出一声"我们是蚩尤的后代"，简直惊心动魄。

她们却在平静地微笑。这种表情，能不能对我们的思维惯性带来一点启发？

三

天下的笑容没有年代。那么，就让我们随着这些女孩子的笑容，再一次回到中华文明的起点。

记得我早年在遇到一次家破人亡的大灾难时曾躲避到家乡半山的一个废弃的藏书楼里读书，不合时宜地猜想过黄帝的时代。猜想黄帝必然会随之猜想他的对手炎帝和蚩尤。但奇怪的是，同是军事上的死敌，黄帝的后代愿意把炎帝合称为华夏祖先，自认为"炎黄子孙"，却怎么也不愿意把另一个对手蚩尤也纳入其中。我想，最大的可能是，在那场与蚩尤的战争中，黄帝实在打得太艰难了。

根据一些零零落落的记载，黄帝击败炎帝只是"三战"而已，而后来平定天下也只经历了"五十二战"；但与蚩尤作战，连打"七十一战"仍然无法胜利。黄帝慌了，求告九天玄女："小子欲万战万胜，万隐万匿，首当从何起？"

这个求告既考虑到了战胜一途，也考虑到了隐匿一途，可见是不大有信心了。据说是九天玄女给黄帝颁下了一道制胜神符，也有一种说法是九天玄女派出"女魃"来改变战场的气候帮助了黄帝，还有一种说法是黄帝最终靠指南车战胜了蚩尤。

总之，这场战争打得惨烈无比、千钧一发。极有可能是蚩尤获胜，那么中华历史就要全面改写。正因为如此，黄帝及其史官必须把蚩尤说成是妖魔，一来可以为黄帝的久攻不克辩解，二来可以把正义拉到自己一边，杜绝后人设想万一蚩尤胜利的另一种前途。

杜绝后人设想万一蚩尤胜利的另一种前途，这个意图很现实，因为蚩尤的部族很大。他是九黎族的首领，九黎族生活在今天山东西南部、江苏北部以及山西、河北、河南的黄河流域，人口众多，当然是诛杀不尽的。因此黄帝只能向他们宣告，他们以前的首领是妖魔，现在应该归附新的统治者。

黄帝这样做并没有错，他采取的是让华夏大地归于统一的必然步骤。如果是由炎帝或蚩尤来统一，也有可能实行差不多的策略。但是，当我们切实地想一想那个戴满恶名的蚩尤的真实下场，仍然未免心动。因为他也是黄河文明的伟大创建者。

我曾经在河南新郑主持过中央电视台直播的黄帝祭祀大典，也曾经到陕西祭拜过黄帝陵。但是，那位蚩尤究竟魂销何方？

据《黄帝内传》记载："黄帝伐蚩尤，玄女为帝制夔牛鼓八十而一震五百里，连震三千八百里。"这里所说的里程数当然不无夸张，难以定为史实，但那场战争规模极大、地域极广、驰骋极远，则是可以想见的。

蚩尤终于战败，被擒被杀。

据《山海经·大荒南经》及郑玄注，蚩尤被黄帝擒获后戴上了木质刑具桎梏（锁脚的部分叫桎，锁手的部分叫梏），长途示众。

蚩尤被杀后，桎梏被行刑者取下弃之山野。这副桎梏本来已在长途押解中渗满血迹，此刻更是鲜血淋漓。它很快就在弃落的山野间生根了，长成一片枫树，如血似火。

从此开始，更多壮美的传说出现了。

蚩尤倒下的地方，出现了一个湖泊，湖水有血色，又有咸味。宋代科学家沈括的《梦溪笔谈》有记：

> 解州盐泽，方百二十里，久雨，四山之水悉注其中，未尝溢。大旱，未尝涸。卤色正赤，在阪泉之下，俚俗谓之"蚩尤血"。

即便仅仅是一种因巧合而产生的传说，也是气壮山河。

当然，也有学者经过考证，认为长途示众、异地处决的说法并不可靠。

《皇览·冢墓记》有记载，"蚩尤冢"在东平郡寿张县阚乡城中，高七丈，民常十月祀之，有赤气出如匹绛帛，民名为"蚩尤旗"。由此开始，连天象学中也有了"蚩尤旗"的名称，特指一种上黄下白的云。《吕氏春秋》中就有这项记录。

有一项关于那场战争的记载更让我心动不已。那天，黄帝的军队包围住蚩尤，把他从马上拉下来，锁上桎梏，蚩尤也就最后一次放开了自己战马的缰绳。这是一员战将与自己真正战友的告别。据《帝王世纪》记载，这个地方从此就有了一个豪壮的地名，叫"绝辔之野"。我曾在台湾的《历史学刊》上读到历史学者宋霖先生就这个地名写下的一段文字。这段文字出现在历史论文中似乎有点突兀，但我非常理解宋霖先生难以压抑的心情。他是这样写的：

> 绝辔，割断缰绳，一任曾经驮载蚩尤纵横天下的剽悍战马，在溅满鲜血积满尸体的殷红荒原上踽踽踯躅，在铜青色天幕映照下，伴着清冷残血的旷野中长啸悲鸣。
>
> 中华五千年文明史上的第一场大战，就此落幕。

面对着远古的浩荡之气，再严谨的学者也不得不动用浩荡之笔。在那绛红的荒昧天际，历史、传说和文学，还分不清界限。

四

我问西江苗寨的两位年轻姑娘："你们说是蚩尤的后代，怎么跑到这里来了？"

这是一个逗乐的问题，本来不期待回答；而且我想，她们也回答不了。

没想到她们竟然回答了："打了败仗，一路逃呗。从黄河流域逃到长江流域，再逃到这里。朝廷的官兵在追杀，我们的人越逃越少，就这样啰。"

说完又是一阵笑声。用那么轻松的表情讲述那么残酷的历史，引起了我极大的兴趣。我就进一步问："正规的史书里可没有记载蚩尤后裔向这里迁徙的确切史实，你们能提供一点证据吗？"

"有啊。"她们还是那么快乐，"我们这里有一部传唱的苗族史诗叫《枫树歌》，说我们苗族的祖先姜央就是从枫树中生出来的。我们这里世世代代崇拜枫树，不准砍伐。你知道枫树就是蚩尤的桎梏吗？"

我听了一震，连说"知道"，心中立即浮现出黄河近旁那个由桎梏化为枫树的动人场景。

她们还在说："朝廷没追上我们，写不出来；苗族没有文字，记不下来。我们只要记住枫树就可以了，那就是历史。"

与她们分手后，我在西江苗寨的石阶路上边走边想：我们所熟悉的文本历史，实在是遗落了太多重要的内容。你看，连中华文明最早的胜利者和失败者的历史，也只留下了一小半。

从影影绰绰的记述中可以看到，蚩尤失败后，他的部属九黎族被黄帝做了一次大范围的整编，大致被分为善、恶两类。"善类"迁移到邹鲁之地，也就是今天山东省的南部，后来这里产生了孔子、孟子；"恶类"被流放到北方，据说与后来的匈奴有关。不管"善类"、"恶类"，都记住了自己是九黎之后，是"黎民"。我们后来习称"黎民百姓"，也与此有关。

由此可知，蚩尤的部属并不都是南逃了，而是有很大一部分被收编进了黄帝的主流文明。而且，黄帝的后裔还与蚩尤的后裔有通婚之举，黄帝的后裔是男方，蚩尤的后裔是女方，可见蚩尤不仅不是妖魔，而且有俊美的基因。黄帝的后裔夏后氏，是后来夏朝的创立者。

但是，蚩尤的部属中，确实也有不屈的一群。他们保持着失败者后裔的傲岸，背负着祭祀先祖的使命，不惜与当权者征战。历史上那个与尧的队伍战斗在丹江的"三苗"部落，就自称是蚩尤的"九黎之后"，这有可能是苗族的祖先。

三苗打不过尧，曾经被尧收编，却又时时反抗，尧就把他们流放到现在敦煌的三危山，这就是《史记·五帝本纪》所记的"迁三苗于三危"。三苗的首领驩兜则被流放到崇山，即今天湖南大庸市的西南，已属武陵山区。

后来，禹又与三苗打了一场历时七十天的大仗，三苗大败，从此不见于史册。

不见于史册的族群，活动得更加神秘。苏雪林教授认为，屈原所写的《国殇》，就是在描写祭祀无头的战神蚩尤。我虽然觉得还缺少更多的资料佐证，但想起来也觉得热血沸腾。

这一彪不屈的男女，当然不能见容于任何朝廷。如果真如上文所说，九黎族中果真有一批人被流放到北方汇入了匈奴的行列，那么，长期与匈奴为敌的汉王朝，也许寻找到了自己的对手与蚩尤之间的某种关系，因此更进一步贬斥蚩尤形象，追逐南逃匈奴。南逃匈奴与落脚湖南的三苗有没有会合？我们不知道，但大体可以判断，就在汉代，三苗的一部分人进入了贵州、云南一带。

历史学家章太炎、吕思勉先生曾经认为，古代的三苗未必是现在的苗族。我知道他们也是因为没有找见足够的文字记录。但是，对于一个长期没有文字的族群而言，要找到这种记录实在是太难了。我想，如果章太炎、吕思勉先生到西江苗寨走走，听听代代相传的史诗，看看奉若神明的枫树，也许会改变一点看法。

五

当然，更重要的是这里年轻人对于自己祖先的坦然确认。

这等于是确认几千年的沉重恶名，确认几万里的步步落败。

这样的确认也是一种承担，承担多少鄙视和嘲笑，承担多少防范和窥测！

这种确认和承担对他们来说早已是一种代代相续的历史遗嘱。他们不能书之典册、藏之名山，只有一环不缺地确认、一丝不断地承担，才能维持到今天。不管在草泽荒路，还是在血泊沙场，他们都会在紧要时刻念一句："我们是蚩尤的后代！"

"我们是蚩尤的后代！"

"我们是蚩尤的后代！"

……

这是无数黑夜的生命密语。他们根本忘了什么是委屈，也不知道需要向什么人为自己的祖先辩护。全部辩护就在这句话里，只是为了自己族群的延续生存。

终于，黑夜过去了，密语已经可以公之于光天化日之下。

经过千年蒸馏，不再有愤恨的印痕，不再有寻仇的火气，不再有诉苦的兴致，不再有抱怨的理由。

完全出乎意料的是，光天化日之下的蚩尤后代居然那么美丽。

几千年的黑夜逃奔不就是为了维持生存吗？最后得到的，不是"维持生存"，而是"美丽生存"。

耳边又响起了那句话，却是用欢快的嗓音歌唱般传来："我们是蚩尤的后代！"

我想，蚩尤在此刻是大大胜利了，胜利在西江苗寨女孩子的唇齿间。

这种胜利，彻底改变了横亘于全部历史文本之间的胜败逻辑。

她们用美丽回答了一切。

六

在离开西江苗寨前，村寨的首领——年纪尚轻的世袭"鼓藏头"唐守成把我引到一个地方，去看从雷公坪上移下来的几片青石古字碑。雷公坪是离村寨十五公里的一处高山坪坝，那里的整个山区被看成是天下电闪雷鸣的发源地，风景绝佳，西江苗族先民曾在那里居住，后来也轮番驻扎过苗族起义军和朝廷兵士。这几片青石古字碑，每个字都近似汉字笔画，细看却全然不识。难道素称无文字的苗族也曾经一度拥有过文字？那又是在什么时代？使用过多少时间？使用范围多大？又为何终于消失？

我弯下腰去，仔细地对比了这些文字与西夏文字的区别，然后继续作各种猜测。如果苗族真的有过文字，那么，也许什么时候在什么地方能发掘出一大堆比较完整的记述？但是，又有谁能读懂这些记述呢？

我又一次深深地感叹，留在已知历史之外的未知历史实在是太多了。因此，任何一种台面上的文明，即使看上去很显赫，也不要太得意、太自恋、太张狂。现在被过于热闹地称为"国学"的汉族主流文明，也同样如此。

有位当地学人告诉我，这些古字碑曾被一位汉族的前辈学人称之为"孔明碑"，因为据传说诸葛亮"七擒孟获"时曾到过这里。我想，这位前辈学人完全是站在世俗汉人的立场上把诸葛亮可能来过这儿的传说当做了大事，因此连仅留的不可识文字也似乎只有他才能刻写。其实，比之于黄帝及其对手蚩尤的伟大抗争，诸葛亮参与过的三国打斗只是一场没有什么意义和结果的小阵仗而已。蚩尤的后代好不容易在这雷声轰鸣的山谷中找到了一个奇美无比的家园，千万不要让诸葛亮不合时宜地露脸了。那古字碑，一定与他无关。

我说，不要再叫"孔明碑"了，就叫"古字碑"吧。是不是苗文，也不要轻易论定。

正说着，两个只有七八岁的苗族小女孩奔跑到我跟前，一把拉住了我的手。其中一个仰头对我说："伯伯，我们的老师说，您是一个重要的文化人。您能不能告诉我，文化人是做什么的？"

我笑了，心想这么一个大问题该怎么回答呢？我的左手和右手，分别握着这两个小女孩肉乎乎的小手。过了片刻我弯下腰去，说："听着，文化人做的事情是，热爱全人类和自己的民族，并且因为自己，使它们更美丽。"

我要她们重复一遍。第一遍她们都没有说顺，第二遍都说顺了。

我把手从她们的小手中抽出来，轻轻地拍拍她们的脸，然后与"鼓藏头"告别，踏上了归途。

到了坡上回头一看，西江苗寨已在黄昏的山色中模糊，很快就要找不到它了。

那就赶快记住：西江苗寨，在东经108° 10′ 与北纬26° 30′ 的交会处。

我本是树

一

刚上山，枪就响了。

这是岜沙苗寨的火枪手们在欢迎外来客人。

他们怎么知道有外来客人？原来在左边的高山上有一座高及云天的秋千架，年轻人正在荡秋千。其实那是一个自古以来的观察哨，看看有没有外来之敌，顺便也注意一下有没有外来客人。

如果是外来之敌，枪声响处一定有人倒下。我们没有倒下，可见他们在秋千上晃晃悠悠看一眼，就知道我们没有敌意。

这个头开得真好。

枪声响过，火枪手们一下子就出现在我们眼前，都是瘦筋筋、油乌乌的健壮男子，没有笑容，却满脸善意。

看得出他们都很想与外来的客人讲话，似乎又觉得自己的汉语不太流利，便推出这里的一位姑娘来引路。这个姑娘笑眯眯地一站出来，外来的客人们都轻轻地"嗬"了一声。她在容貌上，居然比我曾经描述过的西江苗寨美女们还要漂亮。

我觉得她有点眼熟，一问，原来她曾被深圳华侨城的大型演出集团选为演员，在掌声鲜花中风光过四年。终于熬不过对家乡的思念，回到了这深山老林之中，每天踩着枪手们的枪声，与一棵棵大树对话。

外来客人们都奇怪，见过繁华世界那么长时间的她，又怎么能耐得住这里的寂寞？但一听她对一棵棵大树的深情介绍，就知道她真正的寂寞是在深圳时——车水马龙间，揣想着每一棵树的早晨和夜晚。

尽管姑娘那么漂亮，这个村寨仍然以男性为中心，这一行迎客队伍的主角也还是那一队火枪手。

主角中的主角，则是身材矮小的火枪队长滚元亮。他的表情，很像秦始皇的兵马俑。

听说当年滚元亮即将出世的时候，他的母亲向村寨里一位名叫贾拉牯的"鬼师"询问孩子的情况。鬼师，有点像外地的巫师，但在这里有很高的地位，相当于村寨的精神教主和文化传人。这位鬼师卜过一卦之后就向滚元亮的母亲耳语："这个崽，附着了先祖姜央卫士的灵魂！"

先祖姜央？不就是从枫树里生出来的吗？而那枫树，不就是蚩尤染血的桎梏变出来的吗？

等到滚元亮一出生，母亲就抱着他到一棵枫树前，拜过，再烧香纸，压石头。他就是"枫树之子"了，立即与蚩尤和姜央接通了血脉。

他长大后很快成了百发百中的神枪手，是村寨中火枪队的首领。

此刻，他正背着枪，把我们领进一条大树密布的山路。

二

苗族作为蚩尤的后代不仅崇拜枫树，而且由于千里奔逃总是以树木作为匿身的掩护，因此也崇拜所有的树，以树为神。

岜沙苗寨的村民相信，每一棵树都有灵魂，护佑着每一个人的生命。

火枪队长和那位漂亮姑娘不断地向我们讲着这些话，一开始大家还不大在意，以为只不过是近似原始宗教的自然物崇拜；但听着听着就发现不对了，我们面对的，是一种惊人的生命哲学。

我很想用最简单的语言把这种生命哲学的实践方式说一说——

这里的孩子一出生，立即由父母亲为他种一棵树。今后，这棵树就与他不离不弃，一起变老。当这个人死了，村人就把这棵树砍下，小心翼翼地取其中段剖成四瓣，保留树皮，裹着遗体埋在密林深处的泥土里，再在上面种一棵树。没有坟头，没有墓碑，只有这么一棵长青的树，象征着生命还在延续。其实不仅仅是象征，遗体很快化作了泥土，实实在在地滋养着碧绿的生命。

因此，这个万木茂盛的山头，虽然看不到一个坟头、一块墓碑，却是一个巨大的陵园。但转念一想又不是，因为这里找不到生命的终点。似乎是终点了，定睛一看，怎么又变成了起点？只觉得代代祖辈都聚合在这里了，每一位不管年纪多老都浑身滋润、生气勃勃。

这里没有丝毫悲哀，甚至也没有悼念。抬头一望哪棵树长得高，身边的老人就微笑着说一声："那是小虎他爷爷，壮实着呢。"

又见到一棵老树挂满了藤花，有人说了："他呀，历来有女人缘，四代了，年年挂最多的花。"

这里有一棵新树还不大精神，一位火枪手向我介绍："这是哥们儿，两个月前喝醉了再也不理大家了，现在还没有醒透呢。"

面对前方那棵古树，陪着我们的火枪手停止了说笑。原来那是这个部落世袭苗王滚内拉的生命树，也是这个山头最尊贵的神树。火枪手们用苗语恭敬地称它为"杜霞冕"。

反正，不管尊卑长幼，全都在这个山头盘根错节地活在一起了。这儿的家谱总是沾满了露水，这里的村史总是环绕着鸟鸣。村寨里的哪一个人遇到了忧愁或是喜乐，只要在树丛中一站，立即成了祖祖辈辈的事、家家户户的事。这里是村寨的延伸，也可以反过来说，村寨从这里生成。

现在，世界各国的智者面对地球的生态危机都在重新思考与自然的关系，但在这里恰恰没有这种关系。人即是树，树即是人，全然一体，何来关系？

这也从根本上改变了人们的生死观念。既然灵魂与躯体都与树林山川全然一体了，那又何来生死？陶渊明所说的"托体同山阿"，大概就是这个意思。

我也算是一个走遍世界的人了，却实在想不出世上还有哪一种生死仪式，优于这里让人与树紧相交融的生命流程。在别的地方，"虽死犹生"、"万古长青"、"生生不息"是一种夸饰的美言，但在这里却是事实。

"生也一棵树，死也一棵树。"这么朴素的想法和做法，是对人类生命本质的突破性发言。世上那么多宗教团体和学术机构从古至今都在研究生命的奥秘，现在我抬头仰望，这个山头的冲天大树，正与远处那些暮色中的教堂、日光下的穹顶、云霞中的学府，遥相呼应。

比来比去，还是这儿最为透彻，透彻到了简明。

因此，我要告诉全世界的生命思考者：这个苗寨，在中国贵州省从江县，贵阳东南方向四百公里，贴近广西。

三

很多年前北京造一座纪念堂，这里有一棵老香樟树被征。全寨民众听说后，都长时间地跪在这棵老树前，隆重祭拜。砍伐那天，没有一个村民在场。北京方面得知这个情景十分震惊，立即拨款在老树原先生长处建造纪念亭，把树根当做神明供奉至今。

一棵树，在别处看来只是一段木料，但在这里不是。这正像甲骨文不是一堆骨料，万里长城不是一堆砖料。

那树根龙飞凤舞，又凝敛成一派尊严。我端身鞠躬，向它深深致敬。然后，收拾心情，放松脚步，随着火枪手们走回村寨。

路边的屋里屋外，有一些妇女在埋头织绣。在一个场地上，有两个十四五岁的男孩子在剃头。这似乎很寻常，我小时候在家乡也经常看到类似的景象，但火枪手提醒我了——这一剃，小伙子算是成年人了。

原来，这也算是这里的成年礼。我走近前去，不禁大吃一惊：剃头用的剃刀，居然与割草打柴的镰刀一模一样！显然仔细磨过，头顶四周的头发早已剃得干干净净，露出了青青的头皮。四周剃净了，便突显出了头顶发髻。发髻丰茂，盘束在一起，被村民称为"青山树林"。

我笑了，心想，用镰刀割去乱草，把大树种上头顶，这就是这里的成年礼。

成年了就要恋爱。这里的风俗是由女孩子主动求爱，怪不得这些火枪手走起路来那么威风，他们每个人身上都挂着好几个女孩子赠送的相思带呢。真正的定情仪式，是在刚才发现我们的秋千架上。女孩子们在参天古木间荡着秋千，漂漂亮亮地在小伙子们的仰望中施展出百般身段、千般妩媚。她们有时也抬头娇声叫一句"有客人进村"，现今这个观察哨的主要功用是观察脚下的人群。终于见到了意中人，便美目专注不再放过，而摆荡秋千的姿态则愈加飘逸、愈加高远。

目光和目光的对视是确定无疑的信息，女孩子快速地跳下了秋千，或者那个小伙子也爬上相邻的秋千呼应着荡上一阵，再一起跳下，便手挽着手走进树林。

树林中，一棵高大的马尾松紧紧地拥抱着一棵柔俏的杨梅树。历来村寨里的年轻情人都会让这两棵树为自己证婚。

你看，一切的一切，都离不开树。

这下我更加理解那位告别繁华都市回来的姑娘了。熙熙攘攘的街市间当然也能找到爱恋，但是，哪里找得到可以施展百般身段、千般妩媚的秋千架？哪里找得到树林间那两棵紧紧拥抱在一起的"证婚树"？

是树林的仪式，决定了人生的仪式。若你曾经与这种仪式长在一起，走得再远也会回来。

回来了，在这普天之下最洁净的山岚间吐出一口浊气，然后自语一声："我本是树。"

这话语，过去听来觉得原始和天真，现在听来，却蕴涵着一种后现代的浩茫探询。

西域喀什

一

一个中国古代文人不管漂泊何处，晚年最大的向往就是回归故乡。这事到了近代那些具有世界历史视野的学者那里就不一样了，他们会以一生的学养把时间和空间浓缩，然后拄着拐杖站在书房的窗口看着远方。他们在想：如果生命能够重来一次，我最希望投生何处？

我很想知道几位大学者对这个问题的答案，排在第一的是英国历史学家汤因比（Arnold Joseph Toynbee）。因为正是他洋洋洒洒的著作，最早让我了解了世界各地的不同历史形态。

但是，他已经去世三十多年，似乎并没有留下这方面的答案。我，只能在他的著作中猜测。猜测了几处，都没有把握。

终于，我突然知道，他曾经在一次对话中，留下了答案。

他说，如果生命能够重来一次，他希望生活在中国古代的西域。因为，那是一个文化会聚的福地。

他所说的西域，是指中国新疆塔里木河、叶尔羌河一带。

二

我每次去新疆，总会想起汤因比的选择。

西域，这是一个伟大的地名。汉武帝派张骞"通西域"，是这位帝王，也是整个汉代对世界历史的杰出贡献。从此，人类各大文明在那里发生了最大规模的汇集、交流和融合。

本来，无论是印度文明、波斯文明、巴比伦文明、阿拉伯文明，还是再远一点的埃及文明、希腊文明、罗马文明等等，都自成规模、自享尊荣，很难放得下架子来与其他文明主动融合，除非用战争的方式来收纳别人。因此，各大文明都在万分警惕地防范着来自别处的铁骑战火。但是，商品流通的诱惑太大了，旅行者口中的描述太吸引人了，因此，彼此都悄悄地产生了一种不约而同的渴望：要找一个地方，展开各大文明之间的非战争交往。

这个地方需要具备两个条件：一，必须是一个地广人稀的所在，离各大文明的首府都比较遥远，使谁也感受不到威胁；二，所有的旅行团队最想靠近的那个文明，有一种让大家放心的文化宽容精神。

能够满足这两个条件的地方，在古代世界的地面上只有一个，那就是西域。于是，在天山、昆仑山和塔里木盆地之间的茫茫大漠，终于成了各大文明沟通的巨大平台。看似最缺少文化的地方，变成了最热闹的文化集市。旷野大风、霜雪千里，消除了每种文明身上原有的杀伐气、暴戾气；驼铃沙海、枯枝夕阳，增添了每个旅行者对人性、友情的饥渴。因此，一场场古代的世博会、交易会、嘉年华，不断地在西域开幕又闭幕，闭幕又开幕。

这么一想，觉得汤因比对那里的选择，实在很有道理。

我为了考察中华文明和其他文明的早期交往史，曾经历险走遍了西域以西的很大地域。张骞、甘英、法显、玄奘、马可·波罗和丝绸之路上的商人们走向西域或走出西域的漫漫长路，我几乎都走到了。汤因比只能把西域之行寄之于来生，我却在此生一次次抵达，一次次流连，想起来真有点奢侈。这些年来，国境之外的南亚、中亚之路越来越不平静，我没有找到再度历险的机会，因此只能一再重访新疆。每次去，都会领受汉代的风雪、唐代的脚印，不由得心胸疏朗、步履庄重。

古代由西域通向整个亚洲腹地，有北疆的草原之路和南疆的丝绸之路。丝绸之路又分南、北两路，然后在一个地方汇合，翻越帕米尔高原而去。两条丝绸之路的汇合处，是西域开发最早的城郭叫"疏勒"，也就是现在中国最西的城市喀什，又叫喀什噶尔。

这是历来所有的旅行家、探险家、行脚僧、商贸者都必须停步的地方。不管是出去还是进来，都已经承受过严酷的生死考验，而前面，可能是帕米尔，也可能是塔克拉玛干，考验更大。因此，要在这里收拾一下好不容易捡回来的一条命，然后重新豁命前行。

对很多人来说，这里是生命的最后一站；对另一些人来说，这又是豪迈壮行的新起点。不管是终点还是起点，都是英雄们泼酒祭奠之处。喀什的每一寸空气，都熔铸过男子汉低哑的喉音。

世界在这里渴望着被一次次走通，而高原在这里却显得寸步难行。一位高大的当地汉子在昆仑山脚下对我说："在这里，地远路险，从有些村子到乡里去，骑毛驴也要走七天。一个妻子最高的愿望是去一趟县城，丈夫不让，说这么漂亮的女人走那么久，怎么还回得来？几十年后丈夫去世，妻子也走不动了。"

但是，这些妻子和丈夫都看到了，总有一些人从他们村边走过。是去乡里吗？是去县城吗？难道，还有更远的地方？

最近，我和妻子又一次去了喀什。一路上饱满的感觉无与伦比，我只想重复多年前说过的一句话：如果你想研究的历史不是一般的历史而是"大历史"，如果你想从事的文学不是一般的文学而是"大文学"，那么，请务必多去西域，多去新疆，多去喀什。

三

两千多年前张骞通西域的时候，已经发现喀什有非常像样的商贸市场。后来，出任汉朝"西域都护"的班超，又曾把这里当做安定西域的大本营，他自己一住就是十几年。

班超在这里的时候，当地民众在精神文化上还停留于萨满巫术的原始自然宗教。但是，就在班超走后不久，一件重大的文化事件把这里裹卷进去了：印度的佛教开始向中国大规模传播，这里成了一条最主要的走廊。

对于佛教东传这件事，我一直认为是人类文化史上的一个特大事件。原因是，作为被传入一方的中国大地，自从诸子百家之后已经实现了超浓度的精神自足，似乎一切思维缝隙都已填满，怎么可能如此虔诚地接受万里关山之外一种全然陌生的文明呢？但是，由于印度文明和中华文明的双向高贵，又痛又痒的防范心理居然被一步步克服。首感痛痒的地方，应该就在喀什。首度克服的地方，应该也在喀什。

磨合了两百年，到了公元四世纪，这儿已经成了一个佛教繁盛之地，留下的古迹和事迹都很多。例如，那位在中国佛教史上贡献堪比玄奘的鸠摩罗什，就曾在十二岁时到这里学习小乘佛教长达两年，后来也在这里，遇到了精通大乘佛教的来自莎车的王子参军兄弟二人，开始转向大乘佛教，并终生传习。而莎车，现在也属喀什地区。尽管喀什的佛教主流一直是小乘，鸠摩罗什不得不离开，但这儿是他的精神转型地。

　　在鸠摩罗什之后不久，法显西行取经也经过这里，惊叹这里的法会隆重。后来玄奘取经回来时经卷落水破损，也曾在这里停留一段时间补抄。

　　在公元九世纪至十三世纪的喀喇汗王朝时期，喀什表现了很高的文化创造能力，向世界贡献了第一部用纯粹回鹘文写成的长篇叙事诗《福乐智慧》和精心巨著《突厥语大词典》。这是两部极重要的维吾尔文化经典，跟着它们，还有不少优秀的著作产生。喀什，因创建经典而闪现出神圣的光彩。

　　其实，伊斯兰教在公元十世纪传入中国时，也以喀什为前沿。在这里落地生根几百年后，才向北疆传播。喀什地区的伊斯兰教文物不胜枚举，因为直到今天这儿的主要信仰还是这个宗教。千余年来天天被虔诚的仪式滋润着，即便是遗迹也成了生活，因此看上去都神采奕奕。

　　据到过这里的欧洲旅行家马可·波罗记述，基督教的一个教派聂斯托利派即中国所称"景教"，在这里也不乏信奉者，而且礼拜完满，尽管这个教派早在公元五世纪已在罗马被取缔。对此，作为意大利人的马可·波罗就很敏感。同样，在古代波斯早被取缔的祆教（即拜火教），在这一带的民间也曾风行，致使《南唐书》说疏勒地区"俗奉祆神"。

总之，几千年来，喀什不仅是商品贸易的集散地，而且也是精神文化的集散地。集散范围很大，近至中亚、南亚，远至西亚、欧洲。如果说，西域是几大文明的交汇中心，那么，喀什则是中心的中心。

这个地位，自古以来一直具有，却只是默默地存在于各国商人心中。到了十九世纪，世界在空间和时间上获得新的自觉，喀什的重要性再一次被广泛瞩目。当时很多全球顶级的学者都坚信，这一带必定留下了诸多文明的重大脚印，因此都不远万里纷纷赶来。正如日本探险家橘瑞超所说的那样："这是中亚地区政治、商业的中心，自古以来就为世人所知，至今到中亚旅行的人，没有不介绍喀什的。"

翻阅那时的世界考古学著作就可以发现，喀什，在东方史研究中，已经成了一个怎么也避不开的常用名词。

到十九世纪末、二十世纪初，中国内忧外患，水深火热，差一点被列强彻底瓜分了。但是，即使到了这个时候，一个以亚洲腹地为目标的考古学家如果没有来过喀什，还是会像一个毕业生的文凭上没有盖过校长的签名印章。

历史，很容易被遗忘却又很难被彻底遗忘。在那些迷乱的夜晚，正当一批批外来的酒徒在沙丘上狂欢喧嚣的时候，他们脚下，沙丘寂寞一叹，冷然露出某个历史大器的残角，似乎在提醒他们，这是什么地方。

四

一八八一年四月，俄国驻喀什领事馆开张，本来这很正常，但奇怪的是，领事馆里有六十名哥萨克骑兵。这些骑兵每天早晚两次列队穿越市区的大广场到城东河边操练，还向围观的人群表演刀术、马术、射击术。俄国驻喀什的领事很有学问，名叫彼得罗夫斯基，一个英国学者曾这样描述他：

> 彼得罗夫斯基是个能干、傲慢、狡猾而精于诱惑的家伙，任职的二十一年间对中国官员使尽了阴谋恐吓、威胁、利诱、收买、强迫之伎俩。他的目的便是将新疆最西部的绿洲从中国瓜分出去，使俄国得以控制通往印度后门的战略性山口。
>
> （珍妮特·米斯基：《斯坦因：考古与探险》）

俄国要控制通往印度的后门，显然是在挑衅英国。当时，英国不仅在印度实行殖民统治，而且已经控制了昆仑山、兴都库什山、阿姆河以南的多数地区，怎么会允许俄国来插手？因此，后起的英国驻喀什总领事馆占地面积，是俄国领事馆的整整两倍，而且也比英国自己在乌鲁木齐的领事馆豪华很多。一位英国记者写道：

> 在大英帝国与沙皇俄国争夺中亚的五十多年大角逐中，喀什一直是大英帝国最前沿的一个阵地。在那场大角逐中，大英帝国为了在亚洲取得政治和经济的主导权，与沙皇俄国进行过漫长而又扑朔迷离的争斗。在大英帝国驻喀什领事馆上飘扬的那面英国国旗，是印度到北极之间唯一的一面。
>
> （彼得·霍布科克：《一个外交官夫人对喀什的回忆》）

就在那队哥萨克骑兵和那面英国国旗天天都在喀什对峙的时候，

一些心在千年之前的学者也来到了这座城市。斯文·赫定来了，并从这里出发，发现了千年前的古城丹丹乌里克，又考察了塔里木河和罗布泊的迁徙遗址。斯坦因也来了，顺着斯文·赫定的成果进一步发现了"希腊化的佛教艺术"犍陀罗的遗存，又发现了楼兰遗址……这一系列文物，从不同方向展示了这片土地在古代无与伦比的重要性。

"在古代无与伦比的重要性"，可分为两类。第一类是随着古代的结束而结束，第二类却可以延伸到现代。西域发现的文物，大多属于第二类。它们像古代智者留下的一排排巨大的数学公式，证明着几个大空间之间的必然联系，以及把这种必然联系打通的实际可能。因此，就在这些西域考古大发现之后，历史学家威尔斯作出判断："直到今天我才开始明白，塔里木河流域比约旦河流域和莱茵河流域更为重要。"

正是这种判断，使得喀什城里那队哥萨克骑兵和那面英国国旗更加抖擞起来。两国的领事，都会殷勤地接待那些考古学家，希望他们为帝国的现代野心提供更多的古代理由。但是，从种种记录来看，那些考古学家对于两位领事除了感谢之外并不抱有太多的尊敬。他们毕竟深谙历史，比眼前披着外交套装的情报政客更知道轻重。第二天他们又来到了沙漠深处，只要见到一点点古代的痕迹就会急速地跪下双腿，用双手轻轻地扒挖，细细地拂拭。很久很久，还跪在那里。

如果仅仅从动作上看，考古学家，是在代表现代人跪身谢恩。

无言的大地，有多少地方值得我们跪身，又有多少地方需要我们谢恩。

想到这里，我决定给上海援疆团队作一次演讲。我在演讲中叙述了喀什在中华历史和中亚历史中的独特地位，然后说："即便从学术的立场，我也要深深感谢大家为新疆所做的一切。但是，在整个过程中，我们不能老是想着上海在支援新疆。请记住，当西域和喀什让世界文明血脉畅通的年代，上海还是海边荒滩。也就是说，没有西域和喀什，就没有今天的中国、今天的亚洲、今天的世界。当然，更不会有今天的上海。"

由此联想到，五一二汶川大地震后我到重灾区都江堰捐建三个学生图书馆，去的次数很多，有一次被上海前去救援的志愿者们发现了，要我为他们作演讲，我也说了类似的话。在那个挥汗如雨的大工棚里我说："都江堰两千多年来灌溉的，远不止是川西平原。我曾写文章证明，我们每个人的生命都受到过它的滋养。现在，滋养百代的老祖宗突然受惊，我们赶过来侍奉梳洗，哪里说得上援助？"

中华文明有一个好处，就是永远保持着生生不息的循环记忆。在中国人的心中，哪一条古代的大路都不会成为彻底的荒路，哪一种古代的灿烂都不会熄灭得无影无踪。正是时间和空间的大幅度回馈、反刍和互济，使这个文明成为人类所有古文明中未曾中断和湮灭的唯一者。更何况，我们前面说了，西域和喀什的大地上留下的一排排巨大的数学公式，永恒地证明着通向不同空间的必然性和可能性。因此，今天在那里的种种努力，不完全是为了古代，更是为了未来。

时代已经开始证明，亚洲不会像前两个世纪那么暗哑。亚洲腹地的风景，也将重新向世人展开。

五

在中华文明的诸多"老祖宗"中，在形态和气度上最让人震撼的，是西域，包括喀什。

这个说法也许会使别的"老祖宗"侧目，那实在对不起了，但我实在不是随口赞誉。请想一想，天山、昆仑山和塔克拉玛干大沙漠，这几宗真正的天下巨构，只须窥得其中任何一角，就足以让世人凝神屏息。但在这里，却齐齐地排列在一起、交接在一起、呼应在一起，这会是什么景象？

一连串无可超越的绝境，一重重无与伦比的壮美，一系列无以复制的伟大，包围着你，征服着你，粉碎着你，又收纳着你。你失去了，好不容易重新找回，却是另一个你。

在天山、昆仑山面前，其他"老祖宗"所背靠的三山五岳，就有点像盆景了。在塔克拉玛干大沙漠面前，其他"老祖宗"所吟咏的大漠孤烟、长河落日，也有点太孩子气了。

到喀什，不能按照内地休闲的习惯，选择那些人群密集的旅游景点。应该选择的，是乔戈里峰、慕士塔格冰川和奥依塔克冰川、红其拉甫口岸、亚克艾日克烽火台，以及散布处处的千年胡杨林和夕阳下的沙漠。我和妻子则非常着迷莎车的《十二木卡姆》，每次都听得情醉神驰。难怪躲得那么僻远的它，早已被堂皇地列入世界非物质遗产名录。它让我联想到，在隋唐年间轰动长安的疏勒乐和龟兹乐。不错，在中国古代最伟大王朝的雄伟和声中，占据极高引领地位的，大多是西域乐舞。

由此想到，在喀什之外，新疆还有不少西域名胜值得一再拜访，例如龟兹（现在的库车）、于阗（现在的和田）、高昌、交河等地。有足够体力的，还可以狠狠心去一下楼兰、米兰、尼雅遗址。

在叶尔羌河畔，一位本地官员已经摆好了毛笔和宣纸，要我题写几个字，准备刻在山壁上。我问他写哪几个字，他说——

天路零公里，

昆仑第一城。

我说："你们这儿，随口一说就气势非凡。"

写完，我的目光越过灿如火阵的胡杨林，再越过层层叠叠的绕山云，远眺昆仑山上的天路。那条天路，通向西藏阿里地区。突然发现，在连绵的雪峰之上，竟然冒出缕缕白烟，飘向蓝天。难道，那里还有人间的生活？

"那么高的云层之上，怎么会有白烟？"我问。

主人说，那不是白烟，而是高天风流吹起了山顶积雪。

原来如此。但转念一想，我刚刚的疑惑，历代旅行者也一定产生过。他们猜测着，判断着，时不时低头看路，又时不时抬起头来。没有人烟的地方何来人烟？他们多半找不到人询问，带着疑惑离开，然后又回头，看了又看。

那么，这神奇的"白烟"，也就成了一面面逗引远方客人的白色旗幡。他们这些大勇者的千古之魂，一定搁置不下这稀世雪峰，一直在周围飘游，因而也会找到答案。

想到这里我笑了，心想汤因比先生向往西域的来世之魂，现在一定已经顺着这白色旗幡找到归宿，乐滋滋地安顿了下来。

二〇一一年夏日

都江堰

一

　　一位算不清年岁的老祖宗，没有成为挂在墙上的画像，没有成为印在书里的教言，而是直到今天还在给后代挑水、送饭，这样的奇事你相信吗？

　　一匹秦始皇时代的骏马，没有成为泥土间的化石，没有成为古墓里的雕塑，而是直到今天还踯躅在家园四周的高坡上，守护着每一个清晨和夜晚，警惕着每一个盛暑和严冬，这样的奇事你相信吗？

　　这是神话，或是童话，当然无法相信。但是，由此出现了极其相似的第三个问题——

　　一个两千多年前的水利工程，没有成为西风残照下的废墟，没有成为考古学家们苦思冥想的难题，而是直到今天还一直执掌着亿万人的生计，并且注定已经成为一个永久性的工程，这样的奇事你相信吗？

　　仍然无法相信，但它真的出现了。

　　它就是都江堰。

这是一个不大的工程，但我认为，把它放在全人类文明奇迹的第一线，也毫无愧色。

世人皆知万里长城，其实细细想来，它比万里长城更激动人心。万里长城当然也非常伟大，展现了一个民族令人震惊的意志力。但是，万里长城的实际功能历来并不太大，而且早已废弛。都江堰则不同，有了它，旱涝无常的四川平原成了天府之国，每当中华民族有了重大灾难，天府之国总是沉着地提供庇护和濡养。有了它，才有历代贤臣良将的安顿和向往，才有唐宋诗人出川入川的千古华章。说得近一点，有了它，抗日战争时的中国才有一个比较稳定的后方。

它细细深润，节节延伸，延伸的距离并不比万里长城短。或者说，它在地面和地底下，筑造了另一座万里长城。而一查履历，那座名声显赫的万里长城还是它的后辈。

二

我去都江堰之前，以为它只是一个水利工程罢了，不会有太大的游观价值；只是要去青城山玩，要路过灌县县城，它就在近旁，就乘便看一眼吧。因此，在灌县下车，心绪懒懒的，脚步散散的，在街上胡逛，一心只想看青城山。

七转八弯，从简朴的街市走进了一个草木茂盛的所在。脸面渐觉滋润，眼前愈显清朗，也没有谁指路，只是本能地向更滋润、更清朗的去处去。

忽然，天地间开始有些异常，一种隐隐然的骚动，一种还不太响却一定是非常响的声音，充斥周际。如地震前兆，如海啸将临，如山崩即至，浑身骤起一种莫名的紧张，又紧张得急于趋附。

不知是自己走去的还是被它吸去的，终于陡然一惊，我已站在伏龙观前——眼前，急流浩荡，大地震颤。

即便是站在海边礁石上，也没有像这里这样强烈地领受到水的魅力。海水是雍容大度的聚汇，聚汇得太多太深，茫茫一片，让人忘记它是切切实实的水、可掬可捧的水。这里的水却不同，要说多也不算太多，但股股叠叠都精神焕发，合在一起比赛着飞奔的力量，踊跃着喧嚣的生命。

这种比赛又极有规矩，奔着奔着，遇到江心的分水堤，刷的一下裁割为二，直窜出去，两股水分别撞到了一道坚坝，立即乖乖地转身改向，再在另一道坚坝上撞一下，于是又根据筑坝者的指令来一番调整……

也许水流对自己的驯顺有点恼怒了，突然撒起野来，猛地翻卷咆哮，但越是这样越是显现出一种更壮丽的驯顺。已经咆哮到让人心魄俱夺，也没有一滴水溅错了方向。阴气森森间，延续着一场人与自然的千年谈判。

水在这里，吃够了苦头，也出足了风头，就像一大拨翻越各种障碍的马拉松健儿，把最强悍的生命付之于规整、付之于企盼，付之于众目睽睽。

看云看雾看日出各有胜地，要看水，万不可忘了都江堰。

三

这一切，首先要归功于遥远得看不出面影的李冰。

四川有幸，中国有幸，公元前三世纪出现过一项并不惹人注目的任命：李冰任蜀郡守。

据我所知，这项任命与秦统一中国的宏图有关。本以为只有把四川作为一个富庶的根据地和出发地，才能从南线问鼎长江流域。然而，这项任命到了李冰那里，却从一个政治计划变成了一个生态计划。

他要做的事，是浚理，是消灾，是滋润，是灌溉。

他是郡守，手握一把长锸，站在滔滔江边，完成了一个"守"字的原始造型。

没有资料可以说明他作为郡守在其他方面的才能，但因为有过他，中国也就有了一种冰清玉洁的行政纲领。

中国后来官场的惯例，是把一批批杰出学者选拔为无所专攻的官僚，而李冰却因官位而成了一名实践科学家。

他当然没有在哪里学过水利。但是，以使命为学校，竭力钻研几载，他总结出治水三字经（"深淘滩，低作堰"）、八字真言（"遇湾截角，逢正抽心"），直到二十世纪仍是水利工程的圭臬。

他的这点学问，永远水气淋漓，而后于他不知多少年的厚厚典籍却早已风干，松脆得难以翻阅。

他没有料到，他治水的韬略很快被替代成治人的计谋。他没有料到，他想灌溉的沃土将会时时成为战场，沃土上的稻谷将有大半充做军粮。他只知道，这个人种要想不灭绝，就必须要有清泉和米粮。

他大愚，又大智。他大拙，又大巧。他以田间老农的思维，进入了最清澈的人类学的思考。

他未曾留下什么生平故事，只留下硬扎扎的水坝一座，让人们去猜详。人们到这儿一次次纳闷：这是谁呢？死于两千年前，却明明还在指挥水流。站在江心的岗亭前，"你走这边，他走那边"的吆喝声、劝诫声、慰抚声，声声入耳。没有一个人能活得这样长寿。

李冰在世时已考虑事业的承续，命令自己的儿子做三个石人，镇于江间，测量水位。李冰逝世四百年后，也许三个石人已经损缺，汉代水官重造高及三米的"三神石人"以测量水位。这"三神石人"其中一尊，居然就是李冰的雕像。

这位汉代水官一定是承接了李冰的伟大精魂，竟敢于把自己尊敬的祖师放在江中作镇水测量用。他懂得李冰的心意，唯有那里才是其最合适的岗位。

石像终于被岁月的淤泥掩埋。二十世纪七十年代出土时，有一尊石像头部已经残缺，手上还紧握着长锸。有人说，这是李冰的儿子。即使不是，我仍然把他看成是李冰的儿子。一位现代女作家见到这尊塑像怦然心动——"没淤泥而蔼然含笑，断颈项而长锸在握"，她由此向现代官场衮衮诸公诘问：活着或死了，应该站在哪里？

出土的石像现正在伏龙观里展览。人们在轰鸣如雷的水声中向他们默默祭奠。在这里，我突然产生了对中国历史的某种乐观：只要李冰的精魂不散，李冰的儿子会代代繁衍；轰鸣的江水，便是至圣至善的遗言。

四

看到了一条横江索桥。桥很高，桥索由麻绳、竹篾编成。跨上去，桥身就猛烈摆动，越犹豫进退，摆动就越大。

在这样高的地方偷看桥下，一定会神志慌乱；但这是索桥，到处漏空，由不得你不看。一看之下，先是惊吓，后是惊叹。

脚下的江流，从那么遥远的地方奔来，一派义无反顾的决绝势头，挟着寒风，吐着白沫，凌厉锐进。我站得这么高还感觉到了它的砭肤冷气，估计它是从雪山赶来的吧。但是，再看桥的另一边，它硬是化作许多亮闪闪的河渠，一片慈眉善目。人对自然力的调理，居然做得这么爽利。如果人类做什么事都这么爽利，地球早已是另一副模样了。

都江堰调理自然力的哲学，被近旁的青城山总结了。

青城山是道教圣地，而道教是唯一在中国土生土长的大宗教。道教汲取了老子和庄子的道家哲学，把水作为形象化的教义象征。水，看似柔顺无骨，却能变得气势滚滚，波涌浪叠，无比强大；看似无色无味，却能挥洒出茫茫绿野，累累硕果，万紫千红；看似自处低下，却能蒸腾九霄，为云为雨，为虹为霞；看似没有造型，却能作为滋润万物的救星而被殷殷企盼……

看上去，是人在治水；实际上，一切成功的治水方案都是因为人领悟了水，顺应了水，听从了水。只有在这种情况下，才能出现天人合一，无我无私，长生不老。

这便是道。

我认为，道教之道也就是水之道、天人之道、长生之道，因此也是李冰之道、都江堰之道。道无处不在，但在都江堰却作了一次集中呈现。

因此，都江堰和青城山相邻而居，互相映衬，彼此佐证，构成了一个研修中国哲学的最浓缩、最天然的课堂。

那天我带着都江堰的浑身水气，在青城山的山路上慢慢攀登，静静感悟。忽见一道观，进门小憩。道士认出了我，便铺纸研墨，要我留字。我当即写下了一副最朴素的对子：

　　拜水都江堰，
　　问道青城山。

　　我想，若能够读懂都江堰的千年奇迹，又能把"拜水"和"问道"这两件事当做一件事，那么，也就领悟了中华文化的一大秘密。

废井冷眼

一

这儿的秋天已经很冷。

七个乞丐般的老人用麻绳捆住自己身上又脏又破的棉袍子,挑着柴担经过一片荒地。领头那个看到走在最后的老人艰难地拖着步子,就说:"大伙坐下歇一歇吧!"

不远处有几块很大的石头,大家就走过去,放下柴担坐在石头上。坐下才觉得,这石头太平整、太巨大了,有两个老人便站起来,围着石头走了几圈,又蹲下身去细看石头上的纹路。另外三个也站了起来,看了石头再看整个荒地,快速走出几步又低头回来。

大家始终没有说话,但从表情看,都像换了一个人。眼睛亮了,眉头皱了,身板直了。

——这几个老人,是清代被流放到东北地区的南方大学者。他们都曾经是科举考试的考官,当时全国知识界的最高精英,由于几次不明不白的"科场案"被问罪。好些同事已经被杀,他们死里逃生被判"流放宁古塔"。宁古塔，也就是现在黑龙江省的宁安县。

流放往往牵涉家人，几千里地的拖枷步行，妻女都陨命在半途。他们这些文弱书生到了流放地立即成了服苦役的奴隶，主要的劳役是烧石灰窑和养马，天天挨打受辱，食不果腹。

在苦役中，第一年，他们想得最多的是科场案的冤屈，希望哪一天远处出现一匹快马，送来平反昭雪的恩旨。整整一年，眼都看酸了，没有见到这样的快马。第二年，他们不再惦念平反的事，想得最多的是还在家乡的父母和死于半途的妻子。第三年，他们发觉自己几乎已经成了地道的苦力，就不断背诵过去所学的诗文来自救。第四年，连自救都放弃了，什么也不再想，只把自己当做完全不识字的草民。

幸好，这一带果然荒草遍地，人烟稀少，没有一个破庙、一张门贴，能够引起他们对文化的记忆而徒生伤感。

但是，今天的这几块石头，唤醒了他们心中一个早已封闭的角落。

他们立即作出判断，这是柱础。但从体量看，柱子极大，只能是宫殿。从荒芜的状态看，应该废弛了几百年，甚至上千年了。

这是什么宫殿？哪一个年代的事儿？他们快速地走进脑海深处已经蒙尘多年的书库，粗粗翻阅，再细细翻阅……

他们谁也不讲话。只是，手摸石头上的刻纹后互相看了一眼，远眺四周后又互相看了一眼。那目光，当年在翰林院里出现过，彼此非常熟悉。

每个人都深感奇怪，原以为忘了多年的一切，为什么顷刻都回来了呢？

二

不一会儿，老人们又挑起柴担上路。

打破沉默的是那个走在最后的老人，他只轻轻吐了四个字："李白醉书。"

立即有一个老人接口："渤海国！"

老人们想到的，是一个流传已久的故事。

唐朝收到了一封来自一个藩国的信，但是信上的文字，大家都不认识。传阅了好些天，上上下下都摇头，这对于很讲排场的宗主国大唐来说，有点丢人。担任秘书监的贺知章突然想到，自己的朋友李白有可能认识这种文字，因为李白出生胡地，又漫游四方，见多识广。他一说，唐玄宗下令把李白找来。

李白是从一张酒桌边找到的，喝得已经有点程度了。来到殿上，见过皇上，便看那信。一看就笑，那文字他果然认识。他一句句翻译给唐玄宗听，唐玄宗嘱他立即用同一种文字写回信，也好顺便炫耀一下大唐人才济济，通晓各种文字。

李白一听皇上的意图，有点得意。趁着酒兴未过，想在殿上摆摆谱了。他斜眼一看周围站立的人物，便对皇上说，写回信可以，但要杨国忠替自己磨墨，高力士替自己脱靴。皇上一听，点头同意了。于是，权势赫赫的杨国忠和高力士就苦笑着上前，围着李白忙开了。

问题是，这到底是哪个藩国写来的信，使皇帝那么重视？

渤海国。

清代流放的老人们猜对了。他们后来还把这次半路发现，写在自己的笔记上。曲曲折折多少年，被我看到。

其实，渤海国是李白出生前两年才成立的，几乎与李白同龄。建立者，是靺鞨族的粟末部首领大祚荣。按历史记载，唐玄宗登基后不久就册封大祚荣为"渤海郡王"、"左骁卫大将军"、"忽汗州都督"。那个政权按唐朝体制运行，通用语言是汉文。难道，李白读到的那封信写于他们通用汉文之前？难道，正是这种不便，使他们开始学习汉文？

当然，也许，李白醉书的故事只是故事。

但是不管怎么说，渤海国不是故事，那个庞大的废墟不是故事。

清代流放者看到的废墟，是渤海国的首府，即"上京龙泉府"。

流放者们没有权利也没有机会再来仔细考察。从零星留下的笔记看，只知道有一个老人又来过两次，时间都不长，他也没有进一步研究的条件。

认真考察，是我们这一代的事了。

三

我去上京龙泉府遗址的次数很多。原因是，我历史研究的重点之一，是北方少数民族的起落更迭。

我首先看到的是外城的城墙墙基，那是两米多高的夯土基座，宽达十来米，像一道天然生成的大堤坝，绵延到远处。

这个基座上面，原本应有一方方巨大的砖石砌成的雄伟高墙。可惜这儿不是吴哥窟所藏身的原始森林，而是敞亮开阔的东北平原，一座废弃的城市很难保存住一点什么，能用人力拿得走的一切都被人们拿走了。一代又一代，角角落落都被搜寻得干干净净，连清代流放者看到的大石也不见了，就剩下这一道泥土夯成的基座，生着草，长着树，静静地待着。

再往里走，看到了同样是拿不走的城门台基和柱础。昔日都城的规模，已影影绰绰地可以想见。

从遗址看，上京龙泉府由外城、内城、宫城三重环套组成，外城周长三十余里。全城由一条贯通南北的宽阔大道分成东西两区，又用十余条主要街道分隔成许多方块区域，果然是长安城的格局和气派。

京城的北半部，是统治者办公和居住的宫城，城墙周长五里。从遗址、遗物看，内城中排列过五座金碧辉煌的宫殿。东墙外则是御花园，应该有湖泊，有亭榭，有假山。

宫城中一个最完整的遗物，是文献上查得到的一口井，叫"八宝琉璃井"。井壁由玄武岩石砌成，几乎没有任何损坏。

我在井口边上盘桓良久，想象着千余年来在它身边发生的一切。我伸头一看，它波光一闪，就像是一只看得太多而终于看倦了的冷眼。

一个管理人员告诉我，从种种材料看，这座城市在公元八世纪至九世纪之间可能是亚洲最大的都市之一。当时，它不仅是渤海国的诸城之首，而且是东北亚地区的贸易枢纽，把遥远的长安和日本连成一条经济通道。

人们从一个简单的比较，就可推断出当时这座城市的繁华。在城西和城北的牡丹江上，发现了宽阔的五座跨江大桥的桥墩遗迹。而如今，数万人的现代生活，只一座桥就绰绰有余。想一想，当日该是何等景象！

这样一座城市，真会消失得如此彻底？

为了索解这个问题，我在古书堆里研究了不少时间，发现有关渤海国的记载不多。《旧唐书》《新唐书》有一点，日本、韩国也保存了一些旁佐性资料，都比较零星。这个政权本身并没有留下片言只语，就像一个没有留下遗嘱的亡故者，只能靠着一些邻居们的传言来猜测了，而且，那些邻居也早已枯萎。

直到现在，我掌握的材料还不足以写成一篇完整的论文，只能描画一种粗疏的图像。

大体来说，从大祚荣、唐玄宗、李白那个时代的交往开始，渤海国成了充分汲取了大唐文明的自治藩国。当然，也成了东北大地上最先进的一个政权。这种地位，隐伏着巨大危险。

危险首先来自于内部。

毕竟刚刚从相当原始的游牧生态过来，任何较大的进步都会让原来一起奋斗的首领们跟不上，造成一次次冲突。不少首领反目成仇、举刀威胁，甚至重返丛林。在很长一段时间，主张接受大唐文明的先进分子必然是孤独的悲剧人物。他们很可能被看成是数典忘祖的"亲唐派"，但唐朝，又未必把他们当做自己人。

在这一点上，唐玄宗时期渤海国的大门艺就是一个典型的例子。他的哥哥一度是渤海国的统治者，一直想与唐朝作对，他争执几次无效，就逃到唐朝来了。哥哥便与唐朝廷交涉，说我弟弟大门艺对抗军令躲到了你们这儿，你们应该帮我把他杀了。

唐玄宗当然不能杀大门艺，但又不能得罪实际掌权的哥哥，左思右想，便用了一个计谋。他派了几名外交官到渤海国，对那位哥哥说，大门艺走投无路来找我，我杀掉他说不过去，但你的意思我们也该尊重，因此已经把他流放到烟瘴之地岭南。

本来事情也就过去了，不想那几个外交官在渤海国住的时间长了说漏了嘴，透露出大门艺并未被流放。于是那位哥哥火了，写信给唐玄宗表示抗议。唐玄宗只能说那几个外交官胡言乱语，并把他们处分了。

历史学家司马光后来在《资治通鉴》中对此事曾作过有趣的批评，大意是说：唐朝对于自己的隶属国应该靠威信来使它们心悦诚服。渤海国那位弟弟为了阻止一场反唐战争来投靠你，你应该有胆量宣告他是对的，没有罪，而哥哥则是错的，即便不去讨伐，也要是非分明。不想唐玄宗既没有能力制服那位哥哥，又不能堂堂正正地保护那位弟弟，竟然像市井小人一样要弄骗人伎俩，结果被人反问得抬不起头来，只好对自己的外交官不客气，实在是丢人现眼。（参见《资治通鉴》卷二一三）

司马光说得不错，但他太书生气了。历史上，除了少数伟大人物的响亮行为外，多数政治都是现实的。唐玄宗管理庞大的朝廷事务已经十分吃力，他怎么会为一种远离自己的权力之争，付出太大的代价？

于是，那位可怜的大门艺只能在长安城里躲躲藏藏。怕被渤海国的人发现，怕暴露唐玄宗为他编制的谎言。他寄情故乡，故乡容不了他；他亲近唐朝，唐朝帮不了他。

让他稍感安慰的是，由于他和别人努力，渤海国还是逐渐领受了唐文明的光照。更由于自然规律，保守势力一批批老去，连他们的子孙也被唐文明吸引。因此，终于迎来了公元九世纪的大仁秀时代（817-830）。

大仁秀时代的渤海国在各方面都达到鼎盛，被称为"海东盛国"。一度，这儿的"上京龙泉府"和中华版图西边的长安城，一东一西，并立于世，成为整个亚洲的两大文明重镇。

乍一看，渤海国内部的危险解除了。那就转过身来，看看外部的危险吧。

周围的部落，仍然未脱游牧习性，因此与渤海国形成了巨大的反差。反差带来了羡慕与趋附，但在羡慕和趋附背后，却藏着强烈的嫉妒和仇恨。九世纪前期的渤海国器宇轩昂，但包围着它的，却是大量越来越闪烁的目光。它拥挤的街道太刺激那些渴望人烟的马蹄了，它显赫的名声太撩拨那些企盼成功的山民了，它如潮的财宝太吸引那些背囊寒薄的骑手了。

于是，那一天终于到来。来得出乎意外，又来得理所当然。大仁秀时期才过去一百年，公元九二六年，渤海国竟一下子被契丹所灭。

人们会问：作为渤海国的宗主，唐朝为什么不出手来帮它一把？

答案是：在十九年前，唐朝已先于渤海国灭亡。

其实，即使唐朝没有灭亡，也帮不了。安史之乱之后，气象已失，门阀林立，哪里还管得上东北亚的一个自治藩国？

四

在人类历史上，一切高度文明的城堡被攻克后，下场总是最为悲惨。

因为胜利者知道，城堡里边已经形成了一种远远高于自己的文明秩序。攻下来后，无法控制，无法融入，无法改造，除了毁灭，别无他途。

入城的契丹人骑在马上四处打量，他们发现，不仅是市民的眼神和脸色那么冷漠，就连城砖和街石都在反抗。一种复仇的气氛弥漫四周，抓不住，又赶不走。

于是他们在掠取财物后下令：腾出都城，举国南迁，然后放一把火，把整个城市烧掉。

我们现在无法描述那场大火，无法想象一座亚洲大都市全部投入火海之后的怕人情景。更无法猜度无数过惯了大城市繁华生活的渤海人被迫拖儿带女踉跄南下时，回头看这场大火时的心情和眼光。

记得当地的考古工作者告诉我，发掘遗址时，总能看到一些砖块、瓦片、石料这些不会熔化的东西竟然被烧得粘结在一起，而巨大的路石也因被火烧烤而处处断裂。

这场火不知前后烧了多长时间。我伸头看过的那口八宝琉璃井的井水，当时一定也烧沸了，很快又烧干了。然后，在到处还是火焦味的时候，大雪又把一切覆盖。

怪不得，我第一次来考察时在井口伸头，看到的是一副把一切都看倦了的千年冷眼。

其实，匆匆地来了又匆匆地走了的契丹人，也正在开启自己的一部历史。我在研究北魏王朝的时候曾经关注过他们，当时他们游牧在辽河上游。唐朝也曾草草地为他们设立过"松漠都督府"，唐朝末年，耶律阿保机统一契丹后称帝。因此，他们来进攻渤海国时，还是一个很"新鲜"的政权。后来他们又改为辽，与五代、北宋都打过交道，也学习了汉文化的很多东西，发生过不少恩怨故事，而在公元一一二五年，为金朝所灭。

他们被灭亡的时候，离他们灭亡渤海国，正好两百年。

至于灭亡他们的金朝，年龄更短，只存世一百二十年。灭亡金朝的，是蒙古和南宋。当然大家知道，后来南宋又被蒙古灭了。

⋯⋯

那么多次的灭亡，每一次，都少不了熊熊大火吧？都少不了那一口口烧沸了、又烧干了的古井、老井、废井吧？

地下总有水源，它们渐渐又都有了波光。但伸头一看，与我在渤海国遗址看到的一样，冷眼，总是冷眼。

我一直在猜测，那几个清代的流放犯，状如乞丐的大学者，那天歇脚的时候有没有看到那口废井？估计没有。但是，后来那个又来了两次的老人，看到了没有？

如果看到了老井，看到了冷眼，我想，他们一定会陷入沉思。他们对那段历史并不陌生，但也一定会对一座名城只剩下几方石料、一口废井的景象而深感震撼。我相信他们在震撼之余会对自己的遭遇更加达观。在如此废墟面前，科场案的曲直，亲人们的屈死，只是变成了历史褶皱中的微尘。

历史很漠然，在多数情况下不讲曲直、不讲感情。比历史更漠然的是自然，这几个老人去担柴的地方，正是一个火山口。朝代的更迭以百年计，火山的动静以万年计。

火山口也是一个废井，它的冷眼，连地球都不寒而栗。

当然，这超出了那几个流放大学者的知识范围。

道士塔

一

莫高窟门外，有一条河。过河有一片空地，高高低低建着几座僧人圆寂塔。塔呈圆形，状近葫芦，外敷白色。我去时，有几座已经坍弛，还没有修复。只见塔心是一个木桩，塔身全是黄土，垒在青砖基座上。夕阳西下，朔风凛冽，整个塔群十分凄凉。

有一座塔显得比较完整，大概是修建年代比较近吧。好在塔身有碑，移步一读，猛然一惊：它的主人，竟然就是那个王圆箓！

再小的个子，也能给沙漠留下长长的身影；再小的人物，也能让历史吐出重重的叹息。王圆箓既是小个子，又是小人物。我见过他的照片，穿着土布棉衣，目光呆滞，畏畏缩缩，是那个时代随处可以见到的一个中国平民。他原是湖北麻城的农民，在甘肃当过兵，后来为了谋生做了道士。几经转折，当了敦煌莫高窟的家。

莫高窟以佛教文化为主，怎么会让一个道士来当家？中国的民间信仰本来就是羼杂互融的，王圆箓几乎是个文盲，对道教并不专精，对佛教也不抵拒，却会主持宗教仪式，又会化缘募款，由他来管管这一片冷窟荒庙，也算正常。

但是，世间很多看起来很正常的现象常常掩盖着一个可怕的黑洞。莫高窟的惊人蕴藏，使王圆箓这个守护者与守护对象之间产生了文化等级上的巨大的落差。这个落差，就是黑洞。

我曾读到潘絜兹先生和其他敦煌学专家写的一些书，其中记述了王道士的日常生活。他经常出去化缘，得到一些钱后，就找来一些很不高明的当地工匠，先用草刷蘸上石灰把精美的古代壁画刷白，再抡起铁锤把塑像打毁，用泥巴堆起灵官之类，因为他是道士。但他又想到这里毕竟是佛教场所，于是再让那些工匠用石灰把下寺的墙壁刷白，绘上唐代玄奘到西天取经的故事。他四处打量，觉得一个个洞窟太憋气了，便要工匠们把它们打通。大片的壁画很快灰飞烟灭，成了走道。做完这些事，他又去化缘，准备继续刷，继续砸，继续堆，继续画。

这些记述的语气都很平静，但我每次读到，脑海里也总像被刷了石灰一般，一片惨白。我几乎不会言动，眼前一直晃动着那些草刷和铁锤。

"住手！"我在心底呼喊，只见王道士转过脸来，满脸困惑不解。我甚至想低声下气地恳求他："请等一等，等一等……"但是等什么呢？我脑中依然一片惨白。

二

一九〇〇年六月二十二日（农历五月二十六日），王道士从一个姓杨的帮工那里得知，一处洞窟的墙壁里面好像是空的，里边可能还隐藏着一个洞穴。两人挖开一看，嘀，果然一个满满实实的藏经洞！

王道士完全不明白，此刻，他打开了一扇轰动世界的门户：一门永久性的学问，将靠着这个洞穴建立；无数才华横溢的学者，将为这个洞穴耗尽终生。而且，从这一天开始，他的实际地位已经直蹿而上，比世界上很多著名的遗迹博物馆馆长还高。但是，他不知道，他不可能知道。

他随手拿了几个经卷到知县那里鉴定，知县又拿给其他官员看。官员中有些人知道一点轻重，建议运到省城，却又心疼运费，便要求原地封存。在这个过程中，消息已经传开，有些经卷已经流出，引起了在新疆的一些外国人士的注意。

当时，英国、德国、法国、俄国等列强，正在中国的西北地区进行着一场考古探险的大拼搏。这个态势，与它们瓜分整个中国的企图紧紧相连。因此，我们应该稍稍离开莫高窟一会儿，看一看全局。

就在王道士发现藏经洞的前几天，在北京，英、德、法、俄、美等外交使团又一次集体向清政府递交照会，要求严惩义和团。恰恰在王道士发现藏经洞的当天，列强决定联合出兵——这就是后来攻陷北京，迫使朝廷外逃，最终又迫使中国赔偿四亿五千万两白银（平均每个中国人都要赔偿一两白银）的"八国联军"。

时间怎么会这么巧呢？

好像是北京东交民巷的外国使馆里一作出进攻中国的决定，立即刺痛了一个庞大机体的神经系统，西北沙漠中一个洞穴的门霎时打开了。

更巧的是，仅仅在几个月前，甲骨文也被发现了。

我想，藏经洞与甲骨文一样，最能体现一个民族的文化自信，因此必须猛然出现在这个民族几乎完全失去自信的时刻。

即使是巧合，也是一种伟大的巧合。

遗憾的是，中国学者不能像解读甲骨文一样解读藏经洞了，因为那里的经卷的所有权已经被悄悄地转移。

三

产生这个结果，是因为莫高窟里三个男人的见面。

第一个就是"主人"王圆箓，不多说了。

第二个是匈牙利人斯坦因，刚加入英国籍不久，此时受印度政府和大英博物馆指派，到中国的西北地区考古。他博学、刻苦、机敏、能干，其考古专业水准堪称世界一流，却又具有一个殖民主义者的文化傲慢。他精通七八种语言，却不懂中文，因此引出了第三个人——翻译蒋孝琬。

蒋孝琬长得清瘦文弱，湖南湘阴人。这个人是中国十九世纪后期出现的买办群体中的一个。这个群体在沟通两种文明的过程中常常备受心灵煎熬，又两面不讨好。我一直建议艺术家们在表现中国近代题材的时候不要放过这种桥梁式的悲剧性典范。但是，蒋孝琬好像是这个群体中的异类，他几乎没有感受任何心灵煎熬。

斯坦因到达新疆喀什时，发现聚集在那里的外国考古学家们有一个共识，就是千万不要与中国学者合作。理由是，中国学者一到关键时刻，例如，在关及文物所有权的当口上，总会在心底产生"华夷之防"的敏感，给外国人带来种种阻碍。但是，蒋孝琬完全不是这样，那些外国人告诉斯坦因："你只要带上了他，敦煌的事情一定成功。"

事实果然如此。从喀什到敦煌的漫长路途上，蒋孝琬一直在给斯坦因讲述中国官场和中国民间的行事方式，使斯坦因觉得懂这些比再读几个学位更重要。到了莫高窟，所有联络、刺探、劝说王圆箓的事，都是蒋孝琬在做。

王圆箓从一开始就对斯坦因抱着一种警惕、躲闪、拒绝的态度。蒋孝琬蒙骗他说，斯坦因从印度过来，是要把当年玄奘取来的经送回原处去，为此还愿意付一些钱。王圆箓像很多中国平民一样，对《西游记》里的西天取经故事既熟悉又崇拜，听蒋孝琬绘声绘色地一说，又看到斯坦因神情庄严地一次次焚香拜佛，竟然心有所动。因此，当蒋孝琬提出要先"借"几个"样本"看看时，王圆箓虽然迟疑、含糊了很久，但终于还是塞给了他几个经卷。

于是，又是蒋孝琬，连夜挑灯研读那几个经卷。他发现，那正巧是玄奘取来的经卷的译本。这几个经卷，明明是王圆箓随手取的，居然果真与玄奘有关。王圆箓激动地看着自己的手指，似乎听到了佛的旨意。洞穴的门，向斯坦因打开了。

当然，此后在经卷堆里逐页翻阅选择的，也是蒋孝琬，因为斯坦因本人不懂中文。

蒋孝琬在那些日日夜夜所做的事，也可以说成是一种重要的文化破读，因为这毕竟是千年文物与能够读懂它的人的第一次隆重相遇。而且，事实证明，蒋孝琬对中国传统文化有着广博的知识、不浅的根底。

那些寒冷的沙漠之夜，斯坦因和王圆箓都睡了，只有他在忙着。睡着的两方都不懂得这一堆堆纸页上的内容，只有他懂得，由他作出取舍裁断。

就这样，一场天下最不公平的"买卖"开始了。斯坦因用极少的钱，换取了中华文明长达好几个世纪的大量文物。而且由此形成惯例，其他列强的冒险家们也纷至沓来，满载而去。

有一天王圆箓觉得斯坦因实在要得太多了，就把部分挑出的文物又搬回到藏经洞。斯坦因要蒋孝琬去谈判，用四十块马蹄银换回那些文物。蒋孝琬谈判的结果，居然只花了四块就解决了问题。斯坦因立即赞扬他，这是又一场"中英外交谈判"的胜利。

蒋孝琬一听，十分得意。我对他的这种得意有点厌恶。因为他应该知道，自从鸦片战争以来，所谓的"中英外交谈判"意味着什么。我并不奢望在他心底会对当时已经极其可怜的父母之邦产生一点点惭愧，而只是想，这种桥梁式的人物如果把一方河岸完全扒塌了，他们以后还能干什么？

由此我想，对那些日子莫高窟里的三个男人，我们还应该多看几眼。前面两个一直遭世人非议，而最后一个总是被轻轻放过。

比蒋孝琬更让我吃惊的是，近年来中国文化界有一些评论者一再宣称，斯坦因以考古学家的身份取走敦煌藏经洞的文物并没有错，是正大光明的事业，而像我这样耿耿于怀，却是"狭隘的民族主义"。

是"正大光明"吗？请看斯坦因自己的回忆：

> 深夜我听到了细微的脚步声，那是蒋在侦察，看是否有人在我的帐篷周围出现。一会儿他扛了一个大包回来，那里装有我今天白天挑出的一切东西。王道士鼓足勇气同意了我的请求，但条件很严格，除了我们三个外，不得让任何人得知这笔交易，哪怕是丝毫暗示。

从这种神态动作，你还看不出他们在做什么吗？

四

斯坦因终于取得了九千多个经卷、五百多幅绘画，打包装箱就整整花了七天时间。最后打成了二十九个大木箱，原先带来的那些骆驼和马匹不够用了，又雇来了五辆大车，每辆都拴上三匹马来拉。

那是一个黄昏，车队启动了，王圆箓站在路边，恭敬相送。斯坦因"购买"这二十九个大木箱的稀世文物，所支付给王圆箓的全部价钱，我一直不忍心写出来，此刻却不能不说一说了。那就是，折合成了银子的差不多三十英镑！但是，这点钱对王圆箓来说，毕竟比他平时到荒村野郊去化缘的所得多得多了。因此，他反而认为这位"斯大人"是"布施者"。

斯坦因向他招过手，抬起头来看看天色。

一位年轻诗人写道，斯坦因看到的，是凄艳的晚霞；那里，一个古老民族的伤口在流血。

我又想到了另一位年轻诗人的诗——他叫李晓桦，诗是写给下令火烧圆明园的额尔金勋爵的：

> 我好恨
> 恨我没早生一个世纪
> 使我能与你对视着站立在
> 阴森幽暗的古堡
> 晨光微露的旷野
> 要么我拾起你扔下的白手套
> 要么你接住我甩过去的剑

要么你我各乘一匹战马

远远离开遮天的帅旗

离开如云的战阵

决胜负于城下

对于斯坦因这些学者，这些诗句也许太硬。但是，除了这种办法，还有什么方式能阻拦他们呢？

我可以不带剑，甚至也不骑马，只是伸出双手做出阻拦的动作，站在沙漠中间，站在他们车队的正对面。

满脸堆笑地走上前来的，一定是蒋孝琬。我扭头不理他，只是直视着斯坦因，要与他辩论。

我要告诉他，把世间文物统统拔离原生的土地，运到地球的另一端收藏展览，是文物和土地的双向失落、两败俱伤。我还要告诉他，借口别人管不好家产而占为己有，是一种与军事掠夺没有什么区别的文化掠夺……

我相信，也会有一种可能，尽管概率微乎其微——我的激情和逻辑终于压倒了斯坦因，于是车队果真被我拦了下来。

那么，接下来该怎么办呢？当然应该送缴京城。但当时，藏经洞文物不是也有一批送京的吗？其情景是，没有木箱，只用席子捆扎，沿途官员缙绅伸手进去就取走一把，有些官员还把大车赶进自己的院子里精挑细选，择优盗取；怕到京后点数不符，便把长卷撕成几个短卷来凑数搪塞。

当然，更大的麻烦是，那时的中国处处军阀混战，北京更是乱成一团。在兵丁和难民的洪流中，谁也不知道脚下的土地明天将会插上哪家的军旗。几辆装载古代经卷的车怎么才能通过？怎样才能到达？

那么，不如叫住斯坦因，还是让他拉到伦敦的博物馆里去吧。但我当然不会这么做。我知道斯坦因看出了我的难处，因为他一次次回头看我。

我假装没有看见，只用眼角余光默送他和蒋孝琬慢慢远去，终于消失在黛褐色的山丘后面。然后，我再回过身来。

长长一排车队，全都停在苍茫夜色里，由我掌管。但是，明天该去何方？

这里也难，那里也难，我左思右想，最后只能跪倒在沙漠里，大哭一场。

哭声，像一匹受伤的狼在黑夜里嗥叫。

五

一九四三年十月二十六日，八十二岁的斯坦因在阿富汗的喀布尔去世。

此时是中国抗日战争进行得最艰苦的日子。中国，又一次在生死关头被他人认知，也被自己认知。

在斯坦因去世的前一天，伦敦举行"中国日"活动，博物馆里的敦煌文物又一次引起热烈关注。

在斯坦因去世的同一天，中国历史学会在重庆成立。

我知道处于弥留之际的斯坦因不可能听到这两个消息。

有一件小事让我略感奇怪，那就是斯坦因的墓碑铭文：

马克·奥里尔·斯坦因

印度考古调查局成员

学者、探险家兼作家

通过极为困难的印度、中国新疆、波斯、伊拉克之行，扩展了知识领域

他平生带给西方世界最大的轰动是敦煌藏经洞，为什么在墓碑铭文里故意回避了，只提"中国新疆"？敦煌并不在新疆，而是在甘肃。

我约略知道此间原因。那就是，他在莫高窟的所作所为，已经受到文明世界越来越严厉的谴责。

阿富汗的喀布尔，是斯坦因非常陌生的地方，整整四十年一直想进去而未被允许，刚被允许进入，却什么也没有看到就离开了人世。

他被安葬在喀布尔郊区的一个外国基督教徒公墓里，但他的灵魂又怎么能安定下来？直到今天，这里还备受着贫困、战乱和宗教极端主义的包围。而且，蔓延四周的宗教极端主义，正好与他信奉的宗教完全对立。小小的墓园，是那样孤独、荒凉和脆弱。

我想，他的灵魂最渴望的，是找一个黄昏，一个与他赶着车队离开时一样的黄昏，再潜回敦煌去看看。

如果真有这么一个黄昏，那么，他见了那座道士塔，会与王圆箓说什么呢？

我想，王圆箓不会向他抱怨什么，却会在他面前稍稍显得有点趾高气扬。因为道士塔前，天天游人如潮，虽然谁也没有投来过尊重的目光；而斯坦因的墓地前，永远阒寂无人。

至于另一个男人，那个蒋孝琬的坟墓在哪里，我就完全不知道了。有知道的朋友，能告诉我吗？

莫高窟

一

世界上的几个大文明，就像我们可以想象的那些大人物，身份越高、年岁越长，越不容易放下身段来互相学习和切磋。大家都威风凛凛地站立着，虽然心里很在乎对方，却不愿意在眉眼间流露出希望亲近的表情，反而超常地敏感着对方是不是尊重自己。结果，很多隔阂千年未化，大量冲突无由而起，甚至爆发一次次彼此都宣称是"捍卫尊严"的血腥大战。

文明本是对野蛮的摆脱，为什么文明自己的历史却又回到了野蛮？这真不知道让人说什么才好。

但是，世界上也有一个地方，居然让世界上几个最大的文明相遇了，交流了，甚至局部地融合了。

这个地方，在中国古代叫"西域"，大致是指现在的甘肃西部、青海北部、新疆全部。不管是近一点的印度文明、波斯文明，还是远一点的美索不达米亚文明、希腊文明，都出现在这个地方。当然，更不必说中国自己的中华文明了。

这么一些大文明为什么都会到这里来汇合和交流？

原因是，这里离那些大文明的政治中心都比较遥远，到处是荒原和沙漠，要让大规模的军团来长途跋涉，既没有必要，也没有可能。但是，如果要让一支支商队依赖着骆驼慢慢穿越，则就成了每一个文明都企盼的好事了，因此便有了丝绸之路。商贸之间也会产生恶性竞争，幸好，行走在丝绸之路上的还有不少宗教人士，让这片辽阔的土地获得了精神安顿。宗教和宗教之间也会产生严重纠纷，幸好，这儿的宗教以佛教为主，而佛教是唯一没有引发过宗教战争的世界性宗教。

于是，这片看似荒昧的土地，不经意间拥有了蓬勃的文明生态：以丝绸之路为经络的物质文明，加上以佛教文化为中心的精神文明。这样的文明生态虽然还无法阻止各个小邦国之间的征战，却意味着各个大文明之间的重大讨伐不可能在这里发生。

有趣的是，我发现，这个区域内各个小邦国之间的征战，往往是为了争夺一个佛教大师。这样的战争规模大不起来，被争夺的佛教大师说一声"别打了，我跟你走吧"，事情也就了结了。

我非常喜欢这些地方，只要有机会总会过去，站在沙漠之中，倾听着一两千年前的马蹄驼铃，遥望着早已远去的袈裟背影。我想，再好再大的文明，一直置身于它的中心地区也一定会逐渐僵化；只有到了这样的边远地带，任何一种文明都无法霸道，彼此之间相见而欢，这才叫人类文明的敞亮地带。

在这个敞亮地带，有一些著名的路线，沿着路线又有一些著名的重镇，其中一个就是敦煌。

公元三六六年，有一位僧人在敦煌东南方鸣沙山东麓的断崖上开始开凿石窟，后来代代有人继续，这就成了著名的莫高窟。

佛教在印度传播之初，石窟是僧人修行的场所，却不在里边雕塑和描绘佛像，要表现也只用象征物来替代，用得比较多的有金牛、佛塔、法柱等。后来到了犍陀罗时期，受到亚历山大大帝东征时带来的希腊雕塑家们的影响，开始开凿佛像石窟。因此，人们往往可以从那里发现希腊雕塑的明显痕迹。

你看，仅仅是佛像石窟，就已经把印度文明和希腊文明包罗在里边了。这些石窟大多处于荒山野岭之间，远远看去很不起眼，哪里知道里面所蕴藏的，却是两个伟大文明的精彩。

当然，更重要的是作为主体的中华文明。佛教从印度一进入中国，立即明白这是一个需要用通俗、形象的方式来讲故事的国度，因此在石窟造像艺术中又融入了越来越浓重的中华世俗文明。结果，以人类的几大文明为背景，一代代的佛像都在石窟里深刻而又通俗地端庄着，微笑着，快乐着，行动着，也苦涩着，牺牲着。渐渐地，这一切都与中华历史接通了血脉，甚至成了一部由坚石雕刻的历史。

莫高窟，便是其中的典型。

二

看莫高窟，不是看死了一千年的标本，而是看活了一千年的生命。

让人惊奇的是，历来在莫高窟周边此起彼伏的各种政治势力，互相之间你死我活，却都愿意为莫高窟做一点好事。

北魏的王室、北周的贵族都对莫高窟的建造起了很大的积极作用。更不必说隋代、初唐、盛唐时，敦煌一带的官府和民众，一起把明丽的时尚融入莫高窟的欢快景象了。连安史之乱以后占领敦煌的吐蕃势力，以及驱逐吐蕃势力的张议潮军队，本是势不两立的敌人，却也都参与修护莫高窟。五代十国时期的曹氏政权对莫高窟贡献很大，到宋代，先后占领这一带的西夏政权和蒙古政权，也没有对莫高窟造成破坏，这实在是奇迹了。莫高窟到元代开始衰落，主要是由于蒙古军队打通了欧亚商贸路线，丝绸之路的作用减弱，敦煌变得冷清了。

为什么那么多赳赳武将、权谋强人都会在莫高窟面前低下头来？我想，第一是因为这里有关人间信仰，第二是因为这里已经构成历史。宗教的力量和时间的力量都是极其强大的，强大在默默无声中，足以让这些燥热的心灵冷却下来，产生几分敬畏。他们突然变得像个孩子，一路撒野下来，到这里却睁大了眼睛，希望获得宗教裁判和时间裁判。

出于这种关系，莫高窟一直在不断地建造、修补、延伸，真正构成了一个有呼吸、有代谢、有年岁、有传承的生命群。

在这个过程中，更值得关注的是全民参与。佛教在莫高窟里摆脱了高深的奥义，变得通俗和简约，着重展现因果报应、求福消灾、丰衣足食、繁衍子孙等内容，与民众非常亲近。除了壁画和雕塑外，莫高窟还是敦煌地区民众举行巡礼斋会的活动场所、学习佛教仪式的教育场所，也是享受日常娱乐的游览场所。但是，这种大众化趋向并没有使它下降为一个类似于乡村庙会求神驱鬼式的纯庶民形态，因为敦煌地区一直拥有不少高僧大德、世族名士、博学贤达，维系着莫高窟的信仰主体。他们是全体民众的引领者、文明等级的守护者。

于是，在莫高窟，我常常走神。不明亮的自然光亮从洞窟上方的天窗中淡淡映入，壁画上的人群和壁画前的雕塑融成了一体，在一片朦胧中似乎都动了起来。他们身后，是当年来这里参加巡礼的民众，一群又一群地簇拥着身穿袈裟的僧侣。定睛一看，还有很多画工、雕塑家在周边忙碌，他们是在修改原作，还是在重新创造？看不清楚。这么多人走了，又来了一批。一批就是一代，一代代接连不断。

也有了声音：佛号、磬钹、诵经声、木鱼声、旌旗飘荡声、人们的笑语声，还有石窟外的山风声、流水声、马蹄声、驼铃声。

看了一会儿，听了一会儿，我发觉自己也被裹卷进去了。身不由己，踉踉跄跄，被人潮所挟，被声浪所融，被一种千年不灭的信仰所化。自己已经碎成轻尘，甚至连轻尘也没有了。

这样的观看是一种晕眩，既十分陶醉又十分糊涂。因此，我不能不在闭馆之后的黄昏，在人群全都离去的山脚下独自徘徊，一点点地找回记忆、找回自己。

晚风起了，夹着细沙，吹得脸颊发疼。沙漠的月亮分外清冷。山脚前有一泓泉流，在月色下波光闪烁。总算，我的思路稍见头绪。

三

记得每进一个洞窟，我总是抢先走到年代标示牌前，快速地算出年龄，然后再恭敬地抬起头来。

年龄最高的，今年正好一千六百岁，在中国历史上算是十六国时期的作品。壁画上的菩萨还是西域神貌，甚至还能看出从印度起身时的样子，深线粗画，立体感强，还裸着上身，余留着恒河岸边的热气。另一些壁画，描绘着在血腥苦难中甘于舍身的狠心，看上去有点恐怖，可以想见当时世间的苦难气氛。

接下来应该是我非常向往的魏晋南北朝了：青褐的色泽依然浑厚，豪迈的笔触如同剑戟。中原一带有那么多潇洒的名士傲视着乱世的苦难，在此地洞窟里也开始出现放达之风，连菩萨也由粗短身材变得修长活泼。某些形象，一派秀骨清相，甚至有病态之美，似乎与中原名士们的趣味遥相呼应。

不少的场面中出现了各种乐器，我叫不全它们的名字。

有很多年轻的女子衣带飘飘地飞了起来，是飞天。她们预示出全方位舞动的欢快趋势，那是到了隋代。一个叫维摩诘的居士被频频描绘，让人联想到当时一些有身份的士族门阀企图在佛教理想中改变一下自己的心愿。壁画上已经找不到苦行，只有华丽，连病态之美也消失了，肌肤变得日渐圆润。只是那些雕塑还略显腿短头大，可能较多地取材于北方的游牧生态。马背上的历练，使他们气定神闲。

整个画面出现了扬眉吐气般的欢乐，那只能是唐代。春风浩荡，万物苏醒，连禽鸟都是舞者，连繁花都卷成了图案。天堂和人间连在了一起，个个表情生动，笔笔都有创造。女性越来越占据主导地位，而且不管是菩萨还是供养人，都呈现出充分的女性美。由于自信，他们的神情反而更加恬静、素淡和自然。画中的佛教道场已经以净土宗为主，启示人们只要念佛就能一起进入美好的净土。连这种简明的理想，也洋溢着只有盛唐才有的轻快乐观。

唐代画面中的那些世间人物，不管是盔甲将军、西域胡商，还是壮硕力士、都督夫人，都神情飞扬、炯炯有神。更难得的是，我在这些人物形象中分明看到了吴道子画派的某种骨力，甚至在背景山水中还依稀发现了李思训、李昭道父子那一派的辉煌笔意。欢乐，就此走向了经典。走向了经典还在欢乐，一点也没有装腔作态。

除了壁画，唐代的塑像更是有血有肉地展示着自己的风姿，不再清癯，更不再呆板，连眉眼嘴角都洋溢着笑意，连衣褶薄襞都流泻得像音乐一般。

　　唐代洞窟中的一切都不重复，也不刻板。我立即明白，真正的欢乐不可能重复，就像真正的人性容不得刻板。结果，唐代的欢乐诱发了长久的欢乐，唐代的人性贴合了永恒的人性，一切都浑然一体。恍惚间热闹的洞窟里似乎什么也没有了，没有画，没有雕塑，没有年代，也没有思考，一切都要蒸腾而去，但又哪里也不想去，只在这里，在洞窟，在唐代，在吴道子笔下。

　　突然，精神一怔，我看到了一个异样的作品，表现了一个尽孝报恩的故事。与一般同类故事不同，这个佛家弟子是要帮助流亡的父母完成复国事业。我心中立即产生一种猜测，便俯身去看年代标示牌——果然，创作于安史之乱之后。

　　安史之乱，像一条长鞭，哗啦一声把唐代划成了两半。敦煌因为唐军东去讨逆而被吐蕃攻陷，因此，壁画中帮助流亡父母完成复国事业的内容并非虚设。

　　悲壮的意志刻在了洞壁上，悲惨的岁月却刻在了大地上，赫赫唐代已经很难再回过神来。此后的洞窟，似乎一个个活气全消。也有看上去比较热闹的场面，但是，模仿的热闹只能是单调。

　　在单调中，记得还有一个舞者背手反弹琵琶的姿态，让我眼睛一亮。

　　再看下去，洞窟壁画的内容越来越世俗化，连佛教题材也变成了现实写生，连天国道场也变成了家庭宅院，连教义演讲也变成了说书人的俗众故事会。当然这也不错，颇有生活气息，并让我联想到了中国戏剧史上的瓦舍和诸宫调。

唐宋之间，还算有一些呆滞的华丽；而到了宋代，则走向了一种冷漠的贫乏。对此我很不甘心。宋代，那是一个曾让中国人拥有苏东坡、王安石、司马光、朱熹、陆游、李清照、辛弃疾的时代啊，在敦煌怎么会是这样？！我想，这与河西走廊上大大小小的政权纷争有关。在没完没了的轮番折腾中，文化之气受阻，边远之地只能消耗荒凉。

到了元代，出现了藏传密宗的壁画，题材不再黏着于现实生活，出现了一种我们不太习惯的神秘和恐怖。但其笔触精致细密，具有装饰性，使人想到唐卡。

这是一个民族与民族之间互窥互征的时代，蒙古文化和西藏文化在这一带此起彼伏。倒是有一个欧洲旅行家来过之后向外面报告，这里很安定，他就是马可·波罗。

明清时期的莫高窟，已经没有太多的东西可以记住。

四

当我在夜色中这么匆匆回想一遍后，就觉得眼前这个看上去十分寻常的"小山包"实在是一个奇怪的所在。

它是河西走廊上的一个博物馆，也是半部中国艺术史，又是几大文明的交汇地。它因无比深厚而长久沉默，也许深厚正是沉默的原因，恰如喧闹总是浅薄的表情。

但是，就像世界上的其他事情一样，兴旺发达时什么都好说，一到了衰落时期，一些争夺行动便接连而至。除了我们一再感叹过的莫高窟藏经洞事件，藏经洞之外的壁画和雕塑也成了争夺的对象。

莫高窟本是中华文明与其他文明友好交往的现场，这下倒成了某些人对中华文明很不讲情义的见证。他们如果看上了什么要有所动作，总需要给它的主人打个招呼吧。主人是谁？只能是莫高窟历代开凿者、续建者、绘画者、雕塑者、供养者、巡礼者的血缘后裔。这是一个很大很大的人群，不应该偷偷绕过。

　　主人再穷再弱，也总是主人。

　　主人再不懂事，也总是主人。

　　而且，谁能断定主人完全不懂事呢？

　　二十世纪二十年代莫高窟曾经成为越界白俄士兵的滞留地。那些士兵在洞窟里支起了锅灶，生火做饭，黑烟和油污覆盖了大批壁画和雕塑。他们还用木棒蘸着黑漆，在壁画上乱涂乱画。

　　这些士兵走了以后，不久，一群美国人来了。他们是学者，大骂白俄士兵的胡作非为，当场立誓，要拯救莫高窟文物。他们的"拯救"方法是，用化学溶剂把壁画粘到纱布上剥下墙壁，带回美国去。

　　为首的是两位美国学者，我要在这里记一下他们的名字：一位是哈佛大学的兰登·华尔纳，一位是宾夕法尼亚博物馆的霍勒斯·杰恩。

　　兰登·华尔纳带回美国的莫高窟壁画引起轰动，他非常后悔自己当初没有带够化学溶剂，因此又来了第二次。这次他干脆带来了一名化学溶剂的调配专家，眼看就要在莫高窟里大动手脚了。

　　但是，他后来在回忆录里写道，这次在莫高窟遇到了极大的麻烦：

　　　　事态变得十分棘手，约有几十个村民放下他们的工作，从大约十五公里外的地方跑来监视我们的行动……以便有理由对我们进行袭击，或者用武力把我们驱逐出境。

结果，他们只是拍了一些遗迹的照片，什么也无法拿走。化学溶剂更是一滴也没有用。

这几十个从十五公里之外赶来的村民，就是我所说的"主人"。说实在的，我很为他们的行为感动。

后来华尔纳在美国读到一本书，是他第二次去莫高窟时从北京雇请一位叫陈万里的翻译写的。这才知道，那些村民所得到的信息正是这位翻译透露的。陈万里先生到敦煌的第二天，就借口母亲生病离开了华尔纳，其实是向村民通报美国人准备干什么了。

为此，我还要向这位陈万里先生致敬。

一位名不见经传的普通知识分子，加上几十个他原先不可能认识的当地村民，居然在极短的时间内做成了这么一件大事！对比之下，我看那些不负责任的官员，以及那些助纣为虐的翻译，还怎么来寻找遁词？

陈万里先生不仅是翻译，还是一位医生和学者。中国另有一位姓陈的学者曾经说过一句话："敦煌者，吾国学术之伤心史也。"这位陈先生叫陈寅恪，后来两眼完全失去了视力。

陈寅恪先生看不见了，我们还张着眼。陈万里先生和村民没有来得及救下的那些莫高窟文物，还在远处飘零。既然外人如此眼热，可见它们确实是全人类的精粹，放在外面也罢了；只是，它们记录了我们历代祖先的信仰和悲欢，我们一有机会总要赶过去探望它们，隔着外国博物馆厚厚的玻璃，长久凝视，百般叮咛。

莫高窟被那些文物拉得很长很长，几乎环绕了整个地球。那么，我们的心情也被拉长了，随着唐宋元明清千年不枯的笑容，延伸到整个世界。

沙原隐泉

沙漠中也会有路的，但这儿没有。

远远看去，有几行歪歪扭扭的脚印。

顺着脚印走吧？不行，被人踩过了的地方反而松得难走。只能用自己的脚，去走一条新路。回头一看，为自己长长的脚印高兴。不知这行脚印，能保存多久？

挡眼是几座巨大的沙山。只能翻过它们，别无他途。上沙山实在是一项无比辛劳的苦役。刚刚踩实一脚，稍一用力，脚底就松松地下滑。用力越大，陷得越深，下滑也越加厉害。才踩几脚，已经气喘，不禁恼怒。

我在浙东山区长大，在幼童时已经能够欢快地翻越大山。累了，一使蛮劲，还能飞奔峰巅。这儿可万万使不得蛮劲。软软的细沙，也不硌脚，也不让你磕撞，只是款款地抹去你的全部气力。你越发疯，它越温柔，温柔得可恨至极。无奈，只能暂息雷霆之怒，把脚底放松，与它厮磨。

要腾腾腾地快步登山，那就不要到这儿来。有的是栈道，有的是石阶，千万人走过了的，还会有千万人走。只是，那儿不给你留下脚印——属于你自己的脚印。来了，那就认了吧，为沙漠行走者的公规，为这些美丽的脚印。

心气平和了，慢慢地爬。沙山的顶越看越高，爬多少它就高多少，简直像儿时追月。

已经担心今晚的栖宿。狠一狠心，不宿也罢，爬！再不理会那高远的目标了，何必自己惊吓自己。它总在的，看也在，不看也在，那么，看又何益？

还是转过头来打量一下自己已经走过的路吧。我竟然走了那么长，爬了那么高！脚印已像一条长不可及的绸带，平静而飘逸地画下了一条波动的曲线，曲线一端，紧系脚下。

完全是大手笔，不禁钦佩起自己来了。

不为那越来越高的山顶，只为这已经画下的曲线，爬。

不管能抵达哪儿，只为已耗下的生命，爬。

无论怎么说，我始终站在已走过的路的顶端——永久的顶端，不断浮动的顶端，自我的顶端，未曾后退的顶端。

沙山的顶端是次要的。爬，只管爬。

脚下突然平实，眼前突然空阔，怯怯地抬头四顾——山顶还是被我爬到了。

完全不必担心栖宿，西天的夕阳还十分灿烂。

夕阳下的绵绵沙山是无与伦比的天下美景。光与影以最畅直的线条进行分割，金黄和黛赭都纯净得毫无斑驳，像用一面巨大的筛子筛过了。日夜的风，把风脊、山坡塑成波荡，那是极其款曼平适的波，不含一丝涟纹。

于是，满眼皆是畅快，一天一地都被铺排得大大方方、明明净净。色彩单纯到了圣洁，气韵委和到了崇高。

为什么历代的僧人、信众、艺术家要偏偏选中沙漠沙山来倾注自己的信仰，建造了莫高窟、榆林窟和其他洞窟？站在这儿，我懂了。我把自身的顶端与山的顶端合在一起，心中鸣起了天乐般的梵呗。

刚刚登上山脊时，已发现山脚下尚有异相，舍不得一眼看全。待放眼鸟瞰一过，此时才敢仔细端详。那分明是一湾清泉，横卧山底。

动用哪一个藻饰词，都会是对它的亵渎。只觉它来得莽撞，来得怪异，安安静静地躲藏在本不该有它的地方，让人的眼睛看了很久还不大能够适应。再年轻的旅行者，也会像慈父心疼女儿一样叫一声：这是什么地方，你怎么也跑来了！

是的，这无论如何不是它来的地方。要来，该来一道黄浊的激流，但它是这样清澈和宁谧。或者，来一个大一点的湖泊，但它是这样纤瘦和婉约。按它的品貌，该落脚在富春江畔、雁荡山间，或是从虎跑到九溪的树阴下。

漫天的飞沙，难道从未把它填塞？夜半的飓风，难道从未把它吸干？这里可曾出没过强盗的足迹，借它的甘泉赖以为生？这里可曾蜂聚过匪帮的马队，在它身边留下一片污浊？

我胡乱想着，随即又愁云满面。怎么走近它呢？我站立峰巅，它委身山底。向着它的峰坡，陡峭如削。此时此刻，刚才的攀登，全化成了悲哀。

向往峰巅，向往高度，结果峰巅只是一道刚能立足的狭地。不能横行，不能直走，只享一时俯视之乐，怎可长久驻足安坐？上已无路，下又艰难，我感到从未有过的孤独与惶恐。

世间真正温煦的美色，都熨帖着大地，潜伏在深谷。君临万物的高度，到头来只构成自我嘲弄。我已看出了它的讥诮，于是亟亟地来试探下削的陡坡。

人生真是艰难，不上高峰发现不了它，上了高峰又不能与它亲近。看来，注定要不断地上坡下坡、上坡下坡。

咬一咬牙，狠一狠心。总要出点事了，且把脖子缩紧，歪扭着脸上肌肉把脚伸下去。一脚，再一脚，整个骨骼都已准备好了一次重重的摔打。

然而，奇了，什么也没有发生。才两脚，已出溜下去好几米，又站得十分稳当。不前摔，也不后仰，一时变作了高加索山头上的普罗米修斯。

再稍用力，如入慢镜头，跨步若舞蹈，只十来下，就到了山底。

实在惊呆了：那么艰难地爬了几个时辰，下来只是几步！想想刚才伸脚时的悲壮决心，哑然失笑。康德说，滑稽是预期与后果的严重失衡，正恰是这种情景。

来不及多想康德了，呕呕向泉水奔去。

一湾不算太小，长可三四百步，中间最宽处相当一条中等河道。水面之下，漂动着丛丛水草，使水色绿得更浓。竟有三只玄身水鸭，轻浮其上，带出两翼长长的波纹。真不知它们如何飞越万里关山，找到这儿。水边有树，不少已虬根曲绕，该有数百岁高龄。

总之，一切清泉静池所应该有的，这儿都有了。至此，这湾泉水在我眼中又变成了独行侠——在荒漠的天地中，全靠一己之力，张罗出了一个可人的世界。

树后有一陋屋，正迟疑，步出一位老尼，手持悬项佛珠，满脸皱纹布得细密而宁静。

她告诉我，这儿本来有寺，毁于二十年前。我不能想象她的生活来源，讷讷地问，她指了指屋后一路，淡淡说：会有人送来。

我想问她的事情自然很多，例如，为何孤身一人长守此地？什么年岁初来这里？终是觉得对于佛家，这种追问过于钝拙，掩口作罢。

目光又转向这脉静池，答案应该都在这里。

茫茫沙漠，滔滔流水，于世无奇。唯有大漠中如此一湾，风沙中如此一静，荒凉中如此一景，高坡后如此一跌，才深得天地之韵律、造化之机巧，让人神醉情驰。

以此推衍，人生、世界、历史，莫不如此。给浮嚣以宁静，给躁急以清冽，给高蹈以平实，给粗犷以明丽。唯其这样，人生才见灵动，世界才显精致，历史才有风韵。

因此，老尼的孤守不无道理。当她在陋室里听够了一整夜惊心动魄的风沙呼啸时，明晨，即可借明净的水色把耳根洗净。当她看够了泉水的湛绿时，抬头，即可望望灿烂的沙壁。

山，名为鸣沙山；泉，名为月牙泉。皆在敦煌县境内。

阳关雪

在中国古代，文官兼有文化身份和官场身份。在平日，自己和别人关注的大多是官场身份。但奇怪的是，当峨冠博带早已零落成泥，崇楼华堂也都沦为草泽之后，那一杆竹管毛笔偶尔涂画的诗文，却有可能镂刻山河、雕镂人心，永不漫漶。

我曾有缘，在黄昏的江船上仰望过白帝城，在浓冽的秋霜中登临过黄鹤楼，还在一个除夕的深夜摸到了寒山寺。我的周围人头济济，可以肯定，绝大多数人的心头，都回荡着那几首不必引述的古诗。

人们来寻景，更来寻诗。这些诗，他们在孩提时代就能背诵。孩子们的想象，诚恳而逼真。因此，这些城，这些楼，这些寺，早在心头自行搭建。

待到年长，当他们刚刚意识到有足够脚力的时候，也就给自己负上了一笔沉重的宿债，焦渴地企盼着对诗境实地的踏访，为童年，为想象，为无法言传的文化归属。

有时候，这种焦渴，简直就像对失落的故乡的寻找，对离散的亲人的查访。

文人的魔力，竟能把偌大一个世界的生僻角落，变成人人心中的故乡。他们薄薄的青衫里，究竟藏着什么法术呢？

今天，我冲着王维的那首《渭城曲》，去寻阳关了。出发前曾在下榻的县城向老者打听，回答是："路又远，也没什么好看的。这雪一时下不停，别去受这个苦了。"我向他鞠了一躬，转身钻进雪里。

一走出小小的县城，便是沙漠。除了茫茫一片雪白，什么也没有，连一个褶皱也找不到。在别地赶路，总要每一段为自己找一个目标，盯着一棵树，赶过去，然后再盯着一块石头，赶过去。在这里，睁疼了眼也看不见一个目标，哪怕是一片枯叶、一个黑点。于是，只好抬起头来看天。

从未见过这样完整的天，一点儿没有被吞食、被遮蔽，边沿全是挺展展的，紧扎扎地把大地罩了个严实。

有这样的地，天才叫天；有这样的天，地才叫地。在这样的天地中独个儿行走，侏儒也变成了巨人；在这样的天地中独个儿行走，巨人也变成了侏儒。

天竟晴了，风也停了，阳光很好。没想到沙漠中的雪化得这样快，才片刻，地上已见斑斑沙底，却不见湿痕。

天边渐渐飘出几缕烟迹，并不动，却在加深。疑惑半晌，才发现，那是刚刚化雪的山脊。

地上有一些奇怪的凹凸，越来越多，终于构成了一种令人惊骇的铺陈。我猜了很久，又走近前去蹲下身来仔细观看，最后得出结论：那全是远年的坟堆。

这里离县城已经很远，不大会成为城里人的丧葬之地。这些坟堆被风雪所蚀，因年岁而塌，枯瘦萧条，显然从未有人祭扫。它们为什么会有那么多，排列得又是那么密呢？只可能有一种理解：这里是古战场。

我在望不到边际的坟堆中茫然前行，心中浮现出艾略特的《荒原》。这里正是中华历史的荒原：如雨的马蹄，如雷的呐喊，如注的热血。中原慈母的白发，江南春闺的遥望，湖湘稚儿的夜哭。故乡柳阴下的诀别，将军咆哮时的怒目，丢盔弃甲后的军旗。随着一阵烟尘，又一阵烟尘，都飘散远去。

我相信，死者临死时都是面向朔北敌阵的；我相信，他们又很想在最后一刻回过头来，给熟悉的土地投注一个目光。于是，他们扭曲地倒下了，化作沙堆一座座。

这繁星般的沙堆，不知有没有换来史官们的几行墨迹？堆积如山的中国史籍，写在这个荒原上的篇页还算是比较光彩的，因为这儿是历代王朝的边远地带，担负着保卫华夏疆域的使命。所以，这些沙堆还铺陈得较为自在，这些篇页也还能哗哗作响。就像眼下单调的土地一样，出现在这里的历史命题也比较单纯。在中原内地就不同了。那儿没有这么大大咧咧铺陈开来的坦诚，一切都在花草掩映中发闷，无数不知为何而死的冤魂，只能悲愤懊丧地深潜地底，使每片土地都疑窦重重。相比之下，这片荒原还算荣幸。

远处已有树影。疾步赶去，树下有水流，沙地也有了高低坡斜。登上一个坡，猛一抬头，看见不远的山峰上有荒落的土墩一座，我凭直觉确信，这便是阳关了。

树愈来愈多，开始有房舍出现。这是对的，重要关隘所在，屯扎兵马之地，不能没有这一些。转几个弯，再直上一道沙坡，爬到土墩底下，四处寻找，近旁正有一碑，上刻"阳关古址"四字。

这是一个俯瞰四野的制高点。西北风浩荡万里，直扑而来，踉跄几步，方才站住。脚是站住了，却分明听到自己牙齿打战的声音，鼻子一定是立即冻红了的。呵一口热气到手掌，揞住双耳用力蹦跳几下，才定下心来睁眼。

这儿的雪没有化，当然不会化。所谓古址，已经没有什么故迹，只有近处的烽火台还在，这就是刚才在下面看到的土墩。土墩已坍了大半，可以看见一层层泥沙，拌和着一层层苇草。苇草飘扬出来，在千年之后的寒风中抖动。

　　向前俯视，是西北的群山，都积着雪，直伸天际。我突然觉得自己是站在大海边的礁石上，那些山全是冰海冻浪。

　　王维的笔触实在是温厚。对于这么一个阳关，他仍然不露凌厉惊骇之色，而只是文静淡雅地写道："劝君更尽一杯酒，西出阳关无故人。"他瞟了一眼渭城客舍窗外青青的柳色，看了看友人已打点好的行囊，微笑着举起了酒壶——再来一杯吧，阳关之外，也许就找不到可以这样对饮畅谈的老朋友了。

　　这杯酒，友人一定是毫不推却、一饮而尽的。

　　这便是唐人风范。他们多半不会声声悲叹，执袂劝阻。他们的目光放得很远，他们的人生道路铺展得很广。告别是经常的，步履是放达的。这种神貌，在李白、高适、岑参那里，焕发得越加豪迈。由此联想到，在南北各地的古代造像中，唐人造像一看便可识认，形体那么健美，目光那么平静，笑容那么肯定，神采那么自信。

　　在欧洲看蒙娜丽莎的微笑，你立即就能感受，这种恬然的自信只属于那些真正从中世纪的梦魇中苏醒、对前路挺有把握的艺术家们。这些艺术家以多年的奋斗，执意要把微笑输送进历史的魂魄。而更早就具有这种微笑的唐代，却没有把它的自信延续久远。阳关的风雪，竟越见凄迷。

　　王维诗画皆称一绝，莱辛等西方哲人反复论述过的诗与画的界限，在他是可以随脚出入的。但是，长安的宫殿只为艺术家们开了一个狭小的边门，只允许他们以文化侍从的身份躬身而入。这里，不需要艺术闹出太大的人文局面，不需要对美有太深的人性寄托。

于是，九州的文风渐渐刻板。阳关，再也难以享用温醇的诗句。西出阳关的文人越来越少，只有陆游、辛弃疾等人一次次在梦中抵达，倾听着穿越沙漠冰河的马蹄声。但是，梦毕竟是梦，他们都在梦中死去。

即便是土墩、石城，也受不住见不到诗人的寂寞。阳关坍弛了，坍弛在一个民族的精神疆域中。它终成废墟，终成荒原。身后，沙坟如潮；身前，寒峰如浪。谁也不能想象，这儿，一千多年之前曾经验证过人生旅途的壮美、艺术情怀的宏广。

这儿应该有几声胡笳和羌笛的，如壮汉啸吟，与自然浑和，却夺人心魄。可惜它们后来都不再欢跃，成了兵士们心头的哀音。既然一个民族都不忍听闻，它们也就消失在朔风之中。

回去吧，时间已经不早，怕还要下雪。

三　峡

一

　　顺长江而下，三峡的起点是白帝城。这个头开得真漂亮。

　　对稍有文化的中国人来说，知道三峡也大多是以白帝城开头的。李白那首名诗，在小学课本里就能读到。

　　我首读此诗时不到十岁，上来第一句就有误解。"朝辞白帝彩云间"，"白帝"当然是一个人，李白一大清早与他告别。这位帝王着一身缟白的银袍，高高地站立在山石之上。

　　他既然穿着白衣，年龄就不会很大。高个，瘦削，神情忧郁而安详。清晨的寒风舞弄着他的飘飘衣带，绚丽的朝霞烧红了天际，与他的银袍相互辉映，让人满眼都是光色流荡。

　　他没有随从和侍卫，独个儿起了一个大早。诗人远行的小船即将解缆，他还在握着手细细叮咛。

　　他的声音也像纯银一般，在这寂寞的山河间飘荡回响。但他的话语很难听得清楚，好像来自另一个世界。他就住在山头的小城里，管辖着这里的丛山和碧江。

多少年后，我早已知道童年时的误解是多么可笑，但当我真的坐船经过白帝城的时候，依然虔诚地抬着头，寻找着银袍与彩霞。船上的广播员正在吟诵着这首诗，又放出了《白帝托孤》的录音。猛地，山水、历史、童年的臆想、美丽的潜藏，涌成一团，把人震呆。

《白帝托孤》是京剧，说的是战败的刘备退到白帝城郁闷而死，把儿子和政事全都托付给诸葛亮。抑扬有致的声腔飘浮在回旋的江面上，撞在湿漉漉的山岩间，弥漫着一种失败的苍凉。

我想，白帝城本来就熔铸着两种声音、两番神貌：李白与刘备，诗情与战火，天真与沉郁。它高高地矗立在群山之上，在它脚下，是为这两个主题日夜争辩着的滔滔江流。

华夏河山，可以是尸横遍野的疆场，也可以是诗来歌往的乐土。可怜的白帝城多么劳累，清晨刚刚送走了李白们的轻舟，夜晚还得迎接刘备们的马蹄。只是时间一长，这片山河对诗人们的庇佑力日渐减弱，他们的船楫时时搁浅，他们的衣带经常熏焦，他们由高迈走向苦吟，由苦吟走向无声。

中国，还留下几个诗人？

幸好还留存了一些诗句，留存了一些记忆。幸好还有那么多的中国人记得，有那么一个早晨，有那么一位诗人，在白帝城下悄然登舟。

他刚刚摆脱了一项政治麻烦，精神恢复了平静。他没有任何权势，也没有任何随从。如此平凡而寒碜的出行，却被记住千年，而且还要被记下去，直至地老天荒。这里透露了一个民族的饥渴：他们本来应该拥有更多这样平静的早晨。

在李白的时代，有很多诗人在这块土地上来来去去。他们的身上并不带有政务和商情，只带着一双锐眼、一腔诗情，在山水间周旋，与大地结亲，写出一行行毫无实用价值的诗句，在朋友间传观吟唱，已是心满意足。他们把这种行端很当做一件正事，为之而不怕风餐露宿、长途苦旅。

结果，站在盛唐的中心地位的，不是帝王，不是贵妃，不是将军，而是这些诗人。余光中《寻李白》诗云：

> 酒入豪肠，七分酿成了月光
> 剩下的三分啸成剑气
> 绣口一吐就半个盛唐

盛唐时代的诗人，既喜欢四川的风土文物，又向往下游的开阔文明，长江就成了他们生命的便道，不必下太大的决心就解缆问桨。脚在何处，故乡就在何处；水在哪里，道路就在哪里。

他们知道，长江行途的最险处无疑是三峡；但更知道，那里又是最湍急的诗的河床。

一到白帝城，他们振一振精神，准备着一次生命对自然的强力冲撞，在冲撞中捡拾诗句。

只能请那些蜷缩在黄卷青灯间搔首苦吟的人们不要写诗了，那模样本不属于诗人。诗人在三峡的木船上，刚刚告别白帝城。

二

告别白帝城，便进入了长约二百公里的三峡。在水路上，二百公里可不算一个短距离。但是，你绝不会觉得造物主在做过于冗长的文章。这里所会聚的力度和美色，即便铺排开去两千公里，也不会让人厌倦。

瞿塘峡、巫峡、西陵峡，每一个峡谷都浓缩得密密层层，再缓慢的行速也无法将它们化解开来。连临照万里的太阳和月亮，在这里也挤挨不上。对此，一千五百年前的郦道元说得最好：

> 两岸连山，略无阙处。重岩叠嶂，隐天蔽日，自非亭午夜分，不见曦月。

（《水经注》）

他还用最省俭的字句刻画过三峡春冬之际的"清荣峻茂"，晴初霜旦的"林寒涧肃"，使后人再难调动描述的词汇。

过三峡本是寻找不到词汇的。只能老老实实，让飕飕阴风吹着，让滔滔江流溅着，让迷乱的眼睛呆着，让一再要狂呼的嗓子哑着。什么也甭想，什么也甭说，让生命重重实实地受一次惊吓。千万别从惊吓中醒过神来，清醒的人都消受不住三峡。

僵寂的身边突然响起了一些"依哦"声，那是巫山的神女峰到了。

神女在连峰间侧身而立，给惊吓住了的人类带来了一点宽慰。好像上苍在铺排这个仪式时突然想到，要让蠕动于山川间的人类占据一角观礼。被选上的当然是女性，正当妙龄，风姿绰约——人类的真正杰作只能是她们。

人们在她身上倾注了最瑰丽的传说，好像下决心让她汲足世间的至美，好与自然精灵们争胜。说她帮助大禹治过水，说她夜夜与楚襄王幽会，说她在行走时有环佩鸣响，说她云雨归来时浑身异香。但是，传说归传说，她毕竟只是巨石一柱、险峰一座，只是自然力对人类的一个幽默安慰。

又是诗人首先看破。几年前，江船上仰望神女峰的无数旅客中，有一位女子突然掉泪。她终于走向船舱，写下了这些诗行：

> 美丽的梦留下美丽的忧伤
> 人间天上，代代相传
> 但是，心
> 真能变成石头吗
>
> 沿着江岸
> 金光菊和女贞子的洪流
> 正煽动新的背叛
> 与其在悬崖上展览千年
> 不如在爱人肩头痛哭一晚

（舒婷：《神女峰》）

船外，王昭君的家乡过去了。也许是这里的激流把这位女子的心扉冲开了，顾盼生风，绝世艳丽，却甘心远嫁草原。她为中国历史疏通了一条像三峡一般的险峻通道。

船外，屈原故里过去了。也许是这里的奇峰交给他一副傲骨，这位诗人问天索地，最终投身汨罗江，一时把那里的江水，也搅成了三峡的波涛。

看来，从三峡出发的人，无论是男是女，都比较怪异，都有可能卷起一点旋涡，发起一些冲撞。他们如果具有叛逆性，也会叛逆得无比瑰丽。

由此可见，最终还是人——这些在形体上渺小得完全不能与奇丽山川相提并论的人，使三峡获得了精神和灵魂。

　　后辈子孙能够平静地穿越三峡，是一种莫大的奢侈。但遗憾的是，常常奢侈得过于麻木，不知感恩。我只知道，明天一早，我们这艘满载旅客的航船，会又一次鸣响结束夜船的汽笛，悄然驶进朝霞，抵达一个码头。然后，再缓缓起航。没有告别，没有激动，没有吟唱。

白发苏州

一

两千多年前，世界上已经有几座不错的城市。但是，这些城市都一一相继沦为废墟。人类的文明地图，一直在战火的余烬中不断改变。往往是，越是富贵的所在，遭受的抢掠越是严重，后景越是荒凉。

不必说多次被夷为平地的巴格达和耶路撒冷，看看一些正常的城市也够让人凄伤。

公元前后，欧洲最早的旅行者看到乱草迷离的希腊城邦遗迹，声声长叹。六世纪，罗马城衰落后的破巷、泥坑、脏水，更让人无法面对……

有哪一座城市，繁华在两千多年前而至今依然繁华，中间几乎没有中断？

我想，那个城市在中国，它的名字叫苏州。

不少学者试图提升苏州的自信，把它说成是"东方的威尼斯"。我听到这样的封号总是哑然失笑，因为不说别的，仅仅来比这两个水城的河道：当苏州精致的花岗石码头边船楫如梭的时候，威尼斯还是一片沼泽荒滩。

二

苏州是我常去之地。海内美景多得是，唯苏州，能给我一种真正的休憩。柔婉的言语，姣好的面容，精雅的园林，幽深的街道，处处给人以感官上的宁静慰藉。现实生活常常搅得人心智烦乱，而苏州的古迹会让你定一定情怀。有古迹必有题咏，大多是古代文人的感叹，读一读，能把你心头的皱折熨抚得平平展展。看得多了，也便知道，这些文人大多也是来休憩的。他们不想在这儿创建伟业，但在外面事成事败之后，却愿意到这里来住住。苏州，是中国文化宁谧的后院。

我有时不禁感叹，做了那么长时间的后院，苏州在中国文化史上的地位是不公平的。京城史官的眼光很少在苏州停驻，从古代到近代，吴侬软语与玩物丧志同义。

理由是明白的：苏州缺少帝京王气。

这里没有森然殿阙，只有园林。这里摆不开战场，徒造了几座城门。这里的曲巷通不过堂皇的官轿，这里的民风不崇拜肃杀的禁令。

这里的流水太清，这里的桃花太艳，这里的弹唱有点撩人，这里的小食太甜，这里的女人太俏，这里的茶馆太多，这里的书肆太密，这里的书法过于流丽，这里的绘画不够苍凉遒劲，这里的诗歌缺少易水壮士低哑的喉音。

于是，苏州面对着种种冷眼，默默地端坐着，迎来送往，安分度日；却也不愿意重整衣冠，去领受那份王气。反正已经老了，去吃那种追随之苦做甚？

三

说来话长，苏州的委屈，两千多年前已经受了。

当时正是春秋晚期，苏州一带的吴国和浙江的越国打得难解难分。其实吴、越本是一家，两国的首领都是外来的冒险家。先是越王勾践击败吴王阖闾，然后又是继任的吴王夫差击败越王。越王利用计谋卑怯称臣，实际上发愤图强，终于在十年后卷土重来，成了春秋时代最后一个霸主。

这事在中国差不多人所共知，原是一场分不清是非的混战，可惜后人只欣赏越王的计谋和忍耐，嘲笑吴王的该死。千百年来，越国的首府一直被称颂为"报仇雪耻之乡"，那么苏州呢？当然是"亡国亡君之地"。

细想吴越混战，最苦的是苏州百姓。吴越间打的几次大仗，有两次是野外战斗，一次在嘉兴南部，一次在太湖洞庭山，而第三次则是越军攻陷苏州，所遭惨状一想便知。早在越王用计期间，苏州人已连续遭殃。越王用煮过的稻子当做种子上贡吴国，吴国用以撒种，颗粒无收，灾荒由苏州人民领受。越王怂恿吴王享乐，亭台楼阁建造无数，劳役由苏州人民承担。最后，亡国奴的滋味，又让苏州人民品尝。

传说越王计谋中还有重要一项，就是把越国的美女西施进献给吴王，诱使他荒淫无度，懒理国事。计成，西施却被家乡来的官员投沉江中，因为她已与"亡国"二字相连，霸主最为忌讳。

苏州人心肠软，他们不计较这位顶着"越国间谍"身份的姑娘给自己带来过多大的灾害，只觉得她可怜，真真假假地留着她的大量遗迹来纪念。据说今日苏州西郊灵岩山顶的灵岩寺，便是当初西施居住的所在，吴王曾名之"馆娃宫"。灵岩山是苏州一大胜景，游山时若能遇到几位热心的苏州老者，他们还会细细告诉你，何处是西施洞，何处是西施迹，何处是玩月池，何处是吴王井，处处与西施相关。

你看，当越国人一直为报仇雪耻的传统而自豪的时候，他们派出的西施姑娘却被对方民众照顾着，清洗着，梳理着，辩解着，甚至供奉着。

苏州人甚至还不甘心于西施姑娘被人利用后又被沉死的悲剧。明代梁辰鱼作《浣纱记》，让西施完成任务后与原先的情人范蠡泛舟太湖而隐遁。这确实是善良的，但这么一来，又产生了新的尴尬：这对情人既然原先已经爱深情笃，那么西施后来在吴国的奉献，就与人性太相悖。

前不久一位苏州作家给我看他的一部新作，写勾践灭吴后，越国正等着女英雄西施凯旋，但西施已经真正爱上了自己的夫君吴王夫差，甘愿陪着他一同流放边荒。

这还比较合理。

我也算一个越人吧，家乡曾属会稽郡管辖。无论如何，我钦佩苏州的见识和度量。

四

吴越战争以后，苏州一直没有发出太大的音响。千年易过，直到明代，苏州突然变得坚挺起来。

对于遥远京城空前的腐败集权，竟然是苏州人反抗得最为厉害：先是苏州织工大暴动，再是东林党人反对魏忠贤。朝廷特务在苏州逮捕东林党人时，遭到苏州全城的反对。柔婉的苏州人这次是踏着血泪冲击，冲击的对象是皇帝最信任的"九千岁"。这件事情结束后，苏州人把五位抗争时牺牲的普通市民葬在虎丘山脚下，立了墓碑，让他们安享山色和夕阳。

这次浩荡突发，使整整一部中国史都对苏州人另眼相看。这座古城怎么啦？脾性一发，让人再也认不出来。说他们含而不露，说他们忠奸分明，说他们大义凛然，苏州人只笑一笑，又去过原先的日子。园林依然这样纤巧，桃花依然这样灿烂。

明代是中国古代实行文化专制主义最严重的时期，但那时的苏州却打造出了一片比较自由的小天地。明代的苏州人可享受的东西多得很，他们有一大批作品不断的戏曲家，他们有万人空巷的虎丘山曲会，他们还有唐伯虎和仇英的绘画。再后来，他们又有了一个金圣叹。

如此种种，又让京城的朝廷文化皱眉。轻柔悠扬，潇洒倜傥，放浪不羁，艳情漫漫，这似乎又不是圣朝气象。就拿那个名声最坏的唐伯虎来说吧，自称江南第一才子，也不干什么正事，却看不起大小官员，只知写诗作画，不时拿几幅画到街上出卖。

> 不炼金丹不坐禅，
> 不为商贾不耕田；
> 闲来写幅青山卖，
> 不使人间造孽钱。

这样过日子，怎么不贫病交困呢？然而苏州人似乎挺喜欢他，亲亲热热地叫他"唐解元"，在他死后把桃花庵修葺保存，还传播一个"三笑"故事让他多了一桩艳遇。

唐伯虎是好是坏，我们且不去论他。无论如何，他为中国增添了几页非官方文化。道德和才情的平衡木实在让人走得太累，他有权利躲在桃花丛中做一个真正的艺术家。中国这么大，历史这么长，金碧辉煌的色彩层层涂抹，够沉重了，涂几笔浅红淡绿，加几分俏皮洒脱，才有活气，才有活活泼泼的中国文化。

五

一切都已过去了，不提也罢。现在我只困惑，人类最早的城邑之一，会不会淹没在后生晚辈的时尚之中？

山水还在，古迹还在，似乎精魂也有些许留存。最近一次去苏州，重游寒山寺，撞了几下钟，看到国学大师俞樾题写的诗碑，想到他所居住的曲园。曲园为新开，因有俞樾先生的后人俞平伯先生等后人捐赠，原物原貌，适人心怀。曲园在一条狭窄的小巷里，由于这个普通门庭的存在，苏州一度成为晚清国学重镇。几十年后，又因为章太炎先生定居苏州，这座城市的学术地位更是毋庸置疑，连拥有众多高等学府的北京、上海、南京这样的大城市，也不能不投来恭敬的目光。

我一直认为，大学者是适宜于住在小城市的，因为大城市会给他们带来很多繁杂的消耗。但是，他们选择小城市的条件又比较苛刻，除了环境的安静、民风的简朴外，还需要有一种渗透到墙砖街石间的醇厚韵味，能够与他们的学识和名声对应起来。这样的小城市，中国各地都有，但在当时，苏州是顶级之选。

漫步在苏州的小巷中是一种奇怪的体验：一排排鹅卵石，一级级台阶，一座座门庭。门都关闭着，让你去猜想它的蕴藏，猜想它很早以前的主人。想得再奇也不要紧，两千多年的时间，什么事情都可能发生。

如今的曲园，辟有一间茶室。巷子太深，门庭太小，来人不多。茶客都上了年纪，皆操吴侬软语，远远听去，似乎正在说俞樾和章太炎，有所争执，又继以笑声。

未几，老人们起身了，他们在门口拱手作揖，转过身去，消失在狭窄的小巷里。

我也沿着小巷回去。依然是光光的鹅卵石，依然是座座关闭的门庭。

我突然有点害怕，怕哪个门庭突然打开，拥出来几个人：若是吴门墨客，我会感到有些悲凉；若是时髦青年，我会觉得有些惶恐。

该是什么样的人？我们等着看吧。

两千多年的小巷给了我们一个暗示，那就是：不管看到什么，都应该达观。是的，达观，能够笑纳一切的达观。

杭州宣言

一

《马可·波罗游记》说，杭州是世界上最高贵、最美丽的城市。杭州之外，中国还有很多别的美丽。

于是，哥伦布把这本游记放在自己的驾驶台上，向大海进发。由他开始，欧洲完成了地理大发现。

航海家们没有抵达杭州，但杭州一直隐隐约约地晃动在他们的心理罗盘之上。

马可·波罗的话，为什么这样值得信赖？

因为，他来自于欧洲人心目中最美丽的城市威尼斯，对于城市美景有足够的评判眼光。

其实，马可·波罗来杭州时，这座城市已经承受过一次不小的破坏。在他到达的十几年前，杭州作为南宋的首都沦陷于元军之手。一场持续了很多年的攻守之战终于结束，其间的放纵发泄可想而知。尽管后来的十几年有所恢复，但与极盛时的国都相比毕竟不可同日而语。就这样，还是高贵、美丽到了世界第一，那就不难想象未被破坏时的情景了。

二

杭州的美丽，已经被历代文人倾注了太多的描写词汇。这是世间一切大美必然遇到的悲剧，人们总以为大美也可以被描写，因此总让它们沉陷在一大堆同样可以描写小美、中美、平庸之美、勉强之美、夸饰之美的词汇中间，就像一位世界等级的歌唱家被无数嘈杂的歌喉包围。

为此，这篇文章要做一个试验，放弃描写，只说杭州之美是怎么被创造、被守护的。

杭州这地方，本来并没有像黄山、九寨沟、长白山天池、张家界那样鬼斧神工般的天然美景。一个浅浅的小海湾，被潮汐和长江带来的泥沙淤积，时间长了就不再与外海流通，形成了一个咸水湖。在这种咸水湖中，水生植物会越长越多，而水则会渐渐蒸发减少，慢慢就会变成沼泽地，然后再变成盐碱地。这是被反复证实了的自然规则。

因此，杭州后来能变得这样美丽，完全是靠人力创造。

首先，人们为那个咸水湖浚通了淡水河（武林水）的水源，使它渐渐变成淡水湖，这便是西湖。然后，建筑防海大塘，抵御海潮肆虐，这便是钱塘——中国历史上最早被记载的海塘。

七世纪初隋炀帝开凿大运河，通达杭州，使杭州一下子成了一个重要城市。由于居民增多，这个城市的用水必须取用西湖的淡水，便在八世纪挖通了连接西湖水源的"六井"，使杭州这座城市与西湖更加相依为命。

九世纪二十年代，大诗人白居易任杭州刺史。他不是来写诗，而是来做事的，而且做得很出色。他遇到的问题是，西湖边上有很多农田等待西湖灌溉，而西湖中间已出现大片苇草地，蓄水量已经大为减少。于是，他认真地研究了"蓄"和"泄"之间的关系，先是挖深湖底，修筑一条高于原来湖面的堤坝，大大增加西湖的蓄水量，然后再根据灌溉的需要定量泄水。此外，他还把民用的"六井"疏浚了一下。

白居易在这里展现的，完全是一个水利学家和城建专家的风姿。这时候，他已年过半百，早就完成《长恨歌》、《琵琶行》、《秦中吟》、《新乐府》，无可置疑地成了不仅仅是唐代而且是整部中国文学史上极少数的巨匠之一。但他丝毫没有傲慢在这种文化身份里，而是成天忙忙碌碌地指挥湖中的工程。

大诗人在这里用泥土和石块写诗，好让后代的小诗人们感怀吟诵。他自己的诗句，只是永远地躲在水草间、石缝里掩口而笑，绝不出声，以防后人听到了颓然废笔。

三

白居易这样的官员在中国古代总是被调来调去的，因此很多人到任何地方做官都在等待下一次调动，在哪里也不会专心。白居易实在是不容易，在杭州留下了那么实实在在的生态环境改造遗迹。

真正把杭州当做永恒的家，以天然大当家的身份把这座城市系统整治了的，是十世纪的吴越王钱镠。这是一个应该记住的名字，因为他是中国历史上少有的杰出的城市建筑者。他名字中的这个"镠"字，很多人会念错，那就有点对不起他。镠，读音和意义都与"鎏"相同，一种成色很好的金子，记住了。

这块"金子"并不是一开始就供奉在深宫锦盒里的。他长期生活在社会底层，贩过私盐，喜好拳射，略懂卜问，在唐朝后期担任过地方军职，渐成割据势力。唐朝覆灭后中国进入五代十国时期，钱镠创立吴越国，为"十国"之一。这是一个东南小国，北及苏州，南及福州，领土以现在的浙江省为主，中心就是杭州。

钱镠治国，从治水开始。他首先以最大的力量来修筑杭州外围的海堤。原先的石板海堤早已挡不住汹涌海潮，他便下令编造很长的竹笼装填巨石，横以为塘，又以九重巨木为柱，打下六层木桩，以此为基础再筑"捍海塘"，效果很好。此外又在钱塘江沿口筑闸，防止海水倒灌。这一来，作为杭州最大的生态威胁被降伏了，人们称他"海龙王"。

海管住了，再对湖动手。他早就发现，西湖遇到的最大麻烦就是葑草壅塞、藻荇蔓延，此刻便以一个军事指挥官的风格设置了大批"撩湖兵"，又称"撩浅军"、"撩清卒"。几种称呼都离不开一个"撩"字，因为他们的任务就是撩，撩除葑草藻荇，顺便清理淤泥。这些人员都是军事编制，可见钱镠把这件事情完全是当做一场大仗在打了，一场捍卫西湖的大仗。

除了西湖，苏州边上的太湖当时大部分也属于吴越国。太湖大，因此他又向太湖派出了七千多个"撩湖兵"。太湖直到今天还在蔓延的同类生态灾难，钱镠在一千多年前就采取了强有力的措施。除了太湖，他还疏浚了南湖和鉴湖。

总之，他与水"摽"上了，成了海水、湖水、江水的"冤家"，最终又成了它们的"亲家"。

治水是为了建城。钱镠对杭州的建设贡献巨大。筑子城、腰鼓城，对城内的街道、房屋、河渠进行了整体规划和修建，又开发了周围的山，尤其是开通慈云岭，在钱塘江和西湖之间打开了一条通道。此外还建塔修寺，弘扬佛教，又对城内和湖边的各种建筑提出了美化要求。

作为一个政治人物，钱镠在从事这些治理和建设的时候，非常注意属地的安全，避开各种有可能陷入的政治灾难，以"保境安民"为施政宗旨。他本有一股顽泼的傲气，但是为了百姓和城市，他绝不希望与强权开战，因此一直故意看小自己、看大别人，恭敬从事，一路秉承着"以小事大"的方针，并把这个方针作为遗嘱。到了他的孙子钱俶，北方的宋朝已气势如虹，行将统一中原，钱俶也就同意把吴越国纳入宋朝版图。这种方略，体现了一个小国的智慧，保全了一个大国的完整，很值得赞赏。

而且，也正因为这样，安静、富足、美丽的杭州也就有了可能被选定为南宋国都，成为中国首席大城市，成为当时世界上屈指可数的文明汇集地。

钱镠这个人的存在，让我们对中国传统的历史观念产生了一些疑问。他，不是抗敌名将、华夏英烈，不是乱世枭雄、盛世栋梁，不是文坛泰斗、学界贤哲，因此很难成为历史的焦点、百世的楷模。他所关注的，是民众的福祉、一方的平安、海潮的涨落、湖水的浊清。为此，他甚至不惜放低政治上的名号、军事上的意气。

当中国历史主要着眼于朝廷荣显的时候，他没有什么地位；而当中国历史终于把着眼点更多地转向民生和环境的时候，他的形象就会一下子凸显出来。因此，前些年我听说杭州市郑重地为他修建了一座钱王祠，就觉得十分欣慰，因为这也是历史良知的一项修复工程。

任何一座城市的居民都不应该忘记所在城市历史上的几个重要修建者，尽管他们的名字常常黯淡于史册、茫然于文本。

四

杭州实在是太幸运了，居然在这座城市成为南宋国都之前，还迎来过一个重要人物，那就是几乎所有的中国人都喜欢的苏东坡。

苏东坡两度为官杭州。第一次是三十多岁时任杭州通判，第二次是五十多岁时任杭州知州。与白居易一样，他到这座城市里来的时候也一点儿没显出旷世诗人的模样，而是变成了一位彻彻底底的水利工程师——甚至，比白居易还彻底。

他不想在杭州结诗社，开笔会，建创作基地，办文学评奖。他甚至不想在杭州写诗，偶尔写了一首"水光潋滟晴方好"，在我看来只是一个寻常的比喻，算不得成功之作，苏东坡仅仅是随口吟过，根本不会放在心上。他那忧郁的眼神，捕捉到了西湖的重大危机。如果一定要把西湖比作美女西施，那么，这位美女已经病入膏肓，来日无多。

诗人的职责是描写美女将死时的凄艳，而苏东坡是想救她。因此，他宁肯不做诗人，也要做个真正的男人。

他发现，第一次来杭州做通判时，西湖已经被葑草藻荇堙塞了十分之三；而当第二次来做知州时，已经堙塞了一半；从趋势看，再过二十年，西湖将全然枯竭，不复存在。

没有了西湖，杭州也将不复存在。这是因为，如果湖水枯竭，西湖与运河的水资源平衡将会失去，咸潮必将顺着钱塘江倒灌，咸潮带来的泥沙将会淤塞运河，而供给城市用水的"六井"也必将归于无用，市民受不了咸水之苦又必将逃散……那么，杭州也就成了一座废城。

不仅杭州成为一座废城，杭州周围农田也将无从灌溉，而淡水养殖业、酿酒业、手工业等也都将——沦丧，国家重要的税收来源地，也就会随之消失。

面对这么恐怖的前景，再潇洒的苏东坡也潇洒不起来了。他上奏朝廷，多方筹集工程款项，制订周密的行为方案，开始了大规模的抢救工程。他的方案包括这样几个方面：

第一，湖中堙塞之处已被人围而成田的，下令全部废田还湖；

第二，深挖西湖湖底，规定中心部位不准养殖菱藕，以免湖底淤积；

第三，用挖出的大量葑泥筑一条跨湖长堤，堤中建造六座石桥使湖水流通，这就是"苏堤"；

第四，在西湖和运河之间建造堰闸，做到潮不入湖；

第五，征用千名民工疏浚运河，保证漕运畅通；

第六，把连通西湖和"六井"的输水竹管更换成石槽瓦筒结构，使输水系统长久不坏，并新建二井。

这些事情，仅仅做一件就已经兴师动众，现在要把它们加在一起同时推进，简直把整个杭州城忙翻了。

杭州人谁都知道，这位总指挥叫苏东坡；但谁都忘了，这个苏东坡就是那个以华美辞章震撼了华夏历史的苏东坡！

苏东坡之后的杭州和西湖，容光焕发，仿佛只等着做国都了。至于真的做了国都，我就不想多说了。已有不少文字记载，无非是极度的繁华，极度的丰富，极度的奢侈，又加上极度的文雅。杭州由此被撑出了皇家气韵，西湖随之也极度妩媚。

宋代虽然边患重重，但所达到的文明程度却是中国古代的最高峰，文化、科技、商业、民生，都让人叹为观止。这一切，都浓浓稠稠地集中在杭州了，杭州怎能不精彩？

然而，过度的精彩也容易给人造成误会，以为这一切都是天造地设，本来就应该这样。很少有人想到，全部精彩都维系在一条十分脆弱的生态茎脉上，就像一条摇摆于污泥间的荷枝，支撑着田田的荷叶、灿烂的荷花。为了救护这条时时有可能折断、枯萎的生态茎脉，曾经有多少人赤脚苦斗在污泥塘里，而且，这种苦斗并不久远。

这种在污泥塘里苦斗的景象，当然也不是马可·波罗所能想象的。

五

先有生态而后有文化，这个道理，一直被杭州雄辩地演绎着；雄辩到，连最伟大的诗人来到这里也无心写诗，而是立即成了生态救护者。

杭州当然也有密集的文化，但我早就发现，什么文化一到杭州就立即变成了一种景观化、生态化的存在。且不说灵隐寺、六和塔、葛岭、孤山如何把深奥的佛教、道教转化成了山水美景，更让我喜欢的是，连一些民间故事也被杭州铺陈为动人景观。

最惊人的当然是《白蛇传》里的白娘娘。杭州居然用一池清清亮亮的湖水，用一条宜雨宜雪的断桥，用一座坍而又建的雷峰塔来侍奉她。

她并不包含太多我们平常所说的那种"文化"。她甚至连人也不是，却愿意认认真真做一个人。她是妖，也是仙，因此什么事情都难不着她。但当她只想做一个人，一个普普通通的人时，那就难了。

这个故事本身就是对中国历史的一种诘难。中国历史"两多一少"。一是多妖，以及与此近似的魔、鬼、奸、逆；二是多仙，以及与此近似的神、圣、忠、贤。这两个群落看似界限森严却时时可以转换。少的是人，与妖与仙都不同的人。因此，白娘娘要站在人和非人的边缘上郑重告诉世间的人，人是什么。民间故事的这个构想，惊心动魄。

杭州似乎从一开始就知道了这个民间故事的伟大，愿意为它创制一个巨大的实景舞台。这个实景舞台永远不会拆卸，年年月月提醒人们：为什么人间这么值得留恋。与这个实景舞台相比，杭州的其他文化遗迹就都显得不太重要了。

像《白蛇传》的故事一样，杭州的要义是追求人间之美。人间之美的基础，是生态之美，尤其是自然生态之美。

在杭州，如果离开了自然生态之美，什么文化都不成气象。

这与我们平常所熟悉的中国历史和中国文化的主旨，有很大差别。

六

我到杭州的最大享受之一，是找一个微雨的黄昏，最好是晚春季节，在苏堤上独自行走。堤边既没有碑文、对联，也没有匾额、题跋，也就是没有文字污染，没有文本文化对于自然生态的侵凌和傲慢，只让一个人充分地领略水光山色、阴晴寒暑。这是苏东坡安排下的，筑一条长堤让人们有机会摆脱两岸的一切，走一走朝拜自然生态之路。我觉得杭州的后人大致理解了他的这个意图，一直没有把苏堤做坏。

相比之下，现在中国很多地方有点做坏了。总是在古代文化中寻找自己这个地方可以傲视别的地方的点点滴滴理由，哪里出过一个状元或进士，有过几句行吟诗人留下的句子，便大张旗鼓地筑屋刻石。如果出了一个作家，则干脆把家乡的山水全都当做了他作品的插图。大家全然忘了，不管是状元、进士还是作家，他们作为文化人也只是故乡的儿子。在自然生态面前，他们与所有的乡亲一样谦卑和渺小。

近年来杭州的城市建筑者秉承这座城市的独特精魂，不找遥远的古代理由，不提空洞的文化口号，只是埋头疏浚西湖水源，一次次挖淤清污，把西湖的面积重新扩大到马可·波罗见到时的规模。重修完杨公堤，打理好新西湖，又开发了一个大大的西溪湿地，表达出杭州人在生态环境上的痴迷。对杭州这座城市提出的标准，也没有花里胡哨的种种大话，而只是干净、整洁，最适合人居住。

这一来，杭州就呈现出了一个贯通千年的人文宣言。这个宣言，曾经由钱镠主导，由白居易、苏东坡参加起草，由白娘娘从旁润饰，又由今天的建设者们接笔续写。

宣言的内容，很复杂，又很简单：关于美丽，关于自然，关于生态，关于人间。

我对杭州的许多建议，没有提出就实现了，而且比我心中预想的更好。现在只剩下一个最小的建议了：找一个合适的角落，建一座马可·波罗的雕像。雕像边上立一块碑，把他最早向世界报告的那些有关杭州的句子，用中文、意大利文和英文镌刻出来；而且，一定要注明年代。

因为这些句子，曾经悄悄地推动过那些远航船队，因此也推动了世界。

黄州突围

一

这便是黄州赤壁，或者说是东坡赤壁。赭红色的陡坡直逼着浩荡大江，坡上有险道可供俯瞰，江面有小船可供仰望。

地方不大，但一俯一仰之间就有了气势，有了伟大与渺小的比照，有了时间和空间的倒错，因此也就有了冥思的价值。

苏东坡走过的地方很多，其中不少地方远比黄州美丽。但是，这个僻远的黄州却给了他巨大的惊喜和震动，他甚至把黄州当做他一生中最重要的人生驿站。这一切，决定于他来黄州的原因和心态。

他从监狱里走来，带着一个极小的官职，实际上以一个流放罪犯的身份走来。他带着官场和文坛泼给他的浑身脏水走来，他满心侥幸又满心绝望地走来。他被人押着，远离自己的家眷，没有资格选择黄州之外的任何一个地方，朝着这个当时还很荒凉的小镇走来。

他很疲倦，他很狼狈。出汴梁，过河南，渡淮河，进湖北，抵黄州。萧条的黄州没有给他预备任何住所，他只得在一所寺庙中住下。

他擦一把脸，喘一口气，四周一片静寂，连一个朋友也没有。他闭上眼睛摇了摇头。

二

人们有时也许会傻想，像苏东坡这样让中国人共享千年的大文豪，应该是他所处的时代的无上骄傲，他周围的人一定会小心地珍惜他，虔诚地仰望他，总不愿意去找他的麻烦吧？事实恰恰相反，越是超时代的文化名人，往往越不能相容于他所处的具体时代。中国世俗社会的机制非常奇特，它一方面愿意播扬和哄传一位文化名人的声誉，利用他、榨取他、引诱他，另一方面从本质上却把他视为异类，迟早会排拒他、糟践他、毁坏他。起哄式的传扬，转化为起哄式的贬损，两种起哄都起源于自卑而狡黠的觊觎心态，两种起哄都与健康的文化氛围南辕北辙。

苏东坡到黄州来之前正陷于一个被文学史家称为"乌台诗案"的案件中。这个案件的具体内容是特殊的，但集中反映了文化名人在中国社会中的普遍遭遇，很值得说一说。

为了不使读者把注意力耗费在案件的具体内容上，我们不妨先把案件的底交代出来。即便站在朝廷的立场上，这也完全是一个莫须有的可笑事件。一群大大小小的文化官僚硬说苏东坡在很多诗中流露了对政府的不满和不敬，方法是对他诗中的词句作上纲上线的诠释，搞了半天连神宗皇帝也不太相信——他在将信将疑之间，几乎不得已地判了苏东坡的罪。

在中国古代的皇帝中，宋神宗确实是不算坏的。在他内心并没有迫害苏东坡的任何企图，他深知苏东坡的才华。他的祖母光献太皇太后甚至竭力要保护苏东坡，而他又是尊重祖母的。在这种情况下，苏东坡不是非常安全吗？然而，完全不以神宗皇帝和太皇太后的意志为转移，名震九州、官居太守的苏东坡还是下了大狱。这一股强大而邪恶的力量，很值得研究。

使神宗皇帝动摇的，是突然之间批评苏东坡的言论几乎不约而同地聚合到了一起。他为了维护自己尊重舆论的形象，不能为苏东坡说话了。

那么，批评苏东坡的言论为什么会不约而同地聚合在一起呢？我想最简要的回答是他弟弟苏辙说的那句话："东坡何罪？独以名太高。"

他太出色、太响亮，能把四周的笔墨比得十分寒碜，能把同代的文人比得有点狼狈，于是引起一部分人酸溜溜的嫉恨，然后你一拳我一脚地糟践。这几乎是不可避免的。在这场可耻的围攻中，一些品格低劣的文人充当了急先锋。

例如，舒亶。

这人可称为"检举揭发专业户"，在揭发苏东坡的同时他还揭发了另一个人，那人正是以前推荐他做官的大恩人。这位大恩人给他写了一封信，拿了女婿的课业请他提意见、加以辅导，这本是朋友间正常的小事往来，没想到他竟然忘恩负义，给皇帝写了一封莫名其妙的检举揭发信，说我们两人都是官员，我又在舆论领域，他让我辅导他女婿总不大妥当。皇帝看了他的检举揭发信，也就降了那个人的职。这简直是翻版东郭先生和狼的故事。

就是这么一个让人恶心的人，与何正臣等人相呼应，写文章告诉皇帝，苏东坡到湖州上任后写给皇帝的感谢信中"有讥切时事之言"。

苏东坡的这封感谢信皇帝早已看过，没发现问题；舒亶却"苦口婆心"地一款一款分析给皇帝听，苏东坡正在反您呢，反得可凶呢，而且已经反到了"流俗翕然，争相传诵，忠义之士，无不愤惋"的程度！"愤"是愤苏东坡，"惋"是惋皇上。有多少忠义之士在"愤惋"呢？他说是"无不"，也就是百分之百，无一遗漏。这种数量统计完全无法验证，却能使注重社会名声的神宗皇帝心头一咯噔。

又如，李定。

这是一个曾因母丧之后不服孝而引起人们唾骂的高官，他对苏东坡的攻击最凶。他归纳了苏东坡的许多罪名，但我仔细鉴别后发现，他特别关注的是苏东坡早年的贫寒出身、现今在文化界的地位和社会名声。这些都不能列入犯罪的范畴，但他似乎压抑不住地对这几点表示出最大的愤慨。

他说苏东坡"起于草野垢贱之余"，"初无学术，滥得时名"，"所为文辞，虽不中理，亦足以鼓动流俗"，如此等等。苏东坡的出身引起他的不服且不去说它，硬说苏东坡不学无术、文辞不好，实在使我惊讶不已。但他如果不这么说，也就无法断言苏东坡的社会名声是"滥得"。总而言之，李定的攻击在种种表层理由里边显然埋藏着一个最神秘的元素：妒忌。

无论如何，诋毁苏东坡的学问和文采毕竟是太愚蠢了，这在当时加不了苏东坡的罪，而在以后却成了千年笑柄。但是，妒忌一深就会失控，他只会找自己最痛恨的部位来攻击，已顾不得哪怕是装装样子的合理性了。

又如，王珪。

这是一个跋扈和虚伪的老人。他凭着资格和地位自认为文章天下第一，实际上他写诗作文绕来绕去都离不开"金玉锦绣"这些字眼，大家暗暗掩口而笑，他还自我感觉良好。现在，一个后起之秀苏东坡名震文坛，他当然要想尽一切办法来对付。

有一次他对皇帝说："苏东坡对皇上确实有二心。"皇帝问："何以见得？"他举出苏东坡一首写桧树的诗中有"蛰龙"二字为证。皇帝不解，说："诗人写桧树，和我有什么关系？"他说："写到了龙还不是写皇帝吗？"皇帝倒是头脑清醒，反驳道："未必，人家叫诸葛亮还叫卧龙呢！"

这个王珪用心如此低下，文章能好到哪儿去呢？更不必说与苏东坡来较量了。几缕白发有时能够冒充师长、掩饰邪恶，却欺骗不了历史。历史最终也没有因为年龄把他的名字排列在苏东坡的前面。

又如，李宜之。

这又是另一种特例，做着一个芝麻绿豆小官，在安徽灵璧县听说苏东坡以前为当地一个园林写的一篇园记中有劝人不必热衷于做官的词句，竟也写信向皇帝检举揭发。他在信中分析说，这种思想会使人们缺少进取心，也会影响取士。看来这位李宜之除了心术不正之外，智力也大成问题，你看他连诬陷的口子都找得不伦不类。但是，在没有理性法庭的情况下，再愚蠢的指控也能成立，因此这对散落全国各地的"李宜之"们构成了一个鼓励。

为什么档次这样低下的人也会挤进来围攻苏东坡？当代苏东坡研究者李一冰先生说得很好："他也来插上一手，无他，一个默默无闻的小官，若能参加一件扳倒名人的大事，足使自己增重。"从某种意义上说，他的这种目的确实也部分地达到了，例如，我今天写这篇文章竟然还会写到李宜之这个名字，便完全是因为他参与了对苏东坡的围攻，否则他没有任何理由哪怕是被同一时代的人印写在印刷品里。

我的一些青年朋友根据他们对当今世俗心理的多方位体察，觉得李宜之这样的人未必是为了留名于历史，而是出于一种可称做"砸窗子"的恶作剧心理。晚上，一群孩子站在一座大楼前指指点点，看谁家的窗子亮就捡一块石子扔过去，谈不上什么目的，只图在几个小朋友中间出点风头而已。

我觉得我的青年朋友们把李宜之看得过于现代派，也过于城市化了。李宜之的行为主要出于一种政治投机，听说苏东坡有点麻烦，就把麻烦闹得大一点，反正对内不会负道义责任，对外不会负法律责任，乐得投井下石、撑顺风船。这样的人倒是没有胆量像李定、舒亶和王珪那样首先向一位文化名人发难，说不定前两天还在到处吹嘘在什么地方有幸见过苏东坡，硬把苏东坡说成是自己的朋友甚至老师呢。

又如——我真不想写出这个名字，但再一想又没有讳避的理由，还是写出来吧——沈括。这位在中国古代科技史上占有不小地位的著名科学家也因嫉妒而伤害过苏东坡，批评苏东坡的诗中有讥讽政府的倾向。如果他与苏东坡是政敌，那倒也罢了，问题是他们曾是好朋友，他所提到的诗句正是苏东坡与他分别时手录近作送给他留作纪念的。这实在有点不是味道了。历史学家们分析，这大概与皇帝在沈括面前说过苏东坡的好话有关，沈括心中产生了一种默默的对比。另一种可能是他深知王安石与苏东坡政见不同，他站到了王安石一边。但王安石毕竟是一个讲究人品的文化大师，重视过沈括，但最终却觉得沈括不可亲近。当然，不可亲近并不影响我们对沈括科学成就的肯定。

围攻者还有一些，我想，举出这几个也就差不多了，苏东坡突然陷入困境的原因已经可以大致看清，我们也领略了一组超越时空的中国式批评者的典型。他们中的任何一个人要单独搞倒苏东坡都是很难的，但是在社会上没有一种强大的反诽谤、反诬陷机制的情况下，一个人探头探脑的冒险会很容易地招来一堆凑热闹的人，于是七嘴八舌地组合成一种舆论。

苏东坡开始很不在意。有人偷偷告诉他，他的诗被检举揭发了，他先是一怔，后来还幽默地说："今后我的诗不愁皇帝看不到了。"但事态的发展却越来越不幽默，一〇七九年八月二十七日，朝廷派人到湖州的州衙来逮捕苏东坡。苏东坡事先得知风声，然而不知所措。

文人终究是文人。他完全不知道自己犯了什么罪，从来者气势汹汹的样子看，估计会被处死，他害怕了，躲在后屋里不敢出来。朋友说，躲着不是办法，人家已在前面等着了，要躲也躲不过。

正要出来，他又犹豫了：出来该穿什么服装呢？已经犯了罪，还能穿官服吗？朋友说，什么罪还不知道，还是穿官服吧。

苏东坡终于穿着官服出来了，朝廷派来的差官装模作样地半天不说话，故意要演一个压得人气都透不过来的场面出来。苏东坡越来越慌张，说："我大概把朝廷惹恼了，看来总得死，请允许我回家与家人告别。"

差官说："还不至于这样。"便叫两个差人用绳子捆扎了苏东坡，像驱赶鸡犬一样上路了。家人赶来，号啕大哭，湖州城的市民也在路边流泪。

长途押解，犹如一路示众。可惜当时几乎没有什么传播媒介，沿途百姓不认识这就是苏东坡。贫瘠而愚昧的国土上，绳子捆扎着一个世界级的伟大诗人，一步步行进。苏东坡在示众，整个民族在丢人。

全部遭遇还不知道半点起因。苏东坡只怕株连亲朋好友，在途经太湖和长江时几度想投水自杀，由于看守严密而未成。

当然也很可能成，那么，江湖淹没的将是一大截特别明丽的中华文明。文明的脆弱性就在这里，一步之差就会全盘改易。而把文明的代表者逼到这一步之差境地的则是一群小人。

一群小人能做成如此大事，只能归功于中国的独特国情。

小人牵着大师，大师牵着历史。小人顺手把绳索重重一抖，于是大师和历史全都成了罪孽的化身。一部中国文化史，有很长时间一直把诸多文化大师捆押在被告席上，而法官和原告大多是一群群挤眉弄眼的小人。

究竟是什么罪？审起来看！

怎么审？打！

一位官员曾关在同一监狱里，与苏东坡的牢房只有一墙之隔，他写诗道：

> 遥怜北户吴兴守，
> 诟辱通宵不忍闻。

通宵侮辱到了其他犯人也听不下去的地步，而侮辱的对象竟然就是苏东坡！

请允许我在这里把笔停一下。我相信一切文化良知都会在这里战栗。中国几千年间有几个像苏东坡那样可爱、高贵而有魅力的人呢？但可爱、高贵、魅力之类往往既构不成社会号召力也构不成自我卫护力，真正厉害的是邪恶、低贱、粗暴，它们几乎战无不胜、攻无不克、所向无敌。现在，苏东坡被它们抓在手里搓捏着——越是可爱、高贵、有魅力，搓捏得越起劲。

温和柔雅如林间清风、深谷白云的大文豪，面对这彻底陌生的语言系统和行为系统，不可能作任何像样的辩驳。他一定变得非常笨拙，无法调动起码的言辞，无法完成简单的逻辑推断。他在牢房里的应对，绝对比不过一个普通的盗贼。

因此，审问者们愤怒了，也高兴了：原来这么个大名人竟是草包一个！你平日的滔滔文辞被狗吃掉了？看你这副熊样还能写诗作词？纯粹是抄人家的吧！

接着就是轮番扑打，诗人用纯银般的嗓子哀号着，哀号到嘶哑。这本是一个只需要哀号的地方，你写那么美丽的诗就已荒唐透顶了，还不该打？打，打得你"淡妆浓抹"，打得你"乘风归去"，打得你"密州出猎"！

开始，苏东坡还试图拿点儿正常逻辑顶几句嘴。审问者咬定他的诗里有讥讽朝廷的意思，他说："我不敢有此心，不知什么人有此心，造出这种意思来。"一切诬陷者都喜欢把自己打扮成某种"险恶用心"的发现者，苏东坡指出，他们不是发现者而是制造者，应该由他们自己来承担。

但是，苏东坡的这一思路招来了更凶猛的侮辱和折磨。当诬陷者和办案人完全合成一体、串成一气时，只能这样。

终于，苏东坡经受不住了，经受不住日复一日、通宵达旦的连续逼供。他想闭闭眼、喘口气，唯一的办法就是承认。于是，他以前的诗中有"道旁苦李"，是在说自己不被朝廷重视；诗中有"小人"字样，是讥刺当朝大人。特别是苏东坡在杭州做官时兴冲冲去看钱塘潮，回来写了咏弄潮儿的诗"吴儿生长狎涛渊"，据说竟是在影射皇帝兴修水利！

这种大胆联想，连苏东坡这位浪漫诗人都觉得实在不容易跳跃过去，因此在承认时还不容易"一步到位"。审问者有本事耗时间一点点逼过去，案卷记录上经常出现的句子是："逐次隐讳，不说情实，再勘方招。"苏东坡全招了，同时他也就知道自己必死无疑了。

他一心想着死。他觉得连累了家人，对不起老妻，又特别想念弟弟。他请一位善良的狱卒带了两首诗给苏辙，其中有这样的句子："是处青山可埋骨，他年夜雨独伤神。与君世世为兄弟，更结来生未了因。"

埋骨的地点，他希望是杭州西湖。

不是别的，是诗句，把他推上了死路。我不知道那些天他在铁窗里是否痛恨诗文。没想到，就在这时，隐隐约约地，一种散落四处的文化良知开始汇集起来了——他的读者们慢慢抬起了头，要说几句对得起自己内心的话了。

很多人不敢说，但毕竟还有勇敢者；他的朋友大多躲避了，但毕竟还有侠义人。

杭州的父老百姓想起他在当地做官时的种种美好行迹，在他入狱后公开做了解厄道场，求告神明保佑他。

狱卒梁成知道他是大文豪，在审问人员离开时尽力照顾他的生活，连每天晚上的洗脚热水都准备了。

他在朝中的朋友范镇、张方平不怕受到牵连，写信给皇帝，说他在文学上"实天下之奇才"，希望宽大。

他的政敌王安石的弟弟王安礼也仗义执言，对皇帝说，"自古大度之君，不以言语罪人"，如果严厉处罚了苏东坡，"恐后世谓陛下不能容才"。

最动情的是那位我们前文提到过的太皇太后，她病得奄奄一息，神宗皇帝想大赦犯人来为她求寿，她竟说："用不着去赦免天下的凶犯，放了苏东坡一人就够了！"

最直截了当的是当朝左相吴充，有次他与皇帝谈起曹操，皇帝对曹操评价不高。吴充立即接口说："曹操猜忌心那么重还容得下祢衡，陛下怎么容不下一个苏东坡呢？"

对这些人，不管是狱卒还是太皇太后，我们都要深深感谢。他们有意无意地在验证着文化的感召力。就连那盆洗脚水，也充满了文化的热度。

据王巩《甲申杂记》记载，那个带头诬陷、调查、审问苏东坡的李定，整日得意扬扬。有一天他与满朝官员一起在崇政殿的殿门外等候早朝时，向大家叙述审问苏东坡的情况。他说："苏东坡真是奇才，一二十年前的诗文，审问起来都记得清清楚楚！"

他以为，对这么一个哄传朝野的著名大案，一定会有不少官员感兴趣。但奇怪的是，他说了这番引逗别人提问的话之后，没有一个人搭腔，没有一个人提问，崇政殿外一片静默。

他有点慌神，故作感慨状，叹息几声，回应他的仍是一片静默。

这静默算不得抗争，也算不得舆论，但着实透着点儿高贵。相比之下，历来许多诬陷者周围常常会出现一些不负责任的热闹，以嘈杂助长了诬陷。

就在这种情势下，皇帝释放了苏东坡，将其贬谪黄州。黄州对苏东坡的重要性，不言而喻。

三

我很喜欢读林语堂先生的《苏东坡传》，但又觉得他把苏东坡在黄州的境遇和心态写得太理想了。其实，就我所知，苏东坡在黄州还是很凄苦的，优美的诗文是一种挣扎和超越。

苏东坡在黄州的生活状态，已在他自己写给李端叔的一封信中描述得非常清楚。

信中说：

> 得罪以来，深自闭塞，扁舟草履，放浪山水间，与樵渔杂处，往往为醉人所推骂，辄自喜渐不为人识。平生亲友，无一字见及，有书与之亦不答，自幸庶几免矣。

我初读这段话时十分震动，因为谁都知道苏东坡这个平素乐呵呵的大名人是有很多很多朋友的。日复一日的应酬，连篇累牍的唱和，几乎成了他生活的基本内容，他一半是为朋友们活着。但是，一旦出事，朋友们不仅不来信，而且也不回信了。

他们都知道苏东坡是被冤屈的，现在事情大体已经过去，却仍然不愿意写一两句哪怕是问候起居的安慰话。苏东坡那一封封用美妙绝伦、光照中国书法史的笔墨写成的信，千辛万苦地从黄州带出去，却换不回一丁点儿友谊的信息。

我相信这些朋友都不是坏人，但正因为不是坏人，更让我深长地叹息。

总而言之，原来的世界已在身边轰然消失，于是一代名士也就混迹于樵夫渔民间不被人认识。原本这很可能换来轻松，但他又觉得远处仍有无数双眼睛注视着自己，只能在寂寞中惶恐。即使这封无关宏旨的信，他也特别注明不要给别人看。

日常生活，在家人接来之前，大多是白天睡觉，晚上一个人出去溜达；见到淡淡的土酒也喝一杯，但绝不喝多，怕醉后失言。

他真的害怕了吗？也是也不是。他怕的是麻烦，而绝不怕大义凛然地为道义、为百姓，甚至为朝廷、为皇帝捐躯。他经过"乌台诗案"已经明白，一个人蒙受了诬陷即便是死也死不出一个道理来。

你找不到慷慨陈词的目标，你抓不住从容赴死的理由。你想做个义无反顾的英雄，不知怎么一来把你打扮成了小丑；你想做个坚贞不屈的烈士，闹来闹去却成了一个深深忏悔的俘虏。

无法洗刷，无处辩解，更不知如何来提出自己的抗议，发表自己的宣言。这确实很接近柏杨先生提出的"酱缸文化"，一旦跳在里边，怎么也抹不干净。

苏东坡怕的是这个，没有哪个高品位的文化人会不怕。但他的内心仍有无畏的一面，或者说灾难使他更无畏了。

他给李常的信中说：

> 吾侪虽老且穷，而道理贯心肝，忠义填骨髓，直须谈笑于死生之际……虽怀坎壈于时，遇事有可尊主泽民者，便忘躯为之，祸福得丧，付与造物。

这么真诚的勇敢，这么洒脱的情怀，出自天真了大半辈子的苏东坡笔下，是完全可以相信的。但是，让他在何处做这篇人生道义的大文章呢？没有地方，没有机会，没有观看者，也没有裁决者，只有一个把是非曲直、忠奸善恶染成一色的大酱缸。于是，苏东坡刚刚写了上面这几句，支颐一想，又立即加一句："此信看后烧毁。"

这是一种真正精神上的孤独无告。对于一个文化人，没有比这更痛苦的了。那阕著名的《卜算子》，用极美的意境道尽了这种精神遭遇：

缺月挂疏桐，漏断人初静。谁见幽人独往来？缥缈孤鸿影。　惊起却回头，有恨无人省。拣尽寒枝不肯栖，寂寞沙洲冷。

正是这种难言的孤独，使他彻底洗去了人生的喧闹，去寻找无言的山水，去寻找远逝的古人。在无法对话的地方寻找对话，于是对话也一定会变得异乎寻常。

像苏东坡这样的灵魂竟然寂静无声，那么，迟早会突然冒出一种宏大的奇迹，让这个世界大吃一惊。

然而，现在他即便写诗作文，也不会追求社会轰动了。他在寂寞中反省过去，觉得自己以前最大的毛病是才华外露、缺少自知之明。

他想，一段树木靠着瘿瘤取悦于人，一块石头靠着晕纹取悦于人，其实能拿来取悦于人的地方，恰恰正是它们的毛病所在，它们的正当用途绝不在这里。我苏东坡三十余年来想博得别人叫好的地方也大多是我的弱项所在。例如，从小为考科举学写政论、策论，后来更是津津乐道于考论历史是非、直言陈谏曲直。做了官以为自己真的很懂得这一套了，扬扬自得地炫耀，其实我又何尝懂呢？直到一下子面临死亡才知道，我是在炫耀无知。三十多年来最大的弊病就在这里。现在终于明白了，到黄州的我是觉悟了的我，与以前的苏东坡是两个人。（参见《答李端叔书》）

苏东坡的这种自省，不是一种走向乖巧的心理调整，而是一种极其诚恳的自我剖析，目的是想找回一个真正的自己。他在无情地剥除自己身上每一点异己的成分，哪怕这些成分曾为他带来过官职、荣誉和名声。

他渐渐回归于清纯和空灵。在这一过程中，佛教帮了他大忙，使他习惯于淡泊和静定。艰苦的物质生活，又使他不得不亲自垦荒种地，体味着自然和生命的原始意味。

这一切，使苏东坡经历了一次整体意义上的脱胎换骨，也使他的艺术才情获得了一次蒸馏和升华。他，真正地成熟了——与古往今来许多大家一样，成熟于一场灾难之后，成熟于灭寂后的再生，成熟于穷乡僻壤，成熟于几乎没有人在他身边的时刻。

幸好，他还不年老，他在黄州期间是四十四岁至四十八岁，对一个男人来说，正是最重要的年月，今后还大有可为。中国历史上，许多人觉悟在过于苍老的暮年，刚要享用成熟所带来的恩惠，脚步却已踉跄蹒跚。与他们相比，苏东坡真是好命。

成熟是一种明亮而不刺眼的光辉，一种圆润而不腻耳的音响，一种不再需要对别人察言观色的从容，一种终于停止向周围申述求告的大气，一种不理会哄闹的微笑，一种洗刷了偏激的淡漠，一种无须声张的厚实，一种并不陡峭的高度。勃郁的豪情发过了酵，尖利的山风收住了劲，湍急的溪流汇成了湖，结果——

引导千古杰作的前奏已经鸣响，一道神秘的天光射向黄州，《念奴娇·赤壁怀古》和前、后《赤壁赋》马上就要产生。

天涯眼神

一

几年前读到一篇外国小说，作家的国别和名字已经忘记，但基本情节还有印象。

一对亲亲热热的夫妻，约了一位朋友到山间去野营狩猎，一路上丈夫哼着曲子在开车，妻子和朋友坐在后座。但突然，丈夫嘴上的曲子戛然而止，因为他在后视镜中瞥见妻子的手和朋友的手悄悄地握在一起。

丈夫眩晕了，怒火中烧又不便发作，车子开得摇晃不定，他恨不得出一次车祸三人同归于尽。好不容易到了野营地，丈夫一声不吭骑上一匹马独个儿去狩猎了，他发疯般地纵马狂奔，满心都是对妻子和朋友的痛恨。他发现了一头鹿，觉得那就是自己不忠诚的妻子的借体，便握缰狠追，一再举枪瞄准。那头鹿当然拼命奔逃。

不知道追了多远，跑了多久，只知道耳边生风、群山疾退，直到暮色苍茫。突然那头鹿停步了，站在一处向他回过头来。他非常惊讶，抬头一看，这儿是山地的尽头，前面是深不可测的悬崖。鹿的目光清澈而美丽，无奈而凄凉。

他木然地放下猎枪，颓然回缰，早已认不得归去的路了，只能让马驮着一步步往前走。不知走了多久，忽然隐隐听到远处一个女人呼喊自己的名字。走近前去，在朦胧月光下，妻子脸色苍白，她的目光清澈而美丽，无奈而凄凉。

我约略记得，这篇小说在写法上最让人注目的是心理动态和奔驰动态的漂亮融合，但对我来说，挥之不去的是那头鹿面临绝境时猛然回首的眼神。

这种眼神对全人类都具有震撼力，一个重要证据是，中国居然也有一个相似的民间故事。

故事发生在海南岛，一个年轻的猎手也在追赶着一头鹿，这头鹿不断向南奔逃，最后同样在山崖边突然停住——前面是一望无际的大海，它回过头来面对猎手，双眼闪耀出渴求生命的光彩。

猎手被这种光彩镇住，刹那间两相沟通。终于，这头鹿变成一位少女，与他成婚。

这个故事的结尾当然落入了中国式的套数，但落入套数之前的那个眼神仍然十分动人。

两个故事的成立有一个根本的前提，那就是必须发生在前面已经完全没有路可走的地方。只有在天涯海角、绝壁死谷，生命被逼到了最后的边界，一切才变得深刻。

我们海南岛真有一个山崖叫"鹿回头"，山崖前方真叫"天涯海角"，再前方便是茫茫大海。

人们知道，尽管海南岛的南方海域中还有一些零星小岛，就整块陆地而言那儿正恰是中华大地的南端。既然如此，那头鹿的回头也就回得非同小可了。

中国的帝王面南而坐，中国的民居朝南而筑，中国发明的指南针永远神奇地指向南方，中国大地上无数石狮、铁牛、铜马、陶俑也都面对南方站立着或匍匐着。这种种目光，穿过群山，越过江湖，全都迷迷茫茫地探询着碧天南海。那头美丽的鹿一回头，就把这所有的目光都兜住了。

二

海南岛很早就有人住，长期保持着一种我们今天很难猜度的原始生态。战国时的《尚书·禹贡》和《吕氏春秋》中所划定的九州中最南的两州是扬州和荆州，可见海南还远处于文明的边界之外。在中原，那是政治家和军事家特别繁忙的年代；而在海南岛，只听到一个个熟透的椰子从树上静静地掉下来，吧嗒、吧嗒，掉了几千年。椰树边，海涛日夜翻卷，葛藤垂垂飘拂。

看起来，大陆人比较认真地从行政眼光打量这座岛屿是在汉代。打量者是两个都被称为"伏波将军"的南征军官：西汉时的路博德和东汉时的马援。他们先后在南中国的大地上左右驰骋、开疆拓土，顺便也把这个孤悬于万顷碧波中的海岛粗粗地光顾了一下，然后设了珠崖、儋耳两郡，纳入中华版图。

但是这种纳入实在是很潦草的，土著的俚人与外来的官吏士兵怎么也合不来，一次次地爆发尖锐的冲突，连那些原先自然迁来的大陆移民也成了土著轰逐的对象。有很长一段时间，所有的外来人不得不统统撤离，挤上木船渡海回大陆，让海南岛依然处于一种自在状态。

当然，过后又会有军人前去征服，但要在那里安安静静地待下去几乎是不可能的。几番出入进退，海南岛成了一个让人害怕的地方。

前些日子为找海南的资料随手翻阅《二十五史》，在《三国志》中读到一段资料，说东吴赤乌年间统治者孙权一再南征海南岛，群臣一致拥护，唯独有一位叫全琮的浙江人竭力反对。他说：

> 圣朝之威，何向而不克？然殊方异域，隔绝障海，水土气毒，自古有之。兵入民出，必生疾病，转相污染，往者惧不能反，所获何可多致？

（上海古籍出版社、上海书店一九八六年版《二十五史》第二册，《三国志》第一六八页）

孙权没有听他的，意气昂昂地派兵向海南进军了。结果是，如此遥远的路途，走了一年多，士兵死亡百分之八九十。孙权后悔了，又与全琮谈及此事，称赞全琮的先见之明。全琮说，当时君臣中有不少人也是明白的，但他们怕被当做不忠，不敢提反对意见。

三国是一个英雄的时代，而英雄也未能真正征服海南。那么，海南究竟是等待一个什么样的人物呢？

完全出乎人们意料，在孙权南征的二百多年之后，一个出生在今天广东阳江的姓冼的女子，以自己的人格魅力几乎是永久地安顿了海南。公元五二七年，亦即特别关心中华版图的地理学家郦道元去世的那一年，这位姓冼的女子嫁给了高凉太守冯宝，开始辅佐丈夫管起中华版图南端很大一块地面，海南岛也包括在内。丈夫冯宝因病去世，中原地区频繁的战火也造成南粤的大乱，这位已届中年的女子只得自己跨上了马背。

为了安定，为了民生，为了民族间的和睦，她几十年一直指挥若定，威柔并施。终于，她成了南粤和海南岛很大一部分地区最有声望的统治者，"冼夫人"的称呼在椰林海滩间响亮地翻卷。

直到隋文帝统一中国，冼夫人以近似于女酋长的身份率领属下各州县归附，迎接中央政权派来的官员，消灭当地的反叛势力，使岭南与中原建立了空前的亲和关系。

冼夫人是个高寿的女人。如果说结婚是她从政的开始，那么到她去世，她从政长达七十余年。从中原文化的坐标去看，那是一个刘勰写《文心雕龙》、颜之推写《颜氏家训》的时代；而在他们的南方，一个女人正威震海天。

她不时回首中原，从盈盈秋波到蒙眬慈目，始终是那样和善。

没有什么资料可以让我们知道冼夫人年轻时的容貌和风采，但她的魅力是不容怀疑的。直到一千多年后的今天，琼州海峡两岸还有几百座冼夫人庙，每年都有纪念活动，自愿参与者动辄数十万，令人吃惊。

一种在依然荒昧背景下的女性化存在——这便是盛唐之前便已确立的海南岛形象。

三

由唐至宋，中国的人文版图渐渐南移，而海南岛首先领受的却是一些文化水准很高的被贬文官，他们为这个岛留下了很多东西。

例如，李德裕是唐朝名相李吉甫的儿子，自己也做过宰相，在宦海风波中数度当政，最后被政敌贬到海南岛崖州（即今琼山县）。这么一个高官的流放，势必是拖家带口的，因此李德裕的子孙就在海南岛代代繁衍，据说，今天岛上乐东县大安乡南仇村的李姓基本上都是他的后裔。在岛上住了一千多年，当然已经成了再地道不过的海南人，这些生息于椰林下的普通村民或许不知道，他们家族在海南的传代系列是在一种强烈的异乡感中开始的。

从李德裕留下的诗作看，他也注意到了海南岛的桄榔、椰叶、红槿花，但这一切反都引发起他对故乡风物的思念，结果全成了刺心的由头。他没有想到，这种生态环境远比他时时关切的政治环境重要，当他的敌人和朋友全都烟消云散之后，他的后代却要在这种生态环境中永久性地生活下去。他竟然没有擦去泪花多看一眼，永远的桄榔、椰叶、红槿花。

海南岛人民把他和其他贬谪海南的四位官员尊称为"五公"进行纪念，认认真真造了庙，端端正正塑了像，一代又一代。"五公"中其他四位都产生在宋代，都是为主张抗金而流放海南的，而且都是宰相、副宰相的级别。一时间海南来了那么些宰相，煞是有趣。主张求和的当权者似乎想对这些慷慨激昂的政敌开个"小玩笑"：你们怎么老是盯着北方疆土做文章，没完没了地念叨着抗金、抗金？那就抗去吧——一下被扔到了最南面。

这"五公"先后上岛后，日子难过，心情不好，成天哀叹连连。但是，只要住长了，就会渐渐爱上这个地方。宋朝的副宰相李光在这里一住十几年，大力支持当地的教育事业，希望建设一个儒学小天地，甚至幻想要在琼州海峡架起一座长桥，把海南岛与大陆连接起来。

"五公祠"二楼的大柱上有一副引人注目的楹联，文曰：

> 唐宋君王非寡德，
>
> 琼崖人士有奇缘。

意思是，这些人品学识都很高的人士被流放到海南岛，从我们的眼光来看，可以不说唐宋君王缺德，而是我们海南岛的一种莫大缘分，要不然我们怎么结交得了这样的大人物呢！这番语句，出于海南人之手，真是憨厚之至，我仰头一读就十分感动。

在被贬海南岛的大人物中，比"五公"更有名的还是那位苏东坡。苏东坡流放到海南岛时已六十多岁，原先他总以为贬谪到远离京城、远离故乡的广东惠州也就完了，辛辛苦苦在那里造了一栋房，把儿孙一一接过来聚居；谁知刚喘一口气，又一声令下要他渡海。苏东坡想，已经这么老了，到了海南先做一口棺材，再找一块墓地，安安静静等死，葬身海外算了。他一到海南，衣食住行都遇到严重困难。他自己耕种，自己酿酒，想写字还自己制墨，忧伤常常爬上心头。然而，他毕竟是他，很快在艰难困苦中抬起了专门发现生趣、发现美色的双眼，开始代表中华文化的最高层次，来评价海南岛。

他发现海南岛其实并没有传闻中的所谓毒气，明言"无甚瘴也"。他在流放地凭吊了冼夫人庙，把握住了海南岛的灵魂。由此伸发开去，他对黎族进行了考察，还朝拜了黎族的诞生地黎母山。

苏东坡在海南过得越来越兴致勃勃。他经常喝几口酒，脸红红的，孩子们还以为他返老还童了：

> 寂寂东坡一病翁，
>
> 白须萧散满霜风。

小儿误喜朱颜在，

一笑那知是酒红！

　　有时酒没有了，米也没有了，大陆的船只好久没来，他便掐指算算房东什么时候祭灶。因为他与房东已成了好朋友，一定能美滋滋地饱餐一顿。

　　他还有好几位黎族朋友，经常互相往访。遇到好天气，他喜欢站在朋友的家门口看行人；下雨了，他便借了当地的椰笠、木屐穿戴上回家，一路上妇女、孩子看他怪模怪样哈哈大笑，连狗群也向着他吠叫。他冲着妇女、孩子和狗群发问："笑我怪样子吧？叫我怪样子吧？"

　　有时他喝酒半醉，迷迷糊糊地去拜访朋友，孩子们口吹葱叶迎送，他只记得自己的住处在牛栏西面，就一路寻着牛粪摸回去。

　　苏东坡在海南岛居留三年后遇赦北归，归途中吟了两句诗：

九死南荒吾不恨，

兹游奇绝冠平生。

　　海南之行，竟是他一生中最奇特，也最有意思的一段遭遇。文化大师如是说，海南岛也对得起中国文化史了。

　　对海南岛来说，无论"五公"的恨，还是苏东坡的冤，它都不清楚。它只有滋润的风，温暖的水，畅快的笑，洁白的牙齿，忽闪的眼。大陆的人士来了，不管如何伤痕斑斑，先住下，既不先听你申诉，也不陪着你叹息，只让你在不知不觉间稍稍平静，然后过一段日子试试看。

　　来了不多久就要回去，挥手欢送；盼不到回去的时日，也尽管安心。回去时已经恢复名誉为你高兴，回去时依然罪名深重也有轻轻慰抚。

初来时是青年是老年在所不计，是独身是全家都可安排。离开时要彻底搬迁为你拎包抬箱，要留下一些后代继续生活，更悉听尊便，椰林下的木屋留着呢。

——这一切，使我想到带有母性美的淳朴村妇。

四

宋朝的流放把海南搞得如此热闹，海南温和地一笑；宋朝终于气数尽了，流亡将士拥立最后一个皇帝于南海崖山，后又退踞海南岛抗元，海南接纳了他们，又温和地一笑；不久元将收买叛兵完全占领海南，海南也接受了，依然温和地一笑。

在这兵荒马乱的年月间，有一个非常琐碎的历史细节肯定不会引起任何人注意：有一天，一艘北来的航船在海南岛南端的崖州靠岸，船上走下来一名来自江苏松江（今属上海）乌泥泾的青年女子。

她抖抖索索，言语不通，唯一能通的也就是那温和的一笑。当地的黎族姊妹回以一笑，没多说什么就把她安顿了下来。

这位青年女子原是个童养媳，为逃离婆家的凌辱躲进了一条船，没想到这条船走得那么远，更没想到她所到达的这个言语不通的黎族地区恰恰是当时中国和世界的纺织圣地。女人学纺织天经地义，她在黎族姊妹的传授下很快也成了纺织高手。

一过三十年，她已五十出头，因思乡心切带着棉纺机具坐船北归。她到松江老家后被人称为黄道婆，因她，一种全新的纺织品驰誉神州大地。四方人士赞美道："松郡棉布，衣被天下。"

黄道婆北返时元朝灭宋朝已有十七八年。海南给予中原的，不是旧朝的残梦，不是勃郁的血性，而只是纤纤素手中的缕缕棉纱、柔柔布帛。改朝换代的是非曲直很难争得明白，但不必争论的是，我们每一个人的前辈都穿过棉衣棉布，都分享过海南岛女性文明的热量。

五

元代易过，到了明代，海南岛开始培育出土生土长的文化名人。流放者当年在教育事业上的播种终于有了收成。

最著名的自然是邱濬。还在少年时代，这个出生在海南岛琼山下田村的聪明孩子已经吟出一首以五指山为题的诗。让人吃惊的不是少年吟诗，而是这首诗居然把巍巍五指山比作一只巨大无比的手，撑起了中华半壁云天，不仅在云天中摘星、弄云、逗月，而且还要远远地指点中原江山！

果然，后来邱濬科举高中，仕途顺达，官至礼部尚书、户部尚书、文渊阁大学士、武英殿大学士，不仅学问渊博，而且政绩卓著，官声很好。多年前我在《中国戏剧史》中曾严厉批评过他写的传奇《五伦全备记》，我至今仍不喜欢这个剧本，但当我接触了不少前所未见的材料之后，却对他的人品有了更多的尊重。特别是他官做得越大越思念家乡的那番情意，让我十分动心。

孝宗皇帝信任他，喜欢与他下棋，据说他每下一步棋就在口中念念有词："将军——海南钱粮减三分。"皇帝以为是民间下棋的口头禅，也跟着念叨，没想到皇帝一念邱濬就立即下跪谢恩——君无戏言，海南赋税也就减免三分。即便这事带点玩闹性质，年迈的大臣为了故乡扑通跪下的情景还是颇为感人的。

邱濬晚年思乡病之严重，在历代官场中是罕见的。七十岁的老人絮絮叨叨、没完没了呓语，其"治国平天下"的豪情销蚀得差不多了，心中只剩下那个温柔宁静的海岛。

邱濬最终死于北京，回海南的只是他的灵柩。他的曾孙叫邱郊，在村子里结识了一个在学问上很用功的朋友，经常来往。这位朋友的名字后来响彻九州：海瑞。

海瑞的行止体现了一种显而易见的阳刚风骨，甚至身后数百年依然让人害怕，让人赞扬。与邱濬一样，海瑞对家乡也是情深意笃：罢了官，就回家乡安静住着；复了职，到了哪儿都要踮脚南望。海瑞最后也像邱濬一样死于任上，灵柩回乡抬到琼山县滨涯村时缆绳突然神秘地绷断，于是就地安葬。

邱濬和海瑞这两位同村名人还有一个共同点，他们都是幼年丧父，完全由母亲一手带大的。我想这也是他们到老都对故乡有一种深刻依恋的原因，尽管那时他们的母亲早已不在。冲天撼地的阳刚，冥冥中仍然偎依在女性的怀抱。

他们身居高位而客死异乡，使我联想到海明威在《乞力马扎罗的雪》中写到的那头在"上帝的庙殿"高峰近旁冻僵风干的豹子。海明威问："到这样高寒的地方来寻找什么？"

我相信邱濬、海瑞临死前也曾这样自问。答案还没有找到，他们已经冻僵。

冻僵前的最后一个目光，当然投向远处温热的家乡；但在家乡，又有很多"豹子"愿意向别处出发去寻找一点什么。

正当邱濬和海瑞在官任上苦思家乡的时候，家乡的不少百姓却由于种种原因挥泪远航，向南洋和世界其他地方去谋求生路，从天涯走向更远的天涯。这便形成了明清两代不断增加的琼侨队伍。

海南的风韵，从此在世界各地播扬。

不管走得多远，关键时刻还得回来。一八八七年五月，海南岛文昌县昌洒镇古路园村回来一位年轻的华侨。他叫宋耀如，专程从美洲赶来看看思念已久的家乡。他每天手摇葵扇在路口大树下乘凉，很客气地与乡亲们聊天，住了一个多星期便离开了。后来才知道，这是他在操办人生大事前特到家乡来默默地请一次安。

他到了上海即与浙江余姚的女子倪桂珍结婚，他们的三个女儿将对中国的一代政治生活产生重大影响。

宋氏三姊妹谁也没有忘记自己是海南人。但是，她们一辈子浪迹四海，谁也没能回去。有一天，宋庆龄女士遇见一位原先并不认识的将军，听说将军是海南文昌人就忍不住脱口叫了一声"哥哥"，将军也就亲热地回叫这位名扬国际的高贵女性"妹妹"。后来，远在台湾的宋美龄女士为重印清朝咸丰八年的《文昌县志》郑重其事地执笔题写了书名。

对她们来说，家乡，竟成了真正难以抵达的天涯。

只能贸然叫一声哥哥，只能怅然写一个书名，而她们作为海南女性的目光，给森然的中国现代史带来了几多水气、几多温馨。

六

读者从我的叙述中已经可以感到，我特别看重海南历史中的女性文明和家园文明。我认为这是海南的灵魂。

你看，不管这座岛的实际年龄是多少，正儿八经把它纳入中华文明的是那位叫冼夫人的女性；海南岛对整个中国的各种贡献中，最大的一项是由一位叫黄道婆的女性完成的；直到现代，还出了三位海南籍的姊妹名播远近。使我深感惊讶的是，这些女性几乎都产生在乱世，越是乱世越需要女性；因此也总是在乱世，海南岛一次次对整个中国发挥着独特的功能。

女性文明很自然地派生出了家园文明。苏东坡、李光他们泪涔涔地来了，遇到了家园文明，很快破涕为笑；海瑞、邱濬他们气昂昂地走了，放不下家园文明，终于乐极生悲。

女性文明和家园文明的最终魅力，在于寻常形态的人间情怀，在于自然形态的人道民生。本来，这是一切文明的基础部位，不值得大惊小怪，但在中国，过于漫长的历史、过于发达的智谋、过于铺张的激情、过于讲究的排场，使寻常和自然反而变得稀有。

失落了寻常形态和自然形态，人们就长久地为种种反常的设想激动着、模拟着。怎么成为圣贤？如何做得英豪？什么叫气贯长虹？什么叫名垂青史？什么叫中流砥柱？什么叫平反昭雪？……这些堂皇而激烈的命题，一直哧哧地冒着烫人的热气，竟然普及于社会、渗透于历史。而事实上，这些命题出现的概率究竟有多大，而且又有多少真实性呢？

幸好有一道海峡，挡住了中原大地的燥热和酷寒，让海南岛保留住了人类学意义上的基元性、恒久性存在，让人们一次次清火理气，返璞归真。

在飞往海南岛的飞机上，我一直贴窗俯视。机翼下的群山刚刚下过雪，黑白分明，犹如版画。越往南飞，黑白越不分明，琼州海峡一过，完全成了一幅以绿色为基调的水彩画。

这种色彩变化，对文明而言，既是回归，又是前瞻，回归就是前瞻。我希望，在交通日益便利的时代，海南岛不要因为急功近利而损害自然生态。现代人越是躁急就越想寻找家园，一种使精神获得慰藉的家园，一种能让大家抖落世事浮尘、如见母亲的家园，一种离开了种种伪坐标、蓦然明白自己究竟是谁的家园。只要自然生态未被破坏，海南岛有可能成为人们的集体家园。

由于这样的家园越来越少，人们的寻找往往也就变成了追赶。世间一切高层次的旅游都具有哲学意义，看来消消停停，其实是在寻找，是在追赶。

又想起了文章开头提到的那两个追鹿的故事。是的，我们历来是驰骋于中原大地的躁急骑手，却一直不清楚自己在驱逐什么、追赶什么。现在逐渐清楚了，但空间已经不大，时间已经不多。

无论在自然生态还是在精神生态上，前后都已经是天涯海角了。

幸好，她回头了，明眸皓齿，嫣然一笑。

于是，新世纪的故事开始了。

山庄背影

一

　　我们这些人，对清代总有一种复杂的情感阻隔。记得很小的时候，历史老师讲到"扬州十日"、"嘉定三屠"时，眼含泪花，这是清代的开始；而讲到"火烧圆明园"、"戊戌变法"时又有泪花了，这是清代的尾声。年迈的老师一哭，孩子们也跟着哭。清代历史，是小学中唯一用眼泪浸润的课程。从小种下的怨恨，很难化解得开。

　　老人的眼泪和孩子们的眼泪拌和在一起，使这种历史情绪有了一种最世俗的力量。我小学的同学全是汉族，没有满族。因此很容易在课堂里获得一种共同语言，好像汉族理所当然是中国的主宰，你满族为什么要来抢夺呢？抢夺去了能够弄好倒也罢了，偏偏越弄越糟，最后几乎让外国人给瓜分了。于是，在闪闪泪光中，我们懂得了什么是汉奸、什么是卖国贼、什么是民族大义、什么是气节。我们似乎也知道了中国之所以落后于世界列强，关键就在于清代，而辛亥革命的启蒙者们重新点燃汉人对清朝的仇恨，提出"驱除鞑虏，恢复中华"的口号，又是多么有必要、多么让人解气。清朝终于被推翻了，但至今在很多中国人心里，它仍然是一种冤孽般的存在。

年长以后，我开始对这种情绪产生警惕。因为无数事实证明：在我们中国，许多情绪化的社会评判规范，虽然堂而皇之地传之久远，却包含着极大的不公正。我们缺少人类普遍意义上的价值启蒙，因此这些情绪化的社会评判规范大多是从封建正统观念逐渐引申出来的，带有很大盲目性。先是姓氏正统论，刘汉、李唐、赵宋、朱明……在同一姓氏的传代系列中所出现的继承人，哪怕是昏君、懦夫、色鬼、守财奴、精神失常者，都是合法而合理的；而外姓人氏若有觊觎，即便有一千条一万条道理，也站不住脚，真伪、正邪、忠奸全由此划分。由姓氏正统论扩而大之，就是民族正统论。这种观念要比姓氏正统论复杂得多，你看辛亥革命的闯将们与封建主义的姓氏正统论势不两立，却也需要大声宣扬民族正统论，便是例证。

汉族当然非常伟大，没有理由要受到外族的屠杀和欺凌。问题是，不能由此而把汉族等同于中华，把中华历史的正义、光亮、希望全部压在汉族一边。与其他民族一样，汉族也有大量的污浊、昏聩和丑恶，它的统治者曾一再地把整个中国历史推入死胡同。在这种情况下，历史有可能做出超越汉族正统论的选择，而这种选择又未必是倒退。

为此，我要写写承德的避暑山庄。清代的史料成捆成扎，把这些留给历史学家吧，我们，只要轻手轻脚地绕到这个消夏的别墅里去偷看几眼也就够了。

二

承德的避暑山庄是清代皇家园林，又称热河行宫、承德离宫，虽然闻名史册，但久为禁苑，又地处塞外，历来光顾的人不多。我去时，找了山庄背后的一个旅馆住下。那时正是薄暮时分，我独个儿走出住所大门，对着眼前黑黝黝的山岭发呆。查过地图，这山岭便是避暑山庄北部的最后屏障，就像一张罗圈椅的椅背。在这张罗圈椅上，休息过一个疲惫的王朝。

奇怪的是，整个中华版图都已归属了这个王朝，为什么还要把这张休息的罗圈椅放到长城之外呢？清代的帝王们在这张椅子上面南而坐的时候都在想些什么呢？

月亮升起来了，眼前的山壁显得更加巍然怆然。北京的故宫把几个不同的朝代混杂在一起，谁的形象也看不真切；而在这里，远远地、静静地、纯纯地、悄悄地，躲开了中原王气，藏下了一个不羼杂的清代。它实在使我产生了一种巨大的诱惑，从第二天开始，我便一头埋到了山庄里边。

山庄很大，本来觉得北京的颐和园已经大得令人咋舌了，它竟比颐和园还大整整一倍，据说装下八九个北海公园是没有问题的。我想不出国内还有哪个古典园林能望其项背。山庄里面，除了前半部有层层叠叠的宫殿外，是开阔的湖区、平原区和山区。尤其是山区，几乎占了整个山庄的八成，这让游惯了别的园林的人很不习惯。园林是用来休闲的，何况是皇家园林，大多追求方便平适，有的也会堆几座小山装点一下。哪有像这儿的，硬是圈进莽莽苍苍一大片真正的山岭来消遣？这个格局，包含着一种需要我们抬头仰望、低头思索的审美观念和人生观念。

山庄里有很多楹联和石碑，上面的文字大多由皇帝们亲自撰写。他们当然想不到多少年后会有我们这些陌生人闯入他们的私家园林，来读这些文字。这些文字是他们写给后辈继承人看的。我踏着青苔和蔓草，辨识和解读着一切能找到的文字，连藏在山间树林中的石碑都不放过。一路走去，终于可以有把握地说：山庄的营造，完全出自一代政治家在精神上的强健。

首先是康熙。他是走了一条艰难而又成功的长途才走进山庄的，到这里来喘口气，应该。

他一生的艰难都是自找的。他的父辈本来已经给他打下了一个很完整的江山，他八岁即位，十四岁亲政，年纪轻轻一个孩子，坐享其成就是了，能在如此辽阔的疆土、如此兴盛的运势前做些什么呢？他稚气未脱的眼睛，竟然疑惑地盯上了两个庞然大物：一个是朝廷中最有权势的辅政大臣鳌拜，一个是自恃当初领清兵入关有功、拥兵自重于南方的吴三桂。平心而论，对于这样与自己的祖辈、父辈都有密切关系的重要政治势力，有几人能下得了决心去动手？但康熙却向他们，也向自己挑战了。他，十六岁上干净利落地除了鳌拜集团，二十岁开始向吴三桂开战，花八年时间的征战取得彻底胜利。

他等于把到手的江山重新打理了一遍，使自己从一个继承者变成了创业者。他成熟了，眼前几乎已经找不到什么对手，但他还是经常骑着马，在中国北方的山林草泽间徘徊，这是他祖辈崛起的所在，他在寻找着自己的生命和事业的依托点。

他每次都要经过长城。长城多年失修，已经破败。对着这堵历代帝王切切关心的城墙，他想了很多。他的祖辈是破长城进来的，没有吴三桂也绝对进得了，那么长城究竟有什么用呢？堂堂一个朝廷，难道就靠这些砖块去保卫？但是如果没有长城，我们的防线又在哪里呢？他思考的结果，可以从一六九一年他的一份上谕中看出个大概。

那年五月，古北口总兵官蔡元向朝廷提出，他所管辖的那一带长城"倾塌甚多，请行修筑"，康熙竟然不同意，他的上谕是：

秦筑长城以来，汉、唐、宋亦常修理，其时岂无边患？明末我太祖统大兵长驱直入，诸路瓦解，皆莫能当。可见守国之道，唯在修德安民。民心悦则邦本得，而边境自固，所谓"众志成城"者是也。如古北、喜峰口一带，朕皆巡阅，概多损坏，今欲修之，兴工劳役，岂能无害百姓？且长城延袤数千里，养兵几何方能分守？

说得实在是很有道理。

康熙希望能筑起一座无形的长城。对此，他有硬的一手和软的一手。硬的一手是在长城外设立"木兰围场"，每年秋天，由皇帝亲自率领王公大臣、各级官兵一万余人去进行大规模的"围猎"，实际上是一种声势浩大的军事演习，这既可以使王公大臣们保持住勇猛、强悍的人生风范，又可顺便对北方边境起一个威慑作用。"木兰围场"既然设在长城之外的边远地带，离北京就很有一点距离，如此众多的朝廷要员前去秋猎，当然要建造一些大大小小的行宫，而热河行宫就是其中最大的一座。

软的一手是与北方边疆的各少数民族建立起一种常来常往的友好关系，他们的首领不必长途进京也能有与清廷交谊的场所。而且还为他们准备下各自的宗教场所，这也就需要有热河行宫和它周围的寺庙群了。

总之，软硬两手最后都汇集到这一座行宫、这一个山庄里来了，说是避暑，说是休息，意义却又远远不止于此。把复杂的政治目的转化为一片幽静闲适的园林、一圈香火缭绕的寺庙，这不能不说是康熙的大本事。

康熙几乎每年立秋之后都要到"木兰围场"参加一次为期二十天的秋猎,一生共参加了四十八次。每次围猎,情景都极为壮观。先由康熙选定逐年轮换的狩猎区域,然后就搭建一百七十多座大帐篷为"内城"、二百五十多座大帐篷为"外城",城外再设警卫。第二天拂晓,八旗官兵在皇帝的统一督导下集结围拢。在上万官兵的齐声呐喊下,康熙一马当先,引弓射猎,每有所中便引来一片欢呼。然后,扈从大臣和各级将士也紧随康熙射猎。

康熙身强力壮,骑术高明,围猎时智勇双全,弓箭上的功夫更让王公大臣由衷惊服,因而他本人的猎获就很多。

晚上,营地上篝火处处,肉香飘荡,人笑马嘶,而康熙还必须回到帐篷里批阅每天疾驰送来的奏章文书。

康熙一生打过许多著名的仗,但在晚年,他最得意的还是自己打猎的成绩,因为这纯粹是他个人生命力的验证。一七一九年康熙自"木兰围场"行猎后返回避暑山庄时,曾兴致勃勃地告谕御前侍卫:

> 朕自幼至今用鸟枪弓矢获虎一百三十五,熊二十,豹二十五,猞猁狲十,麋鹿十四,狼九十六,野猪一百三十二,哨获之鹿数百,其余围场内随便射获诸兽不胜记矣。朕于一日内射兔三百一十八只,若庸常人毕世亦不能及此一日之数也。

这笔流水账,他说得很得意,我们读得也很高兴。身体的强健和精神的强健是连在一起的,须知中国历史上多的是病恹恹的皇帝,他们即便再"内秀",却何以面对如此庞大的国家?

由于强健,他有足够的精力处理复杂的西藏事务和蒙古事务,解决治理黄河、淮河和疏通漕运等大问题,而且大多很有成效,功泽后世。由于强健，他还愿意勤奋地学习，结果不仅武功一流，"内秀"也十分了得，成为中国历代皇帝中特别有学问，也特别重视学问的一位。

谁能想得到呢，这位清朝帝王竟然比明代历朝皇帝更热爱汉族传统文化。大凡经、史、子、集、诗、书、音律，他都下过一番工夫，其中对朱熹哲学钻研最深。他亲自批点《资治通鉴纲目大全》，还下令访求遗散在民间的善本珍籍加以整理，大规模组织人力编辑出版了卷帙浩繁的《古今图书集成》和字典辞书，文化气魄铺地盖天。直到今天，我们研究中国古代文化还离不开那些重要的工具书。在他倡导的文化气氛下，涌现了一大批优秀的文史专家。在这一点上，很少有哪个年代能与康熙朝相比肩。

以上讲的还只是我们所说的"国学"，可能更让现代读者惊异的是他的"西学"。因为即使到了现代，在我们印象中，国学和西学虽然可以沟通，但在同一个人身上深谙两边的毕竟不多。然而早在三百年前，康熙皇帝竟然在北京故宫和承德避暑山庄认真研究了欧几里得几何学，经常演算习题，又学习了法国数学家巴蒂的《实用和理论几何学》，并比较它与欧几里得几何学的差别。他的老师是当时来中国的一批西方传教士，但后来他的演算比传教士还快。以数学为基础，康熙又进而学习了西方的天文、历法、物理、医学，与中国原有的这方面知识比较，取长补短。在自然科学问题上，中国官僚和外国传教士经常发生矛盾，康熙从不袒护中国官僚，也不主观臆断，而是靠自己认真学习，几乎每次都作出了公正的裁断。

这一切，居然与他所醉心的"国学"互不排斥，居然与他一天射猎三百一十八只野兔互不排斥，居然与他一连串重大的政治行为、军事行为、经济行为互不排斥！

我并不认为康熙给中国带来了根本性的希望，他的政权也做过不少坏事，如臭名昭著的文字狱之类。我想说的只是，在中国历代帝王中，这位少数民族出身的帝王具有异乎寻常的生命力，他的人格比较健全。

　　有时，个人的生命力和人格会给历史留下重重的印记。与他相比，明代的许多皇帝都活得太不像样了，鲁迅说他们是"无赖儿郎"，的确有点像。尤其让人生气的是明代万历皇帝（神宗）朱翊钧，在位四十八年，亲政三十八年，竟有二十五年时间躲在深宫之内不见外人的面，完全不理国事，连内阁首辅也见不到他，不知在干什么。他聚敛的金银如山似海，但当辽东起事、朝廷束手无策时问他要钱，他死也不肯拿出来，最后拿出一个无济于事的小零头，竟然都是因窖藏太久变黑发霉、腐蚀得不能见天日的银子！这是一个失去了人格支撑的心理变态者，但他又集权于一身，明朝怎能不垮？他死后还有后代继位，但明朝已在他的手里败定了。康熙与他正相反，把生命从深宫里释放出来，在旷野、猎场和各个知识领域挥洒，避暑山庄就是他这种生命方式的一个重要吐纳点。

<h2 style="text-align:center">三</h2>

　　康熙与晚明帝王的对比，避暑山庄与万历深宫的对比，当时的汉族知识分子当然也感受到了，心情比较复杂。

　　开始，大多数汉族知识分子都坚持抗清复明，甚至在赳赳武夫们纷纷掉头转向之后，一群柔弱的文人还宁死不屈。文人中也有一些著名的变节者，但他们往往也承受着深刻的心理矛盾和精神痛苦。

我想这便是文化的力量。一切军事争逐都是浮面的，而事情到了要摇撼某个文化生态系统的时候才会真正变得严重起来。

一个民族、一个国家、一个人种，其最终意义不是军事的、地域的、政治的，而是文化的。当时江南地区好几次重大的抗清事件，都起于"削发"之事，即汉人历来束发而清人强令削发，甚至到了"留头不留发，留发不留头"的地步。头发的样式看来事小，却关及文化生态。结果，是否"毁我衣冠"的问题成了"夷夏抗争"的最高爆发点。

这中间，最能把事情与整个文化系统联系起来的是文化人，最懂得文明和野蛮的差别，并把"鞑虏"与野蛮连在一起的也是文化人。老百姓的头发终于被削掉了，而不少文人还在拼死坚持。著名大学者刘宗周住在杭州，自清兵进杭州后便绝食，二十天后死亡；他的门生、另一位著名大学者黄宗羲投身于武装抗清行列，失败后回余姚家乡事母、著述；又一位著名大学者顾炎武，武装抗清失败后便开始流浪，谁也找不着他，最后终老陕西……这些宗师如此强硬，他们的门生和崇拜者们当然也多有追随。

但是，事情到了康熙那儿却发生了一些微妙的变化。文人们依然像朱耷笔下的秃鹰，以"天地为之一寒"的冷眼看着朝廷，而朝廷却奇怪地流泻出一种压抑不住的对汉文化的热忱。开始大家以为是一种笼络人心的策略，但从康熙身上看，好像不完全是。

他在讨伐吴三桂的战争还没有结束的时候，就迫不及待地下令各级官员以"崇儒重道"为目的，向朝廷推荐"学问兼优、文辞卓越"的士子，由他亲自主考录用，称做"博学鸿词科"。

这次被保荐、征召的共一百四十三人，后来录取了五人。其中有傅山、李颙等人被推荐了却宁死不应考。傅山被人推荐后又被强抬进北京，他见到"大清门"三字便滚倒在地，两泪直流。如此行动举止，康熙不仅不怪罪，反而免他考试，任命他为"中书舍人"。他回乡后不准别人以"中书舍人"称他，但这个时候说他对康熙本人还有多大仇恨，大概谈不上了。

李颙也是如此，受到推荐后称病拒考，被人抬到省城后竟以绝食相抗，众人只得作罢。这事发生在康熙十七年，康熙本人二十六岁。没想到二十五年后，五十余岁的康熙西巡时还记得这位强硬的学人，要召见他；李颙没有应召，但心里毕竟已经很过意不去了，派儿子李慎言做代表应召，并送自己的两部著作《四书反身录》和《二曲集》给康熙。这件事带有一定的象征性，表示最有抵触的汉族知识分子也开始与康熙和解了。

与李颙相比，黄宗羲是大人物了。康熙对黄宗羲更是礼仪有加，多次请黄宗羲出山未能如愿，便命令当地巡抚到黄宗羲家里，把黄宗羲写的书认真抄来，送入宫内以供自己拜读。这一来，黄宗羲也不能不有所感动。与李颙一样，自己出面终究不便，由儿子代理，黄宗羲让自己的儿子黄百家进入皇家修史部门，帮助完成康熙交下的修《明史》的任务。你看，即便是原先与清廷不共戴天的黄宗羲、李颙他们，也觉得儿子一辈可以在康熙手下好生过日子了。这不是变节，也不是妥协，而是一种文化生态意义上的开始认同。既然康熙对汉文化认同得那么诚恳，汉族文人为什么就完全不能与他认同呢？

黄宗羲不是让儿子参加康熙下令编写的《明史》吗？编《明史》这事给汉族知识界震动不小。康熙任命了大历史学家徐元文、万斯同、张玉书、王鸿绪等负责此事，要他们根据《明实录》如实编写，说"他书或以文章见长，独修史宜直书实事"。他还多次要大家仔细研究明代晚期破败的教训，引以为戒。汉族知识界要反清复明，而清廷君主竟然亲自领导着汉族的历史学家在冷静研究明代了。这种研究又高于反清复明者的思考水平，那么，对峙也就不能不渐渐化解了。《明史》后来成为整个二十四史中写得较好的一部，这是直到今天还要承认的事实。

当然，也还余留着几个坚持不肯认同的文人。例如，康熙时代浙江有个叫吕留良的学者，在著书和讲学中还一再强调孔子思想的精义是"尊王攘夷"。这个提法，在他死后被湖南一个叫曾静的落第书生看到了，很是激动，赶到浙江找到吕留良的儿子和学生几人，筹划反清。

这时康熙也早已过世，已是雍正年间，这群文人手下无一兵一卒，能干成什么事呢？他们打听到川陕总督岳钟琪是岳飞的后代，想来肯定能继承岳飞遗志来抗击外夷，就派人带给他一封策反的信，眼巴巴地请他起事。

这事说起来已经有点近乎笑话。岳飞抗金到那时已隔着整整一个元朝、整整一个明朝，清朝也已过了八九十年，算到岳钟琪身上都是多少代的事啦，居然还想着让他凭着一个"岳"字拍案而起，中国书生的昏愚和天真就在这里。

岳钟琪是清朝大官，做梦也没有想到过要反清，接信后虚假地应付了一下，却理所当然地报告了雍正皇帝。雍正下令逮捕了这个谋反集团，又亲自阅读了书信、著作，觉得其中有好些观点需要自己写文章来与汉族知识分子辩论。他认为有过康熙一代，已有足够的事实证明清代统治者并不差，可为什么还有人要对抗清廷？于是这位皇帝亲自编了一部《大义觉迷录》颁发各地，而且特免肇事者曾静等人的死罪，让他们专到江浙一带去宣讲。

雍正的《大义觉迷录》写得颇为诚恳。他的大意是：不错，我们是夷人，我们是"外国"人，但这是籍贯而已，天命要我们来抚育中原生民，被抚育者为什么还要把华、夷分开来看？你们所尊重的舜是东夷之人、文王是西夷之人，这难道有损于他们的圣德吗？吕留良这样著书立说的人，将前朝康熙皇帝的文治武功、赫赫盛德都加以隐匿和诬蔑，实在是不顾民生国运只泄私愤了。外族入主中原，可能反而勇于为善，如果著书立说的人只认为生在中原的君主不必修德行仁也可享有名分，而外族君主即便励精图治也得不到褒扬，外族君主为善之心也会因之而懈怠，受苦的不还是中原百姓吗？

　　雍正的这番话带着明显的委屈情绪，而且是给父亲康熙打抱不平，也真有一些动人的地方。但他的整体思维显然比不上康熙，口口声声说自己是"外国"人、"夷人"，在一些前提性的概念上把事情搞复杂了。他的儿子乾隆看出了这个毛病，即位后把《大义觉迷录》全部收回，列为禁书，杀了被雍正赦免的曾静等人，开始大兴文字狱。

　　除了华、夷之分的敏感点外，其他地方雍正倒是比较宽容、有度量，听得进忠臣贤士们的尖锐意见和建议，因此在执政的前期，做了不少好事，国运可称昌盛。这样一来，即便存有异念的少数汉族知识分子也不敢有什么想头，到后来也真没有什么想头了。其实本来这样的人已不可多觅，雍正和乾隆都把文章做过了头。真正第一流的大学者，在乾隆时代已经不想做反清复明的事情。

　　乾隆靠着人才济济的智力优势，靠着康熙、雍正给他奠定的丰厚基业，也靠着他本人的韬略雄才，做起了中国历史上福气最好的大皇帝。承德避暑山庄，他来得最多，总共逗留的时间很长，因此他的踪迹更是随处可见。乾隆也经常参加"木兰秋猎"，亲自射获的猎物也极为可观，但他的主要心思却放在边疆征战上，避暑山庄和周围的外八庙内记载这种征战成果的碑文极多。

这种征战与汉族的利益没有冲突，反而弘扬了中国的国威，连汉族知识界也引以为荣，甚至可以把乾隆看成是华夏圣君了。但我细看碑文之后却产生一个强烈的感觉：有的仗迫不得已，打打也可以，但多数战争的必要性深可怀疑——需要打得这么大吗？需要反复那么多次吗？需要杀得如此残酷吗？

好大喜功的乾隆把他的所谓"十全武功"雕刻在避暑山庄里乐滋滋地自我品尝，这使山庄回荡出一些燥热而又不祥的气氛。在满、汉文化对峙基本上结束之后，这里洋溢着的是中华帝国的自得情绪。

一七九三年九月十四日，一个英国使团来到避暑山庄，乾隆以盛宴欢迎，还在山庄的万树园内以大型歌舞和焰火晚会招待，避暑山庄一片热闹。英方的目的是希望乾隆同意他们派使臣常驻北京，在北京设立洋行，希望中国开放贸易口岸，在广州附近拨一些地方让英商居住，又希望英国货物在广州至澳门的内河流通时能获免税和减税的优惠。本来，这是可以谈判的事，但对于居住在避暑山庄、一生喜欢用武力炫耀华夏威仪的乾隆来说，却不存在任何谈判的可能。

他给英国国王写了信，信的标题是《赐英吉利国王敕书》。信内对一切要求全部拒绝，说："天朝尺土俱归版籍，疆址森然，即使岛屿沙洲，亦必划界分疆，各有专属"，"从无外人等在北京城开设货行之事"，"此与天朝体制不合，断不可行"。至今有人认为这几句话充满了爱国主义的凛然大义，与以后清廷签订的卖国条约不可同日而语。对此我实在不敢苟同。

本来康熙早在一六八四年就已开放海禁，在广东、福建、浙江、江苏分设四个海关欢迎外商来贸易。过了七十多年，乾隆反而关闭其他海关只许外商在广州贸易。外商在广州也有许多可笑的限制，例如，不准学说中国话、买中国书，不许坐轿，更不许把妇女带来，等等。我们闭目就能想象清廷对外国人的这些限制是出于何种心理规定出来的。

康熙向传教士学西方自然科学，关系不错，而乾隆却把天主教给禁了。

乾隆在避暑山庄训斥外国帝王的朗声言辞，在历史老人听来，不太顺耳了。这座园林已掺杂进某种凶兆。

四

我在山庄松云峡乾隆诗碑的西侧，读到了他儿子嘉庆写的一首诗。嘉庆即位后经过这里，看到父亲那些得意扬扬的诗作后不禁长叹一声：父亲的诗真是深奥，而我这个做儿子的却实在觉得肩上的担子太重了！（"瞻题蕴精奥，守位重仔肩。"）

嘉庆一生都在面对内忧外患，最后不明不白地死在避暑山庄。

道光皇帝继嘉庆之位时已近四十岁，没有什么才能，只知艰苦朴素，穿的裤子还打过补丁。这对一国元首来说可不是什么佳话。朝中大臣竞相模仿，穿了破旧衣服上朝，一眼看去，这个朝廷已经没有多少气数了。

父亲死在避暑山庄，畏怯的道光也就不愿意去那里了，让它空关了几十年。他有时想想也该像祖宗一样去打一次猎，打听能不能不经过避暑山庄就可以到"木兰围场"，回答说没有别的道路，他也就不去打猎了。像他这么个可怜巴巴的皇帝，似乎本来就与山庄和打猎没有缘分；鸦片战争已经爆发，他忧愁的目光只能一直注视着南方。

避暑山庄一直关到一八六〇年九月，突然接到命令，咸丰皇帝要来，赶快打扫。咸丰这次来时带的银两特别多，原来是来逃难的，英法联军正威胁着北京。咸丰这一来就不走了，东走走西看看，庆幸祖辈留下这么个好地方让他躲避。他在这里又批准了好几份丧权辱国的条约，但签约后还是不走，直到一八六一年八月二十二日死在这儿，差不多住了近一年。

咸丰一死，避暑山庄热闹了好些天，各种政治势力围着遗体进行着明明暗暗的较量。一场被历史学家称为"辛酉政变"的行动方案在山庄的几间屋子里制订。然后，咸丰的灵柩向北京起运了，刚继位的小皇帝也出发了，浩浩荡荡。避暑山庄的大门，又一次紧紧地关住了。而在这支浩浩荡荡的队伍中间，很快站出来一个二十七岁的青年女子，她将统治中国数十年。

她就是慈禧，离开了山庄后再也没有回来。不久她又下了一道命令，说热河避暑山庄已经几十年不用，殿亭各宫多已倾圮，只是咸丰皇帝去时稍稍修治了一下，现在咸丰已逝，众人已走，"所有热河一切工程，着即停止"。

这个命令，与康熙不修长城的谕旨前后辉映。康熙的"长城"也终于倾塌了，荒草凄迷，暮鸦回翔，旧墙斑驳，霉苔处处，而大门却紧紧地关着。

关住了那些宫殿房舍倒也罢了，还关住了那么些苍郁的山、那么些晶亮的水。在康熙看来，这儿就是他心目中的清王朝，但清王朝把它丢弃了。被丢弃了的它可怜，丢弃了它的清王朝更可怜，连一把罗圈椅也坐不到了，恓恓惶惶，丧魂落魄。

后来慈禧在北京重修了一个颐和园，与避暑山庄"对峙"。塞外朔北的园林不会再有对峙的能力和兴趣，它似乎已属于另外一个时代。热河的雄风早已吹散，清朝从此阴气重重、劣迹斑斑。

当新的一个世纪来到的时候，一大群汉族知识分子向这个政权发出了毁灭性声讨。避暑山庄，在这个时候是一个邪恶的象征，老老实实躲在远处，尽量不要叫人发现。

五

清朝灭亡后，社会震荡，世事忙乱。直到一九二七年六月二日，大学者王国维先生在颐和园投水而死，才让全国的有心人肃然沉思。

王国维先生的死因众说纷纭，我们且不管它，只知道这位汉族文化大师拖着清代的一条辫子，自尽在清代的皇家园林里，遗嘱为"五十之年，只欠一死；经此世变，义无再辱"。

他不会不知道明末清初为汉族人是束发还是留辫之争曾发生过惊人的血案，他不会不知道刘宗周、黄宗羲、顾炎武这些大学者的慷慨行迹，他更不会不知道按照世界历史的进程，社会巨变乃属必然。但是，他还是死了。

我赞成陈寅恪先生的说法，王国维先生并不是死于政治斗争、人事纠葛，而是死于一种文化：

> 凡一种文化值衰落之时，为此文化所化之人，必感苦痛，其表现此文化之程量愈宏，则其所受之苦痛亦愈甚；迨既达极深之度，殆非出于自杀无以求一己之心安而义尽也。
>
> （《王观堂先生挽词并序》）

王国维先生实在无法把文化与清廷分割开来。在他的书架里，《古今图书集成》、《康熙字典》、《四库全书》、《红楼梦》、《桃花扇》、《长生殿》、乾嘉学派、纳兰性德都历历在目，每一本、每一页都无法分割。在他看来，在他身边陨灭的，不仅仅是一个政治意义上，而且更是一个文化意义上的古典时代。

他，只想留在古典时代。

我们记得，在康熙手下，汉族高层知识分子经过剧烈的心理挣扎已开始与朝廷建立文化认同，没有想到的是，当康熙的事业破败之后，文化认同还未消散。为此，宏才博学的王国维先生要以生命来祭奠它。他没有从心理挣扎中找到希望，死得可惜又死得必然。

知识分子总是不同寻常，他们总要在政治、军事的折腾之后表现出长久的文化韧性。文化变成了他们的生命，只有靠生命来拥抱文化了，别无他途。明末以后是这样，清末以后也是这样。

文化的极度脆弱和极度强大，都在王国维先生纵身投水的扑通声中呈现无遗。

王国维先生到颐和园这也还是第一次，是从一个同事处借了五元钱才去的。颐和园门票六角，死后口袋中尚余四元四角。他去不了承德，也推不开山庄紧闭的大门。

今天，我面对着避暑山庄的清澈湖水，却不能不想起王国维先生的面容和身影。我轻轻地叹息一声：一个风云数百年的朝代，总是以一群强者英武的雄姿开头，而打下最后一个句点的，却常常是一些文质彬彬的凄怨灵魂。

秋雨注：这篇文章发表于一九九三年，后来被中国评论界看成是全部"清宫电视剧"的肇始之文。"清宫电视剧"拍得不错，但整体历史观念与我有很大差别。我对清代宫廷的看法，可参见本书另一篇《宁古塔》。

宁古塔

一

东北终究是东北，现在已是盛夏的尾梢，江南的西瓜早就收藤了，而这里似乎还刚刚开旺，大路边高高低低地延绵着一堵用西瓜砌成的墙，瓜农们还在从绿油油的瓜地里一个个捧出来往上面堆。买了好几个搬到车上，先切开一个在路边啃起来。一口下去又是一惊，竟是我平生很少领略过的清爽和甘甜！

这里的天蓝得特别深，因此把白云衬托得银亮而富有立体感。蓝天白云下面全是植物，有庄稼，也有自生自灭的花草。与大西北相比，这里一点也不荒瘠；但与江南相比，这里又缺少了那些温馨而精致的曲曲弯弯，透着点儿苍凉和浩茫。

这片土地，竟然会蕴藏着这么多的甘甜吗？

我提这个问题的时候心头不禁一颤，因为我正站在从牡丹江到镜泊湖去的半道上，脚下是黑龙江省宁安县，清代称之为"宁古塔"的所在。只要对清史稍有涉猎的读者都能理解我的心情。在漫长的数百年间，不知有多少"犯人"的判决书上写着："流放宁古塔。"

有那么多的朝廷大案以它作为句点，因此"宁古塔"这三个字成了全国官员心底最不吉利的符咒。任何人都有可能一夜之间与这里产生终身性的联结，就像堕入一个漆黑的深渊，不大可能再泅得出来。金銮殿离这里很远又很近，因此这三个字常常悄悄地潜入高枕锦衾间的噩梦，把那么多的人吓出一身身冷汗。

清代统治者特别喜欢流放江南人，因此这块土地与我的出生地和谋生地也有着很深的缘分。几百年前的江浙口音和现在一定会有不少差别了吧，但是，云还是这样的云，天还是这样的天。

地可不是这样的地。有一本叫做《研堂见闻杂记》的书上写道，当时的宁古塔几乎不是人间的世界，流放者去了，往往半道上被虎狼恶兽吃掉，甚至被饿昏了的当地人分而食之，能活下来的不多。当时另有一个著名的流放地叫尚阳堡，也是一个让人毛骨悚然的地方，但与宁古塔一比，尚阳堡还有房子可住，还能活得下来，简直好到天上去了。也许有人会想，有塔的地方总该有点文明的遗留吧？这就搞错了。宁古塔没有塔，这三个字完全是满语的音译，意为"六个"（"宁古"为"六"，"塔"为"个"），据说很早的时候曾有兄弟六人在这里住过，而这六个人可能还与后来的清室攀得上远亲。

由宁古塔又联想到东北其他几个著名的流放地，例如，今天的沈阳（当时称盛京）、辽宁开原市（当时的尚阳堡）、齐齐哈尔（当时称卜魁）等处。我，又想来触摸中国历史身上某些让人不大舒服的部位了。

二

中国古代历朝对犯人的惩罚，条例繁杂，但粗粗说来无外乎打、杀、流放三种。打是轻刑，杀是极刑，流放"不轻不重"，嵌在中间。

打的名堂就很多，打的工具（如鞭、杖之类）、方式和数量都不一样。民间罪犯姑且不论，即便在朝堂之上，也时时刻刻晃动着被打的可能。再道貌岸然的高官，再斯文儒雅的学者，从小接受"非礼勿视"的教育，举手投足蕴藉有度，刚才站到殿堂中央来讲话时还细声慢气地调动一连串深奥典故，用来替代一切世俗词汇，突然不知是哪句话讲错了，立即被一群宫廷侍卫按倒在地，在众目睽睽之下被一五一十地打将起来。苍白的肌肉，殷红的鲜血，不敢大声发出的哀号，乱作一团的白发，强烈地提醒着端立在一旁的其他文武官员：你们说到底只是一种生理性的存在；用思想来辩驳思想，以理性来面对理性，从来没有那回事儿。

杀的花样就更多了。我早年在一本旧书中读到嘉庆朝廷如何杀戮一个行刺者的具体记述，好几天都吃不下饭。后来我终于对其他杀人花样也有所了解了，真希望我们下一代不要再有人去知道这些事情。他们的花样，是把死这件事情变成一个可供细细品味、慢慢咀嚼的漫长过程。在这一过程中，组成人的一切器官和肌肤全部成了痛苦的由头，因此受刑者只能怨恨自己竟然是个人。我相信中国的宫廷官府所实施的杀人办法，是人类成为人类以来百十万年间最为残酷的自戕游戏，即便是豺狼虎豹在旁看了也会瞠目结舌。

残忍，对统治者来说，首先是一种恐吓，其次是一种快感。越到后来，恐吓的成分越来越少，而快感的成分则越来越多。这就变成了一种心理毒素，扫荡着人类的基本尊严。统治者以为这样便于统治，却从根本上摧残了中华文明的人性、人道基础。这个后果非常严重，直到已经废止酷刑的今天，还没有恢复过来。

现在可以说说流放了。

与杀相比，流放是一种长时间的折磨。死了倒也罢了，可怕的是人还活着，种种残忍都要用心灵去一点点消受，这就比死都繁难了。

就以当时流放东北的江南人和中原人来说，最让人受不了的是流放的株连规模。有时不仅全家流放，而且祸及九族，所有远远近近的亲戚，甚至包括邻里，全都成了流放者，往往是几十人、百余人的队伍，浩浩荡荡。

别以为这样热热闹闹一起远行并不差，须知道这些几天前还是锦衣玉食的家都已被查抄，家产财物荡然无存，而且到流放地之后做什么也早已定下，如"赏给出力兵丁为奴"、"给披甲人为奴"，等等，连身边的孩子也都已经是奴隶。一路上怕他们逃走，便枷锁千里。我在史料中见到这样一条记载：明宣德八年，一次有一百七十名犯人流放到东北，死在路上的就有三分之二，到东北只剩下五十人。

好不容易到了流放地，这些奴隶分配给了主人，主人见美貌的女性就随意糟蹋，怕其丈夫碍手碍脚就先把其丈夫杀了。流放人员那么多用不了，选出一些女的卖给娼寮，选出一些男的去换马。

最好的待遇是在所谓"官庄"里做苦力，当然也完全没有自由。照清代被流放的学者吴兆骞记述，"官庄人皆骨瘦如柴"、"一年到头，不是种田，即是打围、烧石灰、烧炭，并无半刻空闲日子"。

在一本叫《绝域纪略》的书中描写了流放在那里的江南女子汲水的镜头："春余即汲，霜雪井溜如山，赤脚单衣悲号于肩担者，不可纪，皆中华富贵家裔也。"

在这些可怜的汲水女里面，肯定有着不少崔莺莺和林黛玉，昨日的娇贵矜持根本不敢再回想，连那点哀怨悱恻的恋爱悲剧，也全都成了奢侈。

康熙时期的诗人丁介曾写过这样两句诗：

南国佳人多塞北，

中原名士半辽阳。

这里该包含着多少让人不敢细想的真正大悲剧啊！诗句或许会有些夸张，但当时中原各省在东北流放地到了"无省无人"的地步是确实的。据李兴盛先生统计，单单清代东北流人（其概念比流放犯略大），总数在一百五十万以上。普通平民百姓很少会被流放，因而其间"名士"和"佳人"的比例确实不低。

如前所说，这么多人中，很大一部分是株连者，这个冤屈就实在太大了。那些远亲，可能根本没见过当事人，他们的亲族关系要通过老一辈曲曲折折的比划才能勉强理清，现在却一股脑儿都被赶到了这儿。在统治者看来，中国人都不是个人，只是长在家族大树上的叶子，一片叶子看不顺眼了，证明从根上就不好，于是一棵大树连根儿拔掉。我看"株连"这两个字的原始含义就是这样来的。

树上叶子那么多，不知哪一片会出事而祸及自己，更不知自己的一举一动什么时候会危害到整棵大树，于是只能战战兢兢，如临深渊，如履薄冰。如此这般，中国怎么还会有独立的个体意识呢？

我们也见过很多心底明白而行动窝囊的人物：有的事，他们如果按心底所想的再坚持一下，就坚持出人格来了；但皱眉一想妻儿老小、亲戚朋友，也就立即改变了主意。既然大树上没有一片叶子敢于面对风的吹拂、露的浸润、霜的飘洒，那么，整个树林也便成了没有风声鸟声的死林。

三

我常常设想，那些当事人在东北流放地遇见了以前从来没有听见过、这次却因自己而罹难的远房亲戚，该会说什么话？有何种表情？而那些远房亲戚又会做什么反应？

当事人极其内疚是毫无疑问的，但光内疚够吗？而且内疚什么呢？他或许会解释一下案情，但他真能搞得清自己的案情吗？

能说清自己案情的是流放者中那一部分真正的反清斗士。还有一部分属于宫廷内部钩心斗角的失败者，他们大体也说得清自己流放的原因。最说不清楚的是那些文人，不小心沾上了文字狱、科场案，一夜之间成了犯人，与一大群受株连者一起跌跌撞撞地发配到东北来了，他们大半搞不清自己的案情。

文字狱的无法说清已有很多人写过，不想再说什么了。科场案是针对科举考试中的作弊嫌疑而言的，牵涉面更大。

明代以降，特别是清代，壅塞着接二连三的所谓科场案，好像鲁迅的祖父后来也挨到了这类案子——幸好没有全家流放，否则我们就没有《阿Q正传》好读了。

依我看，科场中真作弊的有，但是很大一部分是被恣意夸大甚至无中生有的。例如，一六五七年发生过两个著名的科场案，被杀、被流放的人很多。我们不妨选其中较严重的一个即所谓"南闱科场案"稍稍多看几眼。

一场考试过去，发榜了，没考上的士子们满腹牢骚，议论很多。被说得最多的是考上举人的安徽青年方章钺，可能与主考大人是远亲，即所谓"联宗"吧，理应回避，不回避就有可能作弊。

落第考生的这些道听途说被一位官员听到了，就到顺治皇帝那里奏了一本。顺治皇帝闻奏后立即下旨，正副主考一并革职，把那位考生方章钺捉来严审。

这位安徽考生的父亲叫方拱乾，也在朝中做着官，上奏说我们家从来没有与主考大人联过宗，联宗之说是误传，因此用不着回避，以前几届也考过，朝廷可以调查。

本来这是一件很容易调查清楚的事情，但麻烦的是，皇帝已经表了态，而且已把两个主考革职了，如果真的没有联过宗，皇帝的脸往哪儿搁？

因此朝廷上下一口咬定，你们两家一定联过宗，不可能不联宗，没理由不联宗，为什么不联宗？不联宗才怪呢！既然肯定联过宗，那就应该在子弟考试时回避，不回避就是犯罪。

刑部花了不少时间琢磨这个案子，再琢磨皇帝的心思，最后心一横，拟了个处理方案上报，大致意思无非是，正副主考已经激起圣怒，被皇帝亲自革了职，那就干脆处死算了，把事情做到底别人也就没话说了；至于考生方章钺，朝廷不承认他是举人，作废。

这个处理方案送到了顺治皇帝那里。大家原先以为皇帝也许会比刑部宽大一点，做点姿态，没想到皇帝的回旨极其可怕：正副主考斩首，没什么客气的；还有他们统领的其他所有考官到哪里去了？一共十八名，全部绞刑，家产没收，他们的妻子儿女一概罚做奴隶。听说已经死了一个姓卢的考官了？算他幸运，但他的家产也要没收，他的妻子儿女也要去做奴隶。还有，就让那个安徽考生不做举人算啦？不行，把八个考取的考生全都收拾一下，他们的家产也应全部没收，每人狠狠打上四十大板。更重要的是，他们这群考生的父母、兄弟、妻子，要与这几个人一起，全部流放到宁古塔！（参见《清世祖实录》

卷一百二十一）

这就是典型的中国古代判决，处罚之重，到了完全离谱的程度。不就是仅仅一位考生与主考官有点沾亲带故的嫌疑吗？他父亲出面已经把嫌疑排除了，但结果还是如此惨烈，而且牵涉的面又如此之大。这二十个考官应该是当时中国第一流的学者，居然不明不白地全部杀掉，他们的家属随之遭殃。这种暴行，今天想来还令人发指。

这中间，唯一能把嫌疑的来龙去脉说得稍稍清楚一点的只有安徽考生一家——方家，其他被杀、被打、被流放的人可能连基本缘由也一无所知。但不管，刑场上早已头颅滚滚、血迹斑斑，去东北的路上也已经排成长队。

这些考生的家属在长途跋涉中想到前些天身首异处的那二十来个大学者，心也就平下来了——比上不足比下有余，何况人家那么著名的人物临死前也没吭声，要我冒出来喊冤干啥？

这是中国人面临最大的冤屈和灾难时的惯常心理逻辑。一切理由都没什么好问的，就算是遇到了一场自然灾害。

且看历来流离失所的灾民，有几个问清过台风形成的原因和山洪暴发的理由？算啦，低头干活吧，能这样就不错啦。

四

灾难，对于常人而言也就是灾难而已，但对文人而言就不一样了。在灾难降临之初，他们会比一般人更紧张、更痛苦，但在渡过这一关口之后，他们中一部分人的文化意识有可能觉醒，开始面对灾难寻找生命的底蕴。以前的价值系统也可能被解构，甚至解构得比较彻底。

有些文人，刚流放时还端着一副孤忠之相，等着哪一天圣主来平反昭雪。有的则希望自己死后有一位历史学家来说两句公道话。但是，茫茫的塞外荒原否定了他们，浩浩的北国寒风嘲笑着他们。

流放者都会记得宋金战争期间，南宋的使臣洪皓和张邵被金人流放到黑龙江的事迹。洪皓和张邵算得上为大宋朝廷争气的了，在捡野菜充饥、拾马粪取暖的情况下还凛然不屈。

出人意料的是，这两人在东北为宋廷受苦受难十余年，好不容易回来后却立即遭受贬谪。倒是金人非常尊敬这两位与他们作对的使者，每次宋廷有人来总要打听他们的消息，甚至对他们的子女也倍加怜惜。

这种事例，使后来的流放者们陷入深思：既然朝廷对自己的使者都是这副模样，那它真值得大家为它守节效忠吗？我们过去头脑中认为至高无上的一切，真是那样有价值吗？

顺着这一思想脉络，东北流放地出现了一个奇迹：不少被流放的清朝官员与反清义士结成了好朋友，甚至到了生死莫逆的地步。原先各自的政治立场都消解了，消解在对人生价值的重新确认里。

当官衔、身份、家产一一被剥除时，剩下的就是生命对生命的直接呼唤。著名的反清义士函可，在东北流放时最要好的那些朋友李裀、魏琯、季开生、李呈祥、郝浴、陈掖臣等人，几乎都是被贬的清朝官吏。但他却以这些人为骨干，成立了一个"冰天诗社"。

函可的那些朋友，在个人人品上都很值得敬重。例如，李裀获罪是因为上谏朝廷，指陈当时的"逃人法"立法过重，株连太多；魏琯因上疏主张一个犯人的妻子"应免流徙"而自己反被流徙；季开生是谏阻皇帝到民间选美女；郝浴是弹劾吴三桂骄横不法……总之都是一些善良而正直的人。现在他们的发言权被剥夺了，但善良和正直却剥夺不了。

函可与他们结社是在顺治七年，那个时候，江南很多知识分子还在以仕清为耻，因此是看不起仕清反被清害的汉族官员的。但函可却完全不理这一套，以毫无障碍的心态发现了他们的善良与正直，把他们作为一个个有独立人品的个人来尊重。

政敌不见了，对立松懈了，只剩下一群赤诚相见的朋友。

有了朋友，再大的灾害也会消去大半；有了朋友，再糟的环境也会风光顿生。

我敢断言，在漫长的中国古代社会中，最珍贵、最感人的友谊必定产生在朔北和南荒的流放地，产生在那些蓬头垢面的文士们中间。其他那些著名的友谊佳话，外部雕饰太多了。

除了流放者之间的友谊外，外人与流放者的友谊也有一种特殊的重量。

在株连之风极盛的时代，与流放者保持友谊是一件十分危险的事。何况地处遥远，在当时的交通和通信条件下要维系友谊又非常艰难。因此，流放者们完全可以凭借往昔友谊的维持程度，来重新评验自己原先置身的世界。

元朝时，浙江人骆长官被流放到东北，他的朋友孙子耕竟从杭州一路相伴到东北。清康熙年间，兵部尚书蔡毓荣获罪流放黑龙江，他的朋友上海人何世澄不仅一路护送，而且陪着蔡毓荣在黑龙江住了两年多才返回江南。

让我特别倾心的是，康熙年间顾贞观把自己的老友吴兆骞从东北流放地救出来的那番苦功夫。

顾贞观知道老友在边荒时间已经很长，吃足了各种苦头，很想晚年能赎他回来让他过几天安定日子，为此他愿意叩拜座座朱门来集资。但这事不能光靠钱，还要让当朝最有权威的人点头。他好不容易结识了当朝太傅明珠的儿子纳兰容若。纳兰容若是一个人品和文品都不错的人，也乐于帮助朋友，但对顾贞观提出的这个要求却觉得事关重大，难以点头。

顾贞观没有办法，只得拿出他因思念吴兆骞而写的词作《金缕曲》两首给纳兰容若看。两首词的全文是这样的：

季子平安否？便归来，平生万事，那堪回首！行路悠悠谁慰藉？母老家贫子幼。记不起，从前杯酒。魑魅搏人应见惯，总输他覆雨翻云手。冰与雪，周旋久。 泪痕莫滴牛衣透，数天涯，依然骨肉，几家能够？比似红颜多命薄，更不如今还有。只绝塞，苦寒难受，廿载包胥承一诺，盼乌头马角终相救。置此札，君怀袖。

我亦飘零久。十年来，深恩负尽，死生师友。宿昔齐名非忝窃，试看杜陵消瘦。曾不减，夜郎偏傺。薄命长辞知己别，问人生到此凄凉否？千万恨，从君剖。 兄生辛未吾丁丑，共些时，冰霜摧折，早衰蒲柳。词赋从今须少作，留取心魂相守。但愿得，河清人寿。归日急翻行戍稿，把空名料理传身后。言不尽，观顿首。

不知读者诸君读了这两首词作何感想，反正纳兰容若当时刚一读完就声泪俱下，对顾贞观说："给我十年时间吧，我当做自己的事来办，今后你完全不用再叮嘱我了。"

顾贞观一听急了："十年？他还有几年好活？五年为期，好吗？"

纳兰容若擦着眼泪点了点头。

经过很多人的努力，吴兆骞终于被赎了回来。

我常常想，今天东北人的豪爽、好客、重友情、讲义气，一定与流放者们的精神遗留有某种关联。流放，创造了一个味道浓厚的精神世界，使我们得惠至今。

五

在享受友情之外，流放者还想干一点自己想干的事情。由于气候和管理方面的原因，流放者也有不少空余时间。有的地方，甚至处于一种放任自流的状态。这就给了文化人一些微小的自我选择的机会。

我，总要做一点别人不能替代的事情吧？总要有一些高于捡野菜、拾马粪、烧石灰、烧炭的行为吧？想来想去，这种事情和行为，都与文化有关。因此，这也是一种回归，不是地理意义上的而是文化意义上的回归。

比较常见的是教书，例如，洪皓曾在晒干的桦叶上默写出《四书》，教村人子弟；张邵甚至在流放地开讲《大易》，"听者毕集"；函可作为一位佛学家利用一切机会传授佛法。

其次是教耕作和商贾，例如，杨越就曾花不少力气在流放地传播南方的农耕技术，教当地人用"破木为屋"来代替原来的"掘地为屋"，又让流放者用随身带的物品与当地土著交换渔牧产品，培养了初步的市场意识，同时又进行文化教育，几乎是全方位地推动了这块土地上文明的进步。

文化素养更高一点的流放者则把东北作为自己进行文化考察的

对象，并把考察结果留诸文字，至今仍为地域文化研究者所钟爱。例如，方拱乾所著《宁古塔志》，吴桭臣所著《宁古塔纪略》，张缙彦所著《宁古塔山水记》，杨宾所著《柳边纪略》，英和所著《龙沙物产咏》，等等，这些著作具有很高的历史学、地理学、风俗学、物产学等多方面的学术价值。

我们知道，中国古代的学术研究除了李时珍、徐霞客等少数例外，多数习惯于从书本来到书本去，缺少野外考察精神，致使我们的学术传统至今还常缺乏实证意识。这些流放者却在艰难困苦之中克服了这种弊端，写下了中国学术史上让人惊喜的一页。

他们脚下的这块土地给了他们那么多无告的陌生，那么多绝望的辛酸，但他们却无意怨恨它，而用温热的手掌抚摸着它，让它感受文明的热量，使它进入文化的史册。

在这方面，有几个代代流放的南方家族所起的作用特别大。例如，清代浙江的吕留良家族，安徽的方拱乾、方孝标家族，浙江的杨越、杨宾父子等。近代国学大师章太炎先生在民国初年曾说到因遭文字狱而世代流放东北的吕留良（吕用晦）家族的贡献："后裔多以塾师、医药、商贩为业。土人称之曰老吕家，虽为台隶，求师者必于吕氏，诸犯官遣戍者，必履其庭，故土人不敢轻，其后裔亦未尝自屈也。""齐齐哈尔人知书，由吕用晦后裔谪戍者开之。"

说到方家，章太炎说："初，开原、铁岭以外皆胡地也，无读书识字者。宁古塔人知书，由孝标后裔谪戍者开之。"（《太炎文录续编》）当代历史学家认为，太炎先生的这种说法，史实可能有所误，评价可能略嫌高，但肯定两个家族在东北地区文教上的启蒙之功，是完全不错的。

一个家族世世代代流放下去，对这个家族来说是莫大的悲哀，但他们对东北的开发事业却进行了一代接一代的连续性攻坚。他们是流放者，但他们实际上又成了老资格的"土著"。那么他们的故乡究竟在何处呢？面对这个问题，我在同情和惆怅中又包含着对胜利者的敬意，因为在文化意义上，他们是英勇的占领者。

六

我希望上面这些叙述不至于构成这样一种误解，以为流放这件事从微观来说造成了许多痛苦，而从宏观来说却并不太坏。

不。从宏观来说，流放无论如何也是对文明的一种摧残。部分流放者从伤痕累累的苦痛中挣扎出来，手忙脚乱地创造出了那些文明，并不能给流放本身增色添彩。且不说多数流放者不再有什么文化创造，即便是我们在上文中评价最高的那几位，也无法成为我国文化史上的第一流人才。

第一流人才可以受尽磨难，却不能让磨难超越基本的生理限度和物质限度。尽管屈原、司马迁、曹雪芹也受了不少苦，但宁古塔那样的流放方式却永远也出不了《离骚》、《史记》和《红楼梦》。

文明可能产生于野蛮，却绝不喜欢野蛮。我们能熬过苦难，却绝不赞美苦难。我们不害怕迫害，却绝不肯定迫害。

部分文人之所以能在流放的苦难中显现人性、创建文明，本源于他们内心的高贵。他们的外部身份可以一变再变，甚至终身陷于囹圄，但内心的高贵却未曾全然销蚀。这正像有的人，不管如何追赶潮流或身居高位，却总也掩盖不住内心的卑贱一样。

毫无疑问，最让人动心的是苦难中的高贵，最让人看出高贵之所以高贵的，也是这种高贵。凭着这种高贵，人们可以在生死存亡线的边缘上吟诗作赋，可以用自己的一点温暖去化开别人心头的冰雪，继而可以用屈辱之身去点燃文明的火种。他们为了文化和文明，可以不顾物欲利益，不顾功利得失，义无反顾，一代又一代。

我站在这块古代称为宁古塔的土地上，长时间地举头四顾又终究低下头来，我向一些远年的灵魂祭奠——为他们大多来自浙江、上海、江苏、安徽那些我很熟悉的地方，更为他们在苦难中的高贵。

抱愧山西

一

十余年前的某一天，我在翻阅一堆史料的时候大吃一惊，便急速放下手上的其他工作，专心致志地研究起来。很长一段时间，我查检了一本又一本的书籍，阅读了一篇又一篇的文稿，终于将信将疑地接受了这样一个结论：在十九世纪乃至以前相当长的时期内，中国最富有的省份不是我们现在可以想象的那些地区，而竟是山西。直到本世纪初，山西仍是中国的金融贸易中心。北京、上海、广州、武汉等城市里那些比较像样的金融机构，最高总部大抵都在山西平遥县和太谷县几条寻常的街道间。这些大城市，只不过是腰缠万贯的山西商人小试身手的码头而已。

山西商人之富，有许多数字可以引证，本文不作经济史的专门阐述，姑且省略了吧。反正在清代全国商业领域，人数最多、资本最厚、散布最广的是山西人；每次全国性募捐，捐出银两数最大的是山西人；要在全国排出最富的家庭和个人，最前面的一大串名字大多也是山西人；甚至，在京城宣告歇业回乡的各路商家中，携带钱财最多的又是山西人。

按照我们往常的观念，富裕必然是少数人残酷剥削多数人的结果。但事实是，山西商业的发达、豪富人家的消费，大大提高了所在地的就业幅度和整体生活水平。而那些大商人都是在千里万里间的金融流通过程中获利的，并不构成对当地人民的剥削。因此与全国相比，当时山西城镇民众的一般生活水平也不低。有一份材料有趣地说明了这个问题。一八二二年，文化思想家龚自珍在《西域置行省议》一文中提出了一个大胆的政治建议。他认为自乾隆末年以来，民风腐败，国运堪忧，城市中"不士、不农、不工、不商之人，十将五六"，因此建议把这种无业人员大批西迁，再把一些人多地少的省份如河北、河南、山东、陕西、江西、福建等地的民众大规模西迁，使之无产变为有产、无业变为有业。他觉得内地只有两个地方可以不考虑（"毋庸议"）西迁，一是江浙一带，那里的人民筋骨柔弱，吃不消长途跋涉；二是山西省：

山西号称海内最富，土著者不愿徙，毋庸议。

（《龚自珍全集》上海人民出版社第一百零六页）

龚自珍这里所指的不仅仅是富商，而且也包括土生土长的山西百姓。

其实，细细回想起来，即便在我本人有限的见闻中，可以验证山西之富的信号也曾屡屡出现，可惜我把它们忽略了。例如，现在苏州有一个规模不小的"中国戏曲博物馆"，我多次陪外国艺术家去参观，几乎每次都让客人们惊叹不已。尤其是那个精妙绝伦的戏台和观剧场所，连贝聿铭这样的国际建筑大师都视为奇迹。但整个博物馆的原址却是"三晋会馆"，即山西人到苏州来做生意时的一个聚会场所。说起来苏州也算富庶繁华的了，没想到山西人轻轻松松来盖了一个会馆就把风光占尽。记得当时我也曾为此发了一阵呆，却没有往下细想。

又如，翻阅宋氏三姊妹的多种传记，总会读到宋蔼龄到丈夫孔祥熙家乡去的描写，于是知道孔祥熙这位国民政府的财政部长也正是从山西太谷县走出来的。美国人罗比·尤恩森写的那本传记中说："蔼龄坐在一顶十六个农民抬着的轿子里，孔祥熙则骑着马。但是，使这位新娘大为吃惊的是，在这次艰苦的旅行结束时，她发现了一种前所未闻的最奢侈的生活……因为一些重要的银行家住在太谷，所以这里常常称为'中国的华尔街'。"我初读这本传记时也曾经在这些段落间稍稍停留，却没有去琢磨让宋蔼龄这样的人物吃惊、被美国传记作家称为"中国的华尔街"，意味着什么。

看来，山西之富在我们上一辈人的心目中一定是常识，我们的误解完全是出于对历史的无知。在我们这一辈，产生这种误解的远不止我一人。

因此，好些年来，我一直小心翼翼地期待着一次山西之行。

二

我终于来到了山西。为了平定一下慌乱的心情，我先把一些著名的常规景点看完，最后再郑重其事地逼近我心里埋藏的那个大问号。

我的问号吸引了不少山西朋友，他们陪着我在太原一家家书店的角角落落寻找有关资料。黄鉴晖先生所著的《山西票号史》是我自己在一个书架的底层找到的，而那部洋洋一百二十余万言、包罗着大量账单报表的大开本《山西票号史料》则是一直为我开车的司机李文俊先生从一家书店的库房里"挖"出来的，连他也因每天听我在车上讲这讲那知道了我的需要。

待到资料搜集得差不多，我就在电视编导章文涛先生、歌唱家单秀荣女士等一批山西朋友的陪同下，驱车向平遥和祁县出发了。在山西最红火的年代，财富的中心并不在省会太原，而在平遥、祁县和太谷，其中又以平遥为最。

朋友们都笑着对我说，虽然全车除了我之外都是山西人，但这次旅行的向导应该是我，原因只在于我读过比较多的史料。

连"向导"也是第一次来，那么这种旅行自然也就成了一种寻找。

我知道，首先该找的是平遥西大街上中国第一家专营异地汇兑和存、放款业务的"票号"——大名鼎鼎的"日昇昌"的旧址。这是今天中国大地上各式银行的"乡下外祖父"。

听我说罢，大家就对西大街上每一个门庭仔细打量起来。

这一打量不要紧，才两三家，我们就已经被一种从未领略过的气势所压倒。这实在是一条神奇的街，精雅的屋宇接连不断，森然的高墙紧密呼应。经过一二百年的风风雨雨，处处已显出苍老，但风骨犹在，竟然没有太多的破败和潦倒。

街道并不宽，每个体面门庭的花岗岩门槛上都有两道很深的车辙印痕，可以想见当年这儿是如何车水马龙地热闹。这些车马来自全国各地乃至国境之外，驮载着金钱，驮载着风险，驮载着扬鞭千里的英武气，驮载着远方的风土人情和方言，驮载出一个南来北往经济血脉的大流畅。

西大街上每一个像样的门庭我们都走进去了，乍一看都像是气吞海内的日昇昌，仔细一打听又都不是。直到最后，看到平遥县文物局立的一块说明牌，才认定日昇昌的真正旧址。一个机关占用着，但房屋结构基本保持原样，甚至连当年的匾额楹联还静静地悬挂着。

我站在这个院子里凝神遥想：就是这儿，在几个聪明的山西人的指挥下，古老的中国终于有了一种大范围的异地货币汇兑机制，卸下了实银运送重担的商业流通，被激活了。

我知道，每一家被我们怀疑成日昇昌的门庭当时都在做着近似的文章，不是大票号就是大商行。如此密集的金融商业构架必然需要更大的城市服务系统来配套，其中包括旅馆业、餐饮业和娱乐业，当年平遥城会繁华到何等程度，约略可以想见。

我很想找山西省的哪个领导部门建议，下一个不大的决心，尽力恢复平遥西大街的原貌。

因为基本的建筑都还保存完好，只要洗去那些现代涂抹，便会洗出一条充满历史厚度的老街，洗出山西人上几个世纪的自豪。

恢复西大街后，如果力量允许，应该再设法恢复整个平遥古城。平遥的城墙、街道还基本完好，如果能恢复，就可以成为中国明清时代中小型城市的一个标本。

平遥西大街是当年山西商人的工作场所，那他们的生活场所又是怎么样的呢？离开平遥后我们来到了祁县的乔家大院，一踏进大门就立即理解了当年宋蔼龄女士在长途旅行后大吃一惊的原因。我到过全国各地的很多大宅深院，但一进这个宅院，记忆中的诸多名园便立即显得过于柔雅小气。万里驰骋收敛成一个宅院，宅院的无数飞檐又指向着无边无际的云天。钟鸣鼎食不是靠着先祖庇荫，而是靠着不断的创业，因此，这个宅院没有任何避世感、腐朽感或诡秘感，而是处处呈现出一代巨商的人生风采。

为此，我在阅读相关资料的时候经常抬起头来想象：创建了"海内最富"奇迹的人们，你们究竟是何等样人，是怎么走进历史又从历史中消失的呢？

我只在《山西票号史料》中看到过一幅模糊不清的照片：日昇昌票号门外，为了拍照，端然站立着两个白色衣衫的年长男人，仪态平静，似笑非笑。这就是你们吗？

三

山西平遥、祁县、太谷一带，自然条件并不好，没有太多的物产。经商的洪流从这里卷起，重要的原因恰恰在于这一带客观环境欠佳。

万历《汾州府志》卷二记载："平遥县地瘠薄，气刚劲，人多耕织少。"

乾隆《太谷县志》卷三说太谷县"民多而田少，竭丰年之谷，不足供两月。故耕种之外，咸善谋生，跋涉数千里，率以为常。士俗殷富，实由此焉"。

读了这些疏疏落落的官方记述，我不禁对山西商人深深地敬佩起来。

家乡那么贫困、那么拥挤，怎么办呢？可以你争我夺，蝇营狗苟；可以自甘潦倒，忍饥挨饿；可以埋首终身，聊以糊口；当然，也可以破门入户，抢掠造反。按照我们所熟悉的历史观，过去的一切贫困都出自政治原因，因此唯一值得称颂的道路只有让所有的农民都投入政治性的反抗。

但是，在山西的这几个县，竟然有这么多农民做出了完全不同于以上任何一条道路的选择。

他们不甘受苦，却又毫无政权欲望。他们感觉到了拥挤，却又不愿意倾轧乡亲同胞。他们不相信不劳而获，却又不愿将一生的汗水都向一块狭小的泥土上灌浇。

他们把迷惘的目光投向家乡之外的辽阔天地，试图用一个男子汉的强韧筋骨走出另外一条摆脱贫困的大道。他们多数没有多少文化，却向中国传统的文化观念，提供了一些另类思考。

他们首先选择的，正是"走西口"。口外，驻防军、垦殖者和游牧者需要大量的生活用品，塞北的毛皮又吸引着内地的贵胄之家，商事往返一出现，还呼唤出大量旅舍、客店、饭庄……总而言之，口外确实能创造出很大的生命空间。

自明代"承包军需"和"茶马互市"，很多先驱者已经做出了出关远行的榜样。从清代前期开始，山西农民"走西口"的队伍越来越大，于是我们都听到过的那首民歌也就响起在许多村口、路边：

> 哥哥你走西口，
> 小妹妹我实在难留。
> 手拉着哥哥的手，
> 送哥送到大门口。

> 哥哥你走西口，
> 小妹妹我有话儿留：
> 走路要走大路口，
> 人马多来解忧愁。

紧紧拉着哥哥的手，

汪汪泪水扑沥沥地流。

只恨妹妹我不能跟你一起走，

只盼哥哥早回家门口。

……

我怀疑，我们以前对这首民歌的理解过于肤浅了。我怀疑，我们直到今天也未必有理由用怜悯的目光去俯视这一对对年轻夫妻的离别。

听听这些多情的歌词就可明白，远行的男子在家乡并不孤苦伶仃。他们不管是否成家，都有一份强烈的爱恋，都有一个足可生死与之的伴侣。他们本可过一种艰辛而温馨的日子了此一生，但他们还是狠狠心踏出了家门。他们的恋人竟然也都能理解，把绵绵的恋情从小屋里释放出来，交付给朔北大漠。

哭是哭了，唱是唱了，走还是走了。我相信，那些多情女子在大路边滴下的眼泪，为山西终成"海内最富"的局面播下了最初的种子。

这不是臆想。你看乾隆初年山西"走西口"的队伍中，正挤着一个来自祁县乔家堡村的贫苦的青年农民，他叫乔贵发，来到口外一家小当铺里当了伙计。就是这个青年农民，开创了乔家大院的最初家业。

乔贵发和他后代所开设的"复盛公"商号，奠定了整整一个包头市的商业基础，以至出现了这样一句广泛流传的民谚："先有复盛公，后有包头城。"

谁能想到，那一个个擦一把眼泪便匆忙向口外走去的青年农民，竟然有可能成为一座偌大的城市、一种宏伟的文明的缔造者！因此，当我看到山西电视台拍摄的专题片《走西口》以大气磅礴的交响乐来演奏这首民歌时，不禁热泪盈眶。

山西人经商当然不仅仅是"走西口"，到后来，他们东南西北几乎无所不往了。由"走西口"到闯荡全中国，多少山西人一生都颠簸在漫漫长途中。当时交通落后、邮递不便，其间的辛劳和酸楚也实在是说不完。一个成功者背后隐藏着无数的失败者，在宏大的财富积累后面，山西人付出了极其昂贵的人生代价。黄鉴晖先生曾经记述过乾隆年间一些山西远行者的辛酸故事——

临汾县有一个叫田树楷的人从小没有见过父亲的面，他出生的时候父亲就在外面经商，一直到他长大，父亲还没有回来。他依稀听说，父亲走的是西北一路，因此就下了一个大决心，到陕西、甘肃一带苦苦寻找、打听。整整找了三年，最后在酒泉街头遇到一个山西老人，竟是他的父亲。

阳曲县的商人张瑛外出做生意，整整二十年没能回家。他的大儿子张廷材听说他可能在宣府，便去寻找他，但张廷材去了多年也没有了音信。小儿子张廷樑长大了再去找父亲和哥哥，找了一年多没有找到，盘缠用完了，成了乞丐。在行乞时他遇见一个农民，似曾相识，仔细一看竟是哥哥。哥哥告诉他，父亲的消息已经打听到了，在张家口卖菜。

交城县徐学颜的父亲远行关东做生意二十余年杳无音信。徐学颜长途跋涉到关东寻找，一直找到吉林省东北端的一个村庄，才遇到一个乡亲。乡亲告诉他，他父亲早已死了七年。

……

不难想象，这一类真实的故事可以没完没了地讲下去，一切"走西口"、闯全国的山西商人，心头都埋藏着无数这样的故事。于是，年轻恋人的歌声更加凄楚了：

> 哥哥你走西口，
> 小妹妹我苦在心头，
> 这一去要多少时候，
> 盼你也要白了头！

被那么多失败者的故事重压着，被恋人凄楚的歌声拖牵着，山西商人却越走越远。他们要走出一个好听一点的故事，他们迈出的步伐既悲怆又沉静。

四

义无反顾地出发，并不一定能到达预想的彼岸，在商业领域尤其如此。

山西商人全方位的成功，与他们良好的人格素质有关。

我接触的材料不多，只是朦胧感到，山西商人在人格素质上至少有以下几个方面十分引人注目——

其一，坦然从商。

做商人就是做商人，没有什么遮遮掩掩、羞羞答答的。这种心态，在我们中国长久未能普及。士、农、工、商，是人们心目中的社会定位序列，商人处于末位，虽不无钱财却地位卑贱，与仕途官场几乎绝缘。为此，许多人即便做了商人也竭力打扮成"儒商"，发了财则急忙办学，让子弟正正经经做个读书人。在这一点上可以构成对比的是安徽商人，本来徽商也是一支十分强大的商业势力，完全可与山西商人南北抗衡。但徽州民风又十分重视科举，使一大批很成功的商人在后代的人生取向上进退维谷。

这种情景在山西没有出现，小孩子读几年书就去学着做生意了，大家都觉得理所当然。最后连雍正皇帝也认为山西的社会定位序列与别处不同，竟是：第一经商，第二务农，第三行伍，第四读书。（见雍正二年对刘于义奏疏的朱批）

在这种独特的心理环境中，山西商人对自身职业没有太多的精神负担，把商人做纯粹了。

其二，目光远大。

山西商人本来就是背井离乡的远行者，因此经商时很少有空间框范，而这正是商业文明与农业文明的本质差异。整个中国版图都在其视野之内，谈论天南海北就像谈论街坊邻里，这种在地理空间上的心理优势，使山西商人最能发现各个地区在贸易上的强项和弱项、潜力和障碍，然后像下一盘围棋一样把它一一走通。

你看，当康熙皇帝开始实行满蒙友好政策、停息边陲战火之后，山西商人反应最早，很快知道自己该干什么了。面向蒙古、新疆乃至西伯利亚的庞大商队组建起来了，光"大盛魁"的商队就拴有骆驼十万头。商队带出关的商品必须向华北、华中、华南各地采购，因而他们又把整个中国的物产特色和运输网络掌握在手中。

又如，清代南方以盐业赚钱最多，但盐业由政府实行专卖，许可证都捏在两淮盐商手上，山西商人本难插足。但他们不着急，只在两淮盐商资金紧缺的时候给予慷慨借贷，条件是稍稍让给他们一点盐业经营权。久而久之，两淮盐业便越来越多地被山西商人所控制。

可见山西商人始终凝视着全国商业大格局，不允许自己在哪个重要块面上有缺漏。人们可以称赞他们"随机应变"，但对"机"的发现，正由于视野的开阔、目光的敏锐。

当然，最能显现山西商人目光的，莫过于一系列票号的建立了。他们先人一步看出了金融对于商业的重要，于是就把东南西北的金融脉络梳理通畅，稳稳地把自己放在全国民间钱财流通主宰者的地位上。我想，拥有如此的气概和谋略，大概与三晋文明的长久陶冶有关，我们只能抬头仰望了。

其三，讲究信义。

山西商人能快速地打开大局面，往往出自于结队成帮的群体行为，而不是偷偷摸摸的个人冒险。

只要稍一涉猎山西的商业史料，便立即会看到一批又一批的所谓"联号"。或是兄弟，或是父子，或是朋友，或是乡邻，组合成一个有分有合、互通有无的集团势力，大模大样地铺展开去，不仅气势压人，而且呼应灵活、左右逢源，构成一种商业大气候。

其实，山西商人即便对联号系统之外的商家也会尽力帮助。其他商家借了巨款而终于无力偿还，借出的商家便大方地一笔勾销，这样的事情在山西商人间所在多有，不足为奇。

例如，我经常读到这样一些史料：有一家商号欠了另一家商号白银六万两，到后来实在还不起了，借入方的老板就到借出方的老板那里磕了个头，说明困境，借出方的老板就挥一挥手，算了事了；一个店欠了另一个店千元现洋，还不起，借出店为了照顾借入店的自尊心，就让他象征性地还了一把斧头、一个箩筐，哈哈一笑也算了事。山西人机智而不小心眼，厚实而不排他，不愿意为了眼前小利而背信弃义，这可称之为"大商人心态"——在南方商家中虽然也有，但不如山西坚实。

众所周知，当时我国的金融信托事业还没有公证机制和监督机制，即便失信也几乎不存在惩处机制，一切全都依赖信誉和道义。金融信托事业的竞争，说到底是信誉和道义的竞争。在这场竞争中，山西商人长久地处于领先地位，他们能给远远近近的异乡人一种极其稳定的可靠感，这实在是很了不得的事情。

其四，严于管理。

山西商人最早发迹的年代，全国商业、金融业的管理基本上处于无政府状态。例如，众多的票号就从来不必向官府登记、领执照、纳税，也基本上不受法律的约束。面对这么多的自由，山西商人却没有表现出放纵习气，而是加紧制定行业规范和经营守则，通过严格的自我约束，在无序中求得有序。因为他们明白，无序的行为至多得益于一时，不能立业于长久。

我曾恭敬地读过清代许多山西商家的"号规"，内容不仅严密、切实，而且充满智慧，即便从现代管理学的眼光去看也很有价值，足可证明在当时山西商人中已经出现了一批真正的管理专家。例如，规定所有的职员必须订立从业契约，并划出明确等级，收入悬殊，定期考查升迁；高级职员与财东共享股份，到期分红，使整个商行在利益上休戚与共、情同一家；总号对于遍布全国的分号容易失控，因此制定分号向总号和其他分号的报账规则，以及分号职工的汇款、省亲规则……凡此种种，使许多山西商号的日常运作越来越正规。一代巨贾也就分得出精力去开拓新的领域了。

以上几个方面，不知道是否大体勾勒出了山西商人的人格素质？不管怎么说，有了这几个方面，当年"走西口"的小伙子们也就像模像样地掸一掸身上的尘土，堂堂正正地走进了一代中国富豪的行列。

何谓山西商人？我的回答是："走西口"的哥哥回来了，回来在一个十分强健的人格水平上。

五

然而，一切逻辑概括总带有"提纯"后的片面性。实际上，只要再往深处窥探，山西商人的人格素质中还有脆弱的一面。

他们人数再多，在整个中国还是一个稀罕的群落；他们敢作敢为，却也经常遇到自信的边界。他们奋斗了那么多年，却从来没有遇到过一个能够代表他们说话的思想家。他们的行为缺少高层理性力量的支撑，他们的成就没有被赋予雄辩的历史理由。几乎所有的文化学者都一直在躲避着他们。他们已经有力地改变了中国社会，但社会改革家们却一心注目于政治，把他们冷落在一边。

说到底，他们只能靠钱财发言，但钱财的发言在当时又是那样缺少道义力量，究竟能产生多少社会效果呢？没有外在的社会效果，也就难以抵达人生的大安详。

是时代，是历史，是环境，使这些商业实务上的成功者没能成为历史意志的觉悟者，他们只能是一群缺少皈依的强人，一拨精神贫乏的富豪，一批在根本性的大问题上还不能掌握得住自己的掌柜。

他们的出发地和终结点都在农村，当他们成功发迹而执掌一大门户时，封建家长制是他们可追慕的唯一范本。于是他们的商业人格不能不自相矛盾乃至自相分裂，有时还会做出与创业时判若两人的作为。在我看来，这正是山西商人在风光数百年后终于困顿、迷乱、内耗、败落的内在原因。

在这里，我想谈一谈几家票号历史上一些不愉快的人事纠纷。

最大的纠纷发生在日昇昌总经理雷履泰和副总经理毛鸿翙之间。毫无疑问，两位都是那个时候堪称全国一流的商业管理专家，一起创办了日昇昌票号，因此也是中国金融史上一个新阶段的开创者，都应该名垂史册。雷履泰气度恢弘，能力超群，又有很大的交际魅力，几乎是天造地设的商界领袖；毛鸿翙虽然比雷履泰年轻十七岁，却也是才华横溢、英气逼人。两位强人撞到了一起，开始时亲如手足、相得益彰，但在事业获得成功之后却不可避免地遇到了一个中国式的大难题：究竟谁是第一功臣？

一次，雷履泰生了病在票号中休养，日常事务不管，但遇到大事还要由他拍板。这使毛鸿翙觉得有点不大痛快，便对财东老板说："总经理在票号里养病不太安静，还是让他回家休息吧。"财东老板就去找了雷履泰，雷履泰说："我也早有这个意思。"当天就回家了。

过几天财东老板去雷家探视，发现雷履泰正忙着向全国各地的分号发信，便问他干什么。雷履泰说："老板，日昇昌票号是你的，但全国各地的分号却是我安设在那里的，我正在一一撤回来好交代给你。"

老板一听大事不好，立即跪在雷履泰面前，求他千万别撤分号。雷履泰最后只得说："起来吧，我也估计到让我回家不是你的主意。"老板求他重新回票号视事，雷履泰却再也不去上班。老板没办法，只好每天派伙计送酒席一桌、银子五十两。

毛鸿翙看到这个情景，知道自己不能再在日昇昌待下去了，便辞职去了蔚泰厚布庄。

这事件乍一听都会为雷履泰叫好，但转念一想又觉得不是味道。是的，雷履泰获得了全胜，毛鸿翙一败涂地，然而这里无所谓是非，只是权术。用权术击败的对手是一段辉煌历史的共创者，于是这段历史也立即破残。中国许多方面的历史总是无法写得痛快淋漓、有声有色，很大一部分原因就在于这种代表性人物之间必然会产生的恶性冲突。商界的竞争较量不可避免，但一旦脱离业务的轨道，在人生的层面上把对手逼上绝路，总与健康的商业动作规范相去遥遥。

毛鸿翙当然也要咬着牙齿进行报复。他到了蔚泰厚之后，就把日昇昌票号中两个特别精明能干的伙计挖走并委以重任，三个人配合默契，把蔚泰厚的业务快速地推上了新台阶。雷履泰气恨难纾，竟然写信给自己的各个分号，揭露被毛鸿翙勾走的两名"小卒"出身低贱，只是汤官和皂隶之子罢了。

事情做到这个份儿上，这位总经理已经很失身份，但他还不罢休，不管在什么地方，只要一有机会就拆蔚泰厚的台，例如，由于雷履泰的谋划，蔚泰厚的苏州分店就无法做成分文的生意。这就不是正常的商业竞争了。

最让我难过的是，雷、毛这两位智商极高的杰出人物在钩心斗角中采用的手法越来越庸俗，最后竟然都让自己的孙子起一个与对方一样的名字，以示污辱——雷履泰的孙子叫雷鸿翙，而毛鸿翙的孙子则叫毛履泰！

这种污辱方法当然是纯粹中国化的，我不知道他们在憎恨敌手的同时是否还爱惜儿孙，也不知道他们用这种名字呼叫孙子的时候会用一种什么样的口气和声调。

可敬可佩的山西商人啊，难道这是你们给后代的遗赠？你们创业之初的吞天豪气和动人信义都到哪里去了？怎么会让如此无聊的诅咒来长久地占据你们日渐苍老的心?

也许,最终使他们感到温暖的还是早年跨出家门时听到的那首《走西口》。但是,庞大的家业也带来了家庭内部情感关系的复杂化,《走西口》所吐露的那种单纯性已不复再现。据乔家后裔回忆,乔家大院的内厨房偏院中曾有一位神秘的老妪专干粗活,玄衣愁容,旁若无人,但气质又绝非用人。

有人说,这就是"大奶奶",主人的首席夫人。主人与夫人产生了什么麻烦,谁也不清楚,但毫无疑问,当他们偶尔四目相对时,当年《走西口》的旋律立即就会走音。

写到这里我已经知道,我所碰撞到的问题虽然发生在山西却又远远超越了山西。由这里发出的叹息,应该属于我们父母之邦更广阔的天地。

六

当然,我们不能因此而把山西商人败落的原因全然归之于他们自身。一两家铺号的兴衰,自身的原因可能至关重要;而牵涉到山西无数商家的整体败落,一定会有更深刻、更宏大的社会历史原因。

首先是因为中国近代社会的极度动荡。一次次激进主义的暴力冲撞,表面上都有改善民生的口号,实际上却严重地破坏了各地的商业活动,往往是"死伤遍野"、"店铺俱歇"、"商贾流离"。山西票号不得不撤回分号,龟缩回乡。有时也能发一点"国难财",例如,太平天国时官方饷银无法解送,只能赖仗票号;八国联军时朝廷银库被占,票号也发挥了自己的作用。但是,当国家正常的经济脉络已被破坏时，这种临时的风光也只能是昙花一现。

二十世纪初英、美、俄、日的银行在中国各大城市设立分支机构，清政府也随之创办大清银行，开始邮电汇兑。票号遇到了真正强大的对手，完全不知怎么应对。辛亥革命时随着一个个省份的独立，各地票号的存款者纷纷排队挤兑，而借款者又不知逃到哪里去了，山西票号终于走上了末路。

走投无路的山西商人傻想，新当政的北洋军阀政府总不会见死不救吧，便公推六位代表向政府请愿，希望政府能贷款帮助，或由政府担保向外商借贷。政府对请愿团的回答是：山西商号信用久孚，政府从保商恤商考虑，理应帮助维持，可惜国家财政万分困难，他日必竭力斡旋。

满纸空话，一无所获，唯一落实的决定十分出人意料：政府看上了请愿团首席代表范元澍，发给月薪二百元，委派他到破落了的山西票号中物色能干的伙计到政府银行任职。这一决定如果不是有意讽刺，那也足以说明这次请愿活动是真正地惨败了。国家财政万分困难是可信的，山西商家的最后一线希望彻底破灭。"走西口"的旅程，终于走到了终点。

于是，人们在一九一五年三月份的《大公报》上读到了一篇发自山西太原的文章，文中这样描写那些一一倒闭的商号：

> 彼巍巍灿烂之华屋，无不铁扉双锁，黯淡无色。门前双眼怒突之小狮，一似泪涔涔下，欲作河南之吼，代主人鸣其不平。前月北京所宣传倒闭之日昇昌，其本店耸立其间，门前尚悬日昇昌金字招牌，闻其主人已宣告破产，由法院捕其来京矣。

这便是一代财雄们的下场。

七

有人觉得山西票号乃至整个晋商的败落是理所当然，没有什么可惋惜的。但是，问题在于，在它们败落之后，中国在很长时间之内并没有找到新的经济活力，并没有创建新的富裕和繁华。

社会改革家们总是充满了理想和愤怒，一再宣称要在血火之中闯出一条壮丽的道路。他们不知道，这条道路如果是正道，终究还要与民生接轨，那里，晋商骆驼队留下的辙印仍清晰可辨。

在没有明白这个道理之前，他们一直处于两难的困境之中。他们立誓要带领民众摆脱贫困，而要用革命的手段摆脱贫困，最简单的办法就是剥夺富裕。要使剥夺富裕的行为变得合理，又必须把富裕和罪恶画上等号。当富裕和罪恶真的画上等号了，他们的努力也就失去了通向富裕的目标，因为那里全是罪恶。这样一来，社会改革的船舶也就成了无处靠岸的孤舟，时时可能陷入沼泽，甚至沉没。

中国的文人学士更加奇怪。他们鄙视贫穷，又鄙视富裕，更鄙视商业，尤其鄙视由农民出身的经商队伍。他们喜欢大谈"天下兴亡，匹夫有责"，却从来没有把"兴亡"两字与民众生活、社会财富连在一起，好像一直着眼于朝廷荣衰，但朝廷对他们又完全不予理会。他们在苦思冥想中听到有骆驼队从窗外走过，声声铃铛有点刺耳，便伸手关住了窗户。

山西商人曾经创造过中国最庞大的财富，居然，在中国文人浩如烟海的著作中，几乎没有留下什么记述。

一种庞大的文化如此轻慢一种与自己有关的庞大财富，以及它的庞大的创造群体，实在不可思议。

为此，就要抱着惭愧的心情，在山西的土地上多站一会儿。

秋雨注：此文发表于一九九三年，距今已经整整十九年了。发表时被评为中国第一篇向海内外报告晋商和清代商业文明的散文。由这篇文章，我拥有了无数山西朋友。平遥民众为了保护我在文章中记述的城内遗迹，在古城外建市民新区，作为搬迁点，市民新区竟命名为"秋雨新城"，真让我汗颜。更有趣的是，有一度外地几个无事生非的人突然针对了我，山西的报刊、出版社也有涉及，但很快就有山西学者在报纸上发表文章《山西应该对得起余秋雨》。厚道的山西人立即围起了一道保护我的墙，让我非常感动。

风雨天一阁

一

已经决定，明天去天一阁。

没有想到，这天晚上，台风袭来，暴雨如注，整个宁波城都在柔弱地颤抖。第二天上午来到天一阁时，只见大门内的前后天井、整个院子，全是一片汪洋。打落的树叶在水面上翻卷，重重砖墙间透出湿冷冷的阴气。

是宁波市文化局副局长裴明海先生陪我去的。看门的老人没想到局长会在这样的天气陪着客人前来，慌忙从清洁工人那里借来半高筒雨鞋要我们穿上，还递来两把雨伞。但是，院子里积水太深，才下脚，鞋筒已经进水，唯一的办法是干脆脱掉鞋子，挽起裤管蹚水进去。

本来浑身早已被风雨搅得冷飕飕的了，赤脚进水立即通体一阵寒噤。就这样，我和裴明海先生相扶相持，高一脚低一脚地向藏书楼走去。

我知道天一阁的分量，因此愿意接受上苍的这种安排，剥除斯文，剥除悠闲，脱下鞋子，卑躬屈膝，哆哆嗦嗦，恭敬朝拜。今天这里没有其他参观者，这个朝拜仪式显得既安静，又纯粹。

二

作为一个藏书楼，天一阁的分量已经远远超过它的实际功能。它是一个象征，象征意义之大，不是几句话所能说得清楚的。

人类成熟文明的传承，主要是靠文字。文字的选择和汇集，就成了书籍。如果没有书籍，那么，我们祖先再杰出的智慧、再动听的声音，也早已随风飘散，杳无踪影。大而言之，没有书籍，历史就失去了前后贯通的缆索，人群就失去了远近会聚的理由；小而言之，没有书籍，任何个体都很难超越庸常的五尺之躯，成为有视野、有见识、有智慧的人。

中国最早发明了纸和印刷术。书，已经具备了一切制作条件的书，照理应该大量出版、大量收藏、大量传播。但是，实际情况并不是这样，它遇到了太多太多的生死冤家。

例如，朝廷焚书。这是一些统治者为了实行思想专制而采取的野蛮手段。可叹的是，早在纸质书籍出现之前，焚书的传统已经形成，那时焚的是竹简、木牍、帛书。自秦始皇、李斯开头，隋炀帝、蔡京、秦桧、明成祖都有焚书之举，更不必说清代文字狱的毁书惨剧了。

又如，战乱毁书。中国历史上战火频频，逃难的人要烧书，占领的人也要烧书。史籍上出现过这样的记载：董卓之乱，毁书六千余车；西魏军攻破江陵时，一日之间焚书十四万卷；隋朝末年农民起义，焚书三十七万卷；唐朝末年农民起义，焚书八万卷……

再如，水火吞书。古代运书多用船只，汉末和唐初都发生过大批书籍倾覆在黄河中的事件。大水也一次次地淹没过很多藏书楼。比水灾更严重的是火灾，宋代崇文院的火灾，明代文渊阁的火灾，把皇家藏书烧成灰烬。至于私家藏书毁于火灾的，更是数不胜数。除水火之外，虫蛀、霉烂也是难于抵抗的自然因素，成为书的克星。

凡此种种，说明一本书要留存下来，非常不易。它是那样柔弱脆薄，而扑向它的灾难，一个个都是那么强大、那么凶猛、那么无可抵挡。

二百年的积存，可散之于一朝；三千里的搜聚，可焚之于一夕。这种情景，实在是文明命运的缩影。在血火刀兵的历史主题面前，文明几乎没有地位。在大批难民和兵丁之间，书籍的功用常常被这样描写："藉裂以为枕，爇火以为炊。"也就是说，书只是露宿时的垫枕、做饭时的柴火。要让它们保存于马蹄烽烟之间，几乎没有可能，除非，有几个坚毅文人的人格支撑。

说起来，皇家藏书比较容易，规模也大，但是，这种藏书除了明清时期编辑辞书时有用外，平日无法惠泽文人学士，几乎没有实际功能，又容易毁于改朝换代之际。因此，民间藏书就成了一种重要的文化传承方式。民间藏书，搜集十分艰难，又没有足够力量来抵挡多种灾祸，因此注定是一种悲剧行为。明知悲剧还勇往直前，这便是民间藏书家的人格力量。这种人格力量又不仅仅是他们的，而是一种希冀中华文明长久延续的伟大意愿，通过他们表现出来了。

天一阁，就是这种意愿的物态造型。在现存的古代藏书楼中，论时间之长，它是中国第一，也是亚洲第一。由于意大利有两座文艺复兴时代的藏书楼也保存下来了，比它早一些，因此它居于世界第三。

三

　　天一阁的创始人范钦，诞生于十六世纪初期。

　　如果要在世界坐标中作比较，那么，我们不妨知道：范钦出生的前两年，米开朗琪罗刚刚完成了雕塑《大卫》；范钦出生的同一年，达·芬奇完成了油画《蒙娜丽莎》。

　　范钦的一生，当然不可能像米开朗琪罗和达·芬奇那样踏出新时代的步伐，而只是展现了中国明代优秀文人的典型历程。他在很年轻的时候就通过一系列科举考试而做官，很快尝到了明代朝廷的诡谲风波。他是一个正直、负责、能干的官员，到任何一个地方做官都能打开一个局面，却又总是被牵涉到高层的人事争斗。我曾试图用最简明的语言概述一下他的仕途升沉，最后却只能放弃，因为那一个接一个的政治旋涡太奇怪，又太没有意义了。我感兴趣的只有这样几件事——

　　他曾经被诬告而"廷杖"入狱。廷杖是一种极度羞辱性的刑罚。在堂堂宫廷的午门之外，在众多官员的参观之下，他被麻布缚曳，脱去裤子，按在地上，满嘴泥土，重打三十六棍。受过这种刑罚，再加上几度受诬、几度昭雪，一个人的"心理筋骨"就会出现另一种模样。后来，他作为一个成功藏书家所表现出来的惊人意志和毅力，都与此有关。

　　他的仕途，由于奸臣的捉弄和其他原因，一直在频繁而远距离地滑动。在我的印象中，他做官的地方，至少有湖北、江西、广西、福建、云南、陕西等地，当然还要到北京任职，还要到宁波养老。大半个中国，被他摸了个遍。

在风尘仆仆的奔波中，他已开始搜集书籍，尤其是以地方志、政书、实录、历科试士录为主。当时的中国，经历过了文化上登峰造极的宋代，刻书、印书、藏书，在各地已经形成风气，无论是朝廷和地方府衙的藏书，书院、寺院的藏书，还是私人藏书，都相当丰富。这种整体气氛，使范钦有可能成为一个成熟的藏书家，而他的眼光和见识，又使他找到了自己的特殊地位。那就是，不必像别人藏书那样唯宋是瞻、唯古是拜，而是着眼当代，着眼社会资料，着眼散落各地而很快就会遗失的地方性文件。他的这种选择，使他成了中国历史上一名不可替代的藏书家。

一个杰出的藏书家不能只是收藏古代，后代研究者更迫切需要的，是他生存的时代和脚踩的土地，以及他在自己最真切的生态环境里做出的文化选择。

官，还是认认真真地做。朝廷的事，还是小心翼翼地对付。但是，作为一名文官，每到一地他不能不了解这个地方的文物典章、历史沿革、风土习俗，那就必须找书了。见到当地的官员缙绅，需要询问的事情大多也离不开这些内容。谈完正事，为了互表风雅，更会集中谈书，尤其是当地的文风书讯。平时巡视察访，又未免以斯文之地为重。这一切，大抵是古代文官的寻常生态，不同的是，范钦把书的事情做认真了。

一天公务，也许是审问了一宗大案，也许是理清了几笔财务，衙堂威仪，朝野礼数，不一而足。而他最感兴趣的，是差役悄悄递上的那个蓝布包袱，是袖中轻轻拈着的那份待购书目。他心里明白，这是公暇琐事、私人爱好，不能妨碍了朝廷正事。但是当他历尽宦海风浪终于退休之后就产生了疑惑：做官和藏书，究竟哪一项更重要？

我们站在几百年后远远看去则已经毫无疑惑：对范钦来说，藏书是他的生平主业，做官则是业余。

甚至可以说，历史要当时的中国出一个杰出的藏书家，于是把他放在一个颠覆九州的官位上来成全他。

范钦给了我们一种启发：一生都在忙碌的所谓公务和事业，很可能不是你对这个世界最主要的贡献；请密切留意你自己也觉得是不务正业却又很感兴趣的那些小事。

四

范钦对书的兴趣，显然已到了痴迷的程度。痴迷，带有一种非功利的盲目性。正是这种可爱的盲目性，使文化在应付实用之外还拥有大批忠诚的守护者，不倦地吟诵着。

痴迷是不讲理由的。中国历史上痴迷书籍的人很多，哪怕忍饥挨冻，也要在雪夜昏暗的灯光下手不释卷。这中间，因为喜欢书中的诗文而痴迷，那还不算真正的痴迷；不问书中的内容而痴迷，那就又上了一个等级。在这个等级上，只要听说是书，只要手指能触摸到薄薄的宣纸，就兴奋莫名、浑身舒畅。

我觉得范钦对书的痴迷，属于后一种。他本人的诗文，我把能找到的都找来读了，甚觉一般，因此不认为他会对书中的诗文有特殊的敏感。他所敏感的，只是书本身。

于是，只有他，而不是才情比他高的文学家，才有这么一股粗拙强硬的劲头，把藏书的事业做得那么大、那么好、那么久。

他在仕途上的历练，尤其是在工部具体负责各种宫府、器杖、城隍、坛庙的营造和修理的实践，使他把藏书当做了一项工程，这又是其他藏书家做不到的了。

不讲理由的痴迷，再加上工程师般的精细，这就使范钦成了范钦，天一阁成了天一阁。

五

藏书家遇到的真正麻烦大多是在身后。范钦面临的最大问题是如何把自己的意志行为变成一种不可动摇的家族遗传。不妨说，天一阁真正堪称悲壮的历史，开始于范钦死后。我不知道保住这座楼的使命对范氏家族来说，算是一种光耀门庭的荣幸，还是一场绵延久远的苦役。

范钦在退休归里之后，一方面用比从前更大的劲头搜集书籍，使藏书数量大大增加，一方面则冷静地观察着自己的儿子能不能继承这些藏书。

范钦有两个儿子：范大冲和范大潜。他对这两个儿子都不太满意，但比较之下还是觉得范大冲要好得多。他早就暗下决心，自己死后，什么财产都可以分，唯独这一楼的藏书却万万不可分。书一分，就不成气候，很快就会耗散。但是，所有的亲属都知道，自己毕生最大的财富是书，如果只给一个儿子，另一个儿子会怎么想？

范钦决定由大儿子范大冲单独继承全部藏书，同时把万两白银给予小儿子范大潜，作为他不分享藏书的代价。没想到，范大潜在父亲范钦去世前三个月先去世了，因此万两白银就由他的妻子陆氏分得。陆氏受人挑拨还想分书，后来还造成了一些麻烦，但是，"书不可分"已成了范钦的不二家法。

范大冲得到一楼藏书，虽然是父亲的毕生心血，江南的一大文书薮，但实际上既不能变卖，又不能开放，完全是把一项沉重的义务扛到了自己肩上。父亲花费了万两白银来保全他承担这项义务的纯粹性，余下的钱财没有了，只能靠自己另行赚取，来苦苦支撑。

一五八五年的秋天，范钦在过完自己八十大寿后的九天离开人世。藏书家在弥留之际一再打量着范大冲的眼睛，觉得自己实在是给儿子留下了一件骇人听闻的苦差事。他不知道儿子能不能坚持到最后，如果能，那么，孙子呢？孙子的后代呢？

他不敢想下去了。

一个再自信的人，也无法对自己的儿孙有过多的奢望。

他知道，自己没有理由让自己的后人一代代都做藏书家，但是如果他们不做，天一阁的命运将会如何？如果他们做了，其实也不是像自己一样的藏书家，而只是一个守楼人。

儿孙，书；书，儿孙……

范钦终于闭上了迷离的眼睛。

六

就这样，一场没完没了的接力赛开始了：多少年后，范大冲也会有遗嘱，范大冲的儿子又会有遗嘱……

家族传代，本身是一个不断分裂、异化、自立的生命过程，让后代接受一个需要终生投入的强硬指令，十分违背生命的自在状态。让几百年之后的后裔不经自身体验就来沿袭几百年前某位祖先的生命冲动，也难免有许多憋气的地方。不难想象，天一阁藏书楼对于许多范氏后代来说几乎成了一个宗教式的朝拜对象，只知要诚惶诚恐地维护和保存，却不知是为什么。

我可以肯定，此间埋藏着许多难以言状的心理悲剧和家族纷争。这个在藏书楼下生活了几百年的家族，非常值得同情。

后代子孙免不了会产生一种好奇，楼上究竟是什么样的呢？到底有哪些书，能不能借来看看？亲戚朋友更会频频相问，作为你们家族世代供奉的这个秘府，能不能让我们看上一眼呢？

范钦和他的继承者们早就预料到这种可能，而且预料藏书楼就会因为这种点滴可能而崩塌，因而已经预防在先。他们给家族制定了一个严格的处罚规则，处罚内容是当时视为最大屈辱的不许参加祭祖大典。因为这种处罚意味着在家族血统关系上亮出了"黄牌"，比杖责鞭笞之类还要严重。

处罚规则标明：子孙无故开门入阁者，罚不与祭三次；私领亲友入阁及擅开书橱者，罚不与祭一年；擅将藏书借出外房及他姓者，罚不与祭三年。因而典押事故者，除追惩外，永行摈逐，不得与祭。

在这里，不得不提到那个我每次想起都感到难过的故事了。据谢枋《春草堂集》记载，范钦去世后两百多年，宁波知府丘铁卿家里发生了一件事情。他的内侄女是一个酷爱诗书的女子，听说天一阁藏书宏富，两百余年不蛀，全靠夹在书页中的芸草。她只想做一枚芸草，夹在书本之间。于是，她天天用丝线绣刺芸草，把自己的名字也改成了"绣芸"。

父母看她如此着迷，就请知府做媒，把她嫁给了范家后人。她原想做了范家的媳妇总可以登上天一阁了，不让看书也要看看芸草。但她哪里想到，范家有规矩，严格禁止妇女登楼。

由此，她悲怨成疾，抑郁而终。临死前，她连一个"书"字也不敢提，只对丈夫说："连一枚芸草也见不着，活着做甚？你如果心疼我，就把我葬在天一阁附近，我也可瞑目了！"

今天，当我抬起头来仰望天一阁这栋楼的时候，首先想到的是钱绣芸那抑郁的目光。在既缺少人文气息又没有婚姻自由的年代，一个女孩子想借着婚姻来多读一点书，其实是在以自己的脆弱生命与自己的文化渴求斡旋。她失败了，却让我非常感动。

七

从范氏家族的立场来看，不准登楼，不准看书，委实也出于无奈。只要开放一条小缝，终会裂成大缝。但是，永远地不准登楼、不准看书，这座藏书楼存在于世的意义又何在呢？这个问题，每每使范氏家族陷入困惑。

范氏家族规定，不管家族繁衍到何等程度，开阁门必得各房一致同意。阁门的钥匙和书橱的钥匙由各房分别掌管，组成一环也不可缺少的连环。如果有一房不到，就无法接触到任何藏书。

就在这时，传来消息，大学者黄宗羲先生想要登楼看书！这对范家各房无疑是一个震撼。

黄宗羲是"吾乡"余姚人，与范氏家族没有任何血缘关系，照理是不能登楼的。但无论如何，他是靠自己的人品、气节、学问而受到全国思想学术界深深钦佩的巨人，范氏家族也早有所闻。尽管当时的信息传播手段非常落后，但由于黄宗羲的行为举止实在是奇崛响亮，一次次在朝野之间造成非凡的轰动效应。他的父亲本是明末东林党重要人物，被魏忠贤宦官集团所杀，后来宦官集团受审，十九岁的黄宗羲在朝廷对质时，竟然义愤填膺地锥刺和痛殴漏网余党，后又追杀凶手，警告阮大铖，一时大快人心。清兵南下时他与两个弟弟在家乡组织数百人的子弟兵"世忠营"英勇抗清，抗清失败后便潜心学术，边著述边讲学，把民族道义、人格力量融化在学问中启世迪人，成为中国古代学术领域中第一流的思想家和历史学家。他在治学过程中已经到绍兴钮氏"世学楼"和祁氏"澹生堂"去读过书，现在终于想来叩天一阁之门了。他深知范氏家族的森严规矩，但他还是来了，时间是康熙十二年，即一六七三年。

出乎意料，范氏家族竟一致同意黄宗羲登楼，而且允许他细细地阅读楼上的全部藏书。黄宗羲长衣布鞋，悄然登楼了。铜锁在一具具打开，一六七三年成为天一阁历史上特别有光彩的一年。

黄宗羲在天一阁翻阅了全部藏书，把其中流通未广者编为书目，并另撰《天一阁藏书记》留世。由此，这座藏书楼便与一位大学者的名字联结起来，广为传播。

从此以后，天一阁有了一条可以向真正的大学者开放的新规矩，但这条规矩的执行还是十分苛严。在此后近两百年的时间内，获准登楼的大学者也仅有十余名，其中有万斯同、全祖望、钱大昕、袁枚、阮元、薛福成等。他们的名字，都上得了中国文化史。

这样一来，天一阁终于显现了本身的存在意义，尽管显现的机会是那样小。

直到乾隆决定编纂《四库全书》，天一阁的命运发生了重大变化。

乾隆谕旨各省采访遗书，要各藏书家，特别是江南的藏书家积极献书。天一阁进呈珍贵古籍六百余种，其中有九十六种被收录在《四库全书》中，有三百七十余种列入存目。乾隆非常感谢天一阁的贡献，多次褒扬奖赐，并授意新建的南北主要藏书楼都仿照天一阁的格局营建。

天一阁因此而大出其名，尽管上献的书籍大多数没有发还，但在国家级的"百科全书"中，在钦定的藏书楼中，都有了它的生命。我曾看到好些著作文章中称乾隆下令天一阁为《四库全书》献书是天一阁的一大浩劫，颇觉言之有过。连堂堂皇家编书都不得不大幅度地动用天一阁的珍藏，家族性的收藏变成了一种行政性的播扬，这证明天一阁获得了大成功，范钦获得了大成功。

八

天一阁终于走到了近代，这座古老的藏书楼开始了自己新的历险。

先是太平军进攻宁波时当地小偷趁乱拆墙偷书，然后当做废纸论斤卖给造纸作坊。曾有一人高价从作坊买去一批，却又遭大火焚毁。

这就成了天一阁此后命运的先兆，它现在遇到的问题已不是让不让某位学者上楼的问题了，竟然是窃贼和偷儿成了它最大的对手。

一九一四年，一个叫薛继渭的偷儿奇迹般地潜入书楼，白天无声无息，晚上动手偷书，每日只以所带枣子充饥，东墙外的河上有小船接运所偷书籍。这一次几乎把天一阁的一半珍贵书籍给偷走了，它们渐渐出现在上海的书铺里。

薛继渭的这次偷窃与太平天国时的那些小偷不同，不仅数量巨大、操作系统，而且最终与上海的书铺挂上了钩。近代都市的书商用这种办法来侵吞一个古老的藏书楼，我总觉得其中蕴涵着某种象征意义。

一架架书橱空了，钱绣芸小姐哀怨地仰望终身而未能上的楼板，黄宗羲先生小心翼翼地踩踏过的楼板，现在，只留下偷儿吐出的一大堆枣核在上面。

当时主持商务印书馆的张元济先生听说天一阁遭此浩劫，并得知有些书商正准备把天一阁藏本卖给外国人，便立即拨巨资抢救。他所购得的天一阁藏书，保存于东方图书馆的"涵芬楼"里。涵芬楼因有天一阁藏书的润泽而享誉文化界，当代不少文化大家都在那里汲取过营养。但是，众所周知，它最终竟又全部焚毁于日本侵略军的炸弹之下。

没有焚毁的，是天一阁本身。这幢楼像一位见过世面的老人，再大的灾难也承受得住。但它又不仅仅是承受，而是以满脸的哲思注视着一切后人，姓范的和不是姓范的，看得他们一次次低下头去又仰起头来。

只要自认是中华文化的后裔，总想对这幢老楼做点什么，而不忍让它全然沦为废墟。因此，二十世纪三十年代、五十年代、六十年代、八十年代，天一阁被一次次大规模地修缮和完善着。它，已经成为现代文化良知的见证。

登天一阁的楼梯时，我的脚步非常缓慢。我不断地问自己：你来了吗？你是哪一代的中国书生？

一个庭院

一

　　我觉得非常奇怪：为什么直到四十多年后的今天，中外研究者笔下的"文革"灾难，仍然是北京上层政治圈的一串人事更迭？其实，站远了看，当时有一些真正的大事会让今后的历史瞠目结舌，却被今天的研究者们忽略了。其中最大的一件，就是全国规模的停课废学。

　　停课废学，不仅使中华文化立即面临着中断的危险，而且向社会释放出了以青年学生为主体的大批完全失控的人群——他们快速转化成了破坏性暴力，很多悲剧便由此而生。

　　其实，那批青年学生本身承受的悲剧更大。他们虽然号称"造反"，却完全是响应当时报纸的号召赶时髦，恰恰没有任何"造反"意识。但后来，他们为此要长时间地上山下乡，而且在灾难过去之后还要背一辈子的恶名。

　　那是我十九岁那一年的夏天。我领着一批同学反对"造反"，其实也不是出于任何政治意识，只是反对他们打、砸、抢，阻止他们批斗老师。但是，"造反派"同学越来越得势，他们根据上级指示夺了学院的权，成了当权者。本来围在我身边的很多同学也就投向他们，我显得非常孤立，因此也非常危险。正在这时，我的父亲又遭到他所在单位"造反派"的批斗，我叔叔也被迫自杀。这种家庭背景一旦被我们学院"造反派"知道，必然招致祸殃，因此我就离开学院，出走了。

当时全国交通除飞机之外全都免费向青年学生开放，说是"革命大串联"。其实"造反派"还处于刚刚掌权的兴奋和忙碌之中，怎么也舍不得离开自己的单位，因此挤在火车、汽车、轮船上的，大多是走投无路的人。这样的人很多很多，因此车船上很挤很挤。我，就成了他们中间的一个。

不知道会在哪里停下，更不知道会停多久，火车常常停在荒山野岭之间一停十几个小时。不断有人要爬窗出去解手，因为车厢里的厕所也早已挤满了人，无法使用。也有学生爬到了窗外，火车突然开了，车上的同学就把他们的行李包扔下去。所有的行李包都一样，小小的，轻轻的：两件换洗衣服，一条毛巾包着三四个干馒头，几块咸酱菜。没有书，也没有笔。因为这些行李包的主人虽然还被称为"学生"，却已经没有课堂、没有黑板、没有老师。

扔行李包的事情往往发生在深夜。车下的学生们边追边呼叫，但隆隆的车轮终于把他们抛弃了。多少年来我一直在想：他们最后找到了下一站了吗？那可是山险林密、虎狼出没的地方啊。

我们那趟车开到长沙就不走了。我背着小小的行李包，随着人流来到了岳麓山。到了山上，大家都拥向著名的爱晚亭。我怕挤，就在压顶的暮色下找一条僻静的山路走去，却没有目标、没有方向。

不知道走了多久，眼前出现了一堵长长的旧墙，围住了很多灰褐色的老式房舍。这是什么地方？沿墙走了几步，就看到一个边门，轻轻一推，竟能推开。我迟疑了一下就一步跨了进去。

我有点害怕，假装着咳嗽几声，直着嗓子叫"有人吗"，没有任何回应。但走着走着，我似乎被一种神奇的力量控制了，脚步慢了下来，不再害怕。

这儿没有任何装点，为什么会给我一种莫名的庄严感？这儿我没有来过，为什么处处透露出似曾相识的亲切？这些房子可以有各种用途，但它的原本用途是什么呢？

再大的家族的用房也用不着如此密密层层，每一个层次又排列得那么雅致和安详。这儿应该聚集过很多人，但绝对不可能是官衙或是兵营。

我在这个庭院里独个儿磨磨蹭蹭，舍不得离开。最后终于摸到一块石碑，凭着最后一点微弱的天光我一眼就认出了那四个大字：岳麓书院。

<h2 style="text-align:center">二</h2>

那天晚上我在月色下的岳麓书院逗留了很长时间，离开时一脸安详，就像那青砖石地、粉墙玄瓦。

我很快回了上海，学院里的情况和我家庭的处境都越来越坏。后来我又不得不到农村劳动去了，彻底远离了学校和教育。但是，奇怪的是，那个青砖石地、粉墙玄瓦的梦，却常常在脑际隐约闪动。待到图书馆重新开放，我努力寻觅有关它的点滴记载。再后来，中国走上了一条新路，我就有机会一再访问它了。

我终于明白，很多年前那次夜间潜入，让我在无意中碰撞到了中华文化存废之间的又一个十字路口：一条是燥热的死路，一条是冷清的生路。这条生路，乃是历代文化智者长期探索的结果，岳麓书院便是其中一个例证。

说远一点，早在三千三百多年前，商代已经有了比较成熟的公办学校。到了孔子，成功地创办了私学。从此，教学传统成了中华文化代代相传的命脉。到了唐代，就出现了教学等级很高的书院。宋代书院之风大盛，除了很早就开办的白鹿洞书院外，还出现了石鼓书院、嵩阳书院、应天府书院、岳麓书院、丽正书院、象山书院，等等。这些书院，有的是私办，有的是公办，更多的是"民办官助"。共同特点是，大多选址于名山胜景，且由比较著名的学者执掌校务，叫"山长"。

山长这个称呼，听起来野趣十足，与书院所在的名山对应，而且又幽默地表示对官场级别的不在意，自谦中透着自傲。我最近一次去岳麓书院，还在历任山长居住的一个叫"百泉轩"的小院落里徘徊很久，想象着山长们的心态。他们，只想好生看管着这满院的书声泉水、满山的春花秋叶，就已经足够。山下的达官贵人为了各自的文化形象，也会到山上来叩门拜见。来就来吧，听他们谈谈平日不太谈的先秦诸子、楚辞汉赋，然后请他们到书院各处走走，自己就不陪了。在山长们的眼中，他们都是学生一辈，欠学颇多，因此自己要保持住辈分的尊严。这不是为自己，而是为文化。

在山长的执掌下，书院采取比较自由的教学方法。一般由山长本人或其他教师十天半月讲一次课，其他时间以自学为主。自学中有什么问题随时可向教师咨询，或学生间互相讨论。

这样，乍一看容易放任自流，实际上书院有明确的学规，课程安排清晰有序，每月有几次严格的考核。此外，学生还必须把自己每日读书的情况记在"功课簿"上，山长定期亲自抽查。

课程内容以经学、史学、文学、文字学为主，也要学习应付科举考试的八股文和试帖诗。到了清代晚期，则又加入了不少自然科学方面的课程。

可以想象，这种极有弹性的教学方式是很能酿造出一种令人心醉的学习气氛的，而这种气氛，有时可能比课程本身还能熏陶人、感染人。

三

书院所有课程的最终走向，是要塑造一个个品行端庄的文化人。

对于这一点，曾经统领过白鹿洞书院和岳麓书院的大哲学家朱熹有过系统的思考。他说，人性皆善，但在社会上却分成了善的类别和恶的类别，因为每个类别里风气和习惯不同，熏染而成。只有教学，能够从根本、从大道上弘扬善的风气和习惯，让人们复归于善。他又说，教学能改变一个人的气质，使他能够从修身出发，齐家，治国。

正是出于朱熹所说的这个理想，很多杰出的学者都走进书院任教，把教书育人和自己的研究融为一体。

一一六七年八月，朱熹本人从福建崇安出发，由两名学生随行，不远千里向岳麓山走来。因为他知道比自己小三岁的哲学家张栻正主讲岳麓书院。他们以前见过面，畅谈过，但还有一些学术环节需要进一步探讨。朱熹希望把这种探讨与书院的教学联系在一起。

朱熹抵达岳麓书院后就与张栻一起进行了著名的"朱、张会讲"。所谓会讲是岳麓书院的一种学术活动，持不同学术观点的学派在或大或小的范围里进行探讨和论辩，学生也可旁听。果然如朱熹预期的那样，会讲既推动了学术，又推动了教学。

朱熹和张栻的会讲是极具魅力的。当时一个是三十七岁，一个是三十四岁，一个徽州婺源人，一个四川绵竹人，却都已跻身中国学术文化的最前列，用精密高超的思维探讨着哲学意义上人和人性的秘密。他们在会讲中有时连续论争三天三夜都无法取得一致意见。两种浓重的方言，一种是夹杂着福建口音的徽州话，一种是四川话，三天三夜唇枪舌剑，又高深玄妙，但听讲的湖南士子都毫无倦意。

除了当众会讲外，他们还私下交谈。所取得的成果是：两人都越来越佩服对方，两人都觉得对方启发了自己。

《宋史》记载，张栻的学问"既见朱熹，相与博约，又大进焉"；而朱熹则在一封信中说，张栻的见解"卓然不可及，从游之久，反复开益为多"。朱熹还用诗句描述了他们两人的学术友情：

> 忆昔秋风里，
> 寻盟湘水旁。
> 胜游朝挽袂，
> 妙语夜连床。

> 别去多遗恨，
> 归来识大方。
> 惟应微密处，

犹欲细商量。

……

（《有怀南轩老兄呈伯崇择之二友二首》）

这种由激烈的学术争论所引发的深厚情谊，实在令人神往。可惜，这种事情到了近代和现代的中国，几乎看不到了。

除了与张栻会讲外，朱熹还单独在岳麓书院讲学。当时朱熹的名声已经很大，前来听讲的人络绎不绝。不仅讲堂中人满为患，甚至听讲者骑来的马都把池水饮干了，所谓"一时舆马之众，饮池水立涸"。

朱熹除了在岳麓书院讲学外，又无法推却一江之隔的城南书院的邀请，只得经常横渡湘江。张栻怕他寂寞，愉快地陪着他来来去去。这个渡口，当地百姓后来就名之为"朱张渡"。此后甚至还经常有人捐钱捐粮，作为朱张渡的修船费用。两位教育家的一段佳话，竟如此深入地铭刻在这片山川之间。

"朱、张会讲"后七年，张栻离开岳麓书院到外地任职，但没有几年就去世了，只活了四十七岁。张栻死后十四年，即一一九四年，朱熹在再三推辞而未果后，终于接受了湖南安抚使的职位，再度来长沙。要么不来，既然来到长沙做官，就一定要把旧游之地岳麓书院振兴起来。

这时离他与张栻"挽袂"、"连床"，已经整整隔了二十七年。两位青年才俊不见了，只剩下一个六十余岁的老人。但是今天的他，德高望重又有职有权，有足够的实力把教育事业按照自己的心意整治一番，为全国树一个榜样。他把到长沙之前就一直在心中盘算的扩建岳麓书院的计划付诸实施，聘请了自己满意的人来具体负责书院事务，扩充招生名额，为书院置学田五十顷，并参照自己早年为庐山白鹿洞书院制定的学规颁发了《朱子书院教条》。如此有力的措施接二连三地下来，岳麓书院重又显现出一派繁荣。

朱熹白天忙于官务，夜间则渡江过来讲课讨论，回答学生提问，从不厌倦。他与学生间的问答由学生回忆笔记，后来也成为学术领域的重要著作。被朱熹的学问和声望所吸引，当时岳麓书院已云集学者千余人。朱熹开讲的时候，每次都到"生徒云集，坐不能容"的地步。

每当我翻阅到这样的一些史料时总是面有喜色，觉得中华民族在本性上还有崇尚高层次文化教育的一面。中国历史在战乱和权术的旋涡中，还有高洁典雅的篇章。只不过，保护这些篇章要拼耗巨大的人格力量。

就拿书院来说吧，改朝换代的战火会把它焚毁，山长的去世、主讲的空缺会使它懈弛，经济上的入不敷出会使它困顿，社会风气的诱导会使它变质，有时甚至远在天边的朝廷也会给它带来意想不到的灾难。

朝廷对于高层次的学术文化教育，始终抱着一种矛盾心理：有时会真心诚意地褒奖、赏赐、题匾；有时又会怀疑这一事业中是否会有知识分子"倡其邪说，广收无赖"，最终构成政治上的威胁。因此，历史上也不止一次地出现过由朝廷明令"毁天下书院"、"书院立即拆去"的事情。(参见《野获编》、《皇明大政纪》等资料)

四

这类风波，当然都会落在那些教育家头上，让他们短暂的生命去活生生地承受。说到底，风波总会过去，教育不会灭亡，但对具体的个人来说，置身其间是需要有超人的意志才能支撑住的。

譬如朱熹，我们前面已经说到他以六十余岁高龄重振岳麓书院时的无限风光，但实际上，他在此前此后一直蒙受着常人难以忍受的诬陷和攻击。他的讲席前听者如云，而他的内心则积贮着无法倾吐的苦水。

大约在他重返长沙前的十年时间内，他一直被朝廷的高官们攻击为"不学无术，欺世盗名，携门人而妄自推尊，实为乱人之首"。中国总有一些文人喜欢对着他们无法企及的文化大师动刀，而且总是说他们"不学无术"，又总是说他们有政治问题。可见七百年前就是这样了。

幸好有担任太常博士的哲学家叶适出来说话。叶适与朱熹并不是一个学派，互相间观点甚至还很对立，但他知道朱熹的学术品格，便在皇帝面前斥责那些诬陷朱熹的人"游辞无实，谗言横生，善良受害，无所不有"，才使朱熹还有可能到长沙来做官兴学。

朱熹在长沙任内忍辱负重大兴岳麓书院的举动，还是没有逃过诬陷者们的注意。就在朱熹到长沙的第二年，他向学生们讲授的理学已被朝廷某些人宣判为"伪学"。再过一年，朱熹被免职，他的学生也遭逮捕。有一个叫余嚞的人甚至上奏皇帝要求处死朱熹：

> 枭首朝市，号令天下，庶伪学可绝，伪徒可消，而悖逆有所警。不然，作孽日新，祸且不测，臣恐朝廷之忧方大矣。

这个与我同姓的人，居然如此祸害一个大文化人，实在是"余门之耻"。

又过一年，"伪学"进一步升格为"逆党"。朱熹的学生和追随者都记入"伪学逆党籍"，不断有人被拘捕。这时朱熹已经回到了福建，他虽然没有被杀，但著作被禁，罪名深重，成天看着自己的学生和朋友一个个地因自己而受到迫害，心里的滋味，可想而知。

但是，他还是以一个教育家的独特态度来面对这一切。——九七年官府即将拘捕他的得意门生蔡元定的前夕，他闻讯后当即召集一百余名学生为蔡元定饯行。席间，有的学生难过得哭起来了，而蔡元定却从容镇定，表示为自己敬爱的老师和他的学说去受罪，无怨无悔。

朱熹看到蔡元定的这种神态很是感动，席后对蔡元定说：我已老迈，今后也许难与你见面了，今天晚上与我住在一起吧。

这天晚上，师生俩在一起竟然没有谈分别的事，而是通宵校订了《参同契》一书，直到东方发白。

蔡元定被官府拘捕后杖枷三千里流放，历尽千难万苦，死于道州。一路上，他始终记着那次饯行、那个通宵。

世间每个人都会死在不同的身份上，却很少有人像蔡元定，以一个地地道道的学生的身份，踏上生命的最后跑道。

既然学生死得像个学生，那么教师也就更应该死得像个教师。蔡元定死后的第二年，一一九八年，朱熹避居东阳石洞，还是没有停止讲学。有人劝他，说朝廷对他正虎视眈眈呢，赶快别再召集学生讲课了，他笑而不答。

直到一二〇〇年，他觉得自己真的已走到生命尽头了，自述道：我越来越衰弱了，想到那几个好学生都已死于贬所，而我却还活着，真是痛心，看来也支撑不了多久了。果然这年四月二十三日（农历三月初九），他病死于建阳。

这是一位真正的教育家之死。他晚年所受的灾难完全来自于他的学术和教育事业，对此，他的学生们最清楚。当他的遗体下葬时，散落在四方的学生都不怕朝廷禁令纷纷赶来。不能来的，也在各地聚会纪念。官府怕这些学生议论生事，还特令加强戒备。

不久之后，朱熹又备受朝廷推崇——那是后话，朱熹自己不知道了。让我振奋的，不是朱熹死后终于被朝廷所承认，而是他和他的学生面对磨难时竟然能把教师和学生这两个看似普通的称呼背后所蕴藏的职责和使命表现得如此透彻、如此漂亮。

朱熹去世三百年后，另一位旷世大学问家踏进了岳麓书院的大门，他便是我的同乡王阳明先生。王阳明先生刚被贬谪，贬谪地在贵州，路过岳麓山，顺便到书院讲学。他的心情当然不会愉快，一天又一天在书院里郁郁地漫步，朱熹和张栻的学术观点他是不同意的，但置身于岳麓书院，他不能不重新对这两位前哲的名字凝神打量，然后吐出悠悠的诗句："缅思两夫子，此地得徘徊……"

不错，在这里，时隔那么久，具体的学术观点是次要的了，让人反复缅思的，是一些执著的人和一项崇高的事业。

五

对于一个真正的教育家来说，自己受苦受难不算什么。他们在接受这个职业的同时，就接受了苦难。最使他们感到难过的，也许是他们为之献身和苦苦企盼的"千年教化之功"，成效远不尽如人意。

我们如果不把教育仅仅看成是接受知识和技术的过程，而是看成陶冶人性人格的事业，那么我们不能不面对这样一个事实：当老一代教育家颓然老去时，新一代教育家往往要从一个十分荒芜的起点重新开始。

这是因为，人性人格的造就总是生命化的，而一个人的生命又总是有限的。一个生命的终结，也可以看成是几十年教学成果的断绝。这就是为什么几个学生之死会给朱熹带来那么大的悲哀。当然，被教师塑造成功的优秀学生会在社会上传播美好的能量，但这并不是教师所能有效掌握的。很多学生所散布的消极因素，很容易把美好的东西抵消掉。还会有少数学生成为有文化的不良之徒，不断剥蚀社会文明，使善良的教师不得不天天为之而自责自嘲。

我自己，自从四十多年前的那个傍晚闯入岳麓书院后，也终于做了教师，一做三十余年，其间还在自己毕业的母校——一所高等艺术学院担任了几年院长，说起来也算是尝过教育事业的甘苦了。我到很晚才知道，教育固然不无神圣，但并不是一项理想主义、英雄主义的事业。一个教师所能做到的事情十分有限。我们无力与各种力量抗争，至多在精力许可的年月里守住那个被称做学校的庭院，带着为数不多的学生参与一场陶冶人性人格的文化传递，目标无非是让参与者变得更像一个真正意义上的人。但是，面对这个目标，又不能期望过高。

突然想起了一条新闻，法国有个匪徒闯进了一家幼儿园，以要引爆炸药为威胁向政府勒索钱财。全世界都在为幼儿园里孩子们的安全担心，而幼儿园的一位年轻的保育员却告诉孩子们，这是一个没有预告的游戏。她甚至把那个匪徒也解释成游戏中的人物。结果，直到事件结束，孩子们都玩得很高兴。

保育员无力与匪徒抗争，她也没有办法阻止这场灾难，她所能做的，只是在一个庭院里铺展一场温馨的游戏。

孩子们也许永远不知道这场游戏的意义，也许长大以后会约略领悟到其中的人格内涵。我想，这就是教育工作的一个缩影。面对社会历史的风霜雨雪，教师掌握不了什么，只能暂时地掌握这个庭院、这间课堂、这些学生。

是的，我们拥有一个庭院，像中国古代的书院，又像今天和未来的学校。别人能侵凌它、毁坏它，却夺不走它。很久很久了，我们一直在那里，做着一场文化传代的游戏。至于游戏的结局，我们都不要问，因为事关重大，甚至牵涉到民族和人类的命运。

青云谱

一

在中华文化史上，江西的地位比较奇特。初一看，它既不响亮，也不耀眼，似乎从来没有成为全国向往的文化中心或文化热土，就像河南、陕西、山东、江苏、浙江、北京、上海等地承当过的那样。但是如果细细寻访，就会发现它是多重文化经络的归置之地。儒家的朱熹和白鹿洞书院自不必说，即使是道家和佛家，江西都有领先全国的道场。在文学戏剧上，从陶渊明到汤显祖，皆是顶级气象。

总之，江西在文化上呈现出一种低调的厚实，平静的富有，不事张扬的完备。这种姿态，让我尊敬。

南昌郊外的青云谱，又为江西的蕴藏增加了一个例证。

二

青云谱原是个道院，主持者当然是个道士，但原先他却做过十多年和尚，做和尚之前他还年轻，是明朝皇室的显赫后裔。

不管他的外在身份如何变化，历史留下了他的一个最根本的身份：十七世纪晚期中国最杰出的画家。

他叫朱耷，又叫八大山人、雪个等，是明太祖朱元璋第十七个儿子朱权的后代。在朱耷出生前两百多年，朱权被徙封于南昌，这便是青云谱出现在南昌郊外的远期原因。

说起来，作为先祖的朱权虽然贵为皇子却也是一个全能的艺术家，而且也信奉道教，这与两百多年后的朱耷构成了一种呼应。但是，可怜的朱耷已面临着朱家王朝的最后覆没，为道为僧，主要是一种身份遮蔽，以便躲在冷僻的地方逃避改朝换代后的政治风雨，静静地在生命绝境中用画笔营造一个精神小天地。

究竟是一个什么样的院落，能给一部艺术史提供那么多的荒凉？究竟是一些什么样的朽木、衰草、败荷、寒江，泄露着画家道袍里裹藏的孤傲？我带着这些问题去寻找青云谱，没想到青云谱竟然相当热闹。

此处不仅有汽车站，而且还有个小火车站。当日道院如今园圃葱翠，屋宇敞亮。游客以青年男女居多，他们一般没有在宅内展出的朱耷作品前长久盘桓，大多在花丛曲径间款款缓步。突然一对上了年岁的华侨夫妇被一群人簇拥着走来，说是朱耷的后代，满面戚容，步履沉重。我不无疑惑地投去一眼，心想，朱耷既做和尚又做道士，使我们对他的婚姻情况很不清楚。后来好像有过一个叫朱抱墟的后人，难道你们真是朱抱墟之后？即便是真的，又是多少代的事啦，如此凄伤的表情毕竟有点夸张。更重要的是，如果真是他的后代就应该明白，他们的前辈是一个名扬历史的大画家，这千古笔墨早已不仅仅属于一姓一家。

这一切也不能怪谁。有这么多的人来套近乎，热热闹闹地来纪念一位几百年前的孤独艺术家，没有什么不好。然而无可奈何的是，这个院落之所以显得如此重要的原始神韵已经很难复制，朱耷在生命绝境中的精神小天地更不容易重现。这是世界上很多名人故居开放后共同遇到的难题，对我这样的寻访者来说，毕竟有一点遗憾。

到青云谱来之前，我也经常想起他。为此，有一年我招收研究生时曾出过一道知识题："略谈你对八大山人的了解。"一位考生的回答是："中国历史上八位潜迹山林的隐士，通诗文，有傲骨，姓名待考。"

把八大山人说成是八位隐士我倒是有所预料的，这道题目的"圈套"也在这里；把中国所有的隐士一并概括为"通诗文，有傲骨"，十分有趣；至于在考卷上写"待考"，我不禁哑然失笑了。

与这位考生一样的对朱耷的隔膜感，我从许多参观者的眼神里也看了出来。他们知道朱耷重要，却不知道他的作品好在哪里。这样潦倒的随意涂抹，与他们平常对艺术作品的欣赏习惯差距太大了。他们在苦恼地自问：中国传统艺术的光辉，难道就闪耀在这些令人丧气的破残笔墨中？

因此，青云谱其实是一个艰深的课堂，让很多困惑的参观者重新接受一门有关生命绝境的美学课程。

三

对于中国绘画史，我比较看重晚明至清一段。朱耷就出现在这个阶段中。

在此前漫长的绘画发展历史上，当然也是大匠如林、佳作迭出。

但是，如果要说到艺术家个体生命的强悍呈现，那就不得不把目光投向徐渭、朱耷、原济以及"扬州八怪"等人身上了。

毫无疑问，并不是画到了人就一定能触及生命的底线。中国历史上有过一些很出色的人物画家，如顾恺之、阎立本、吴道子、张萱、周昉、顾闳中，等等，我都很喜欢，但总的说来，他们笔下的人物与他们自己的生命未必有直接的关联。他们强调"传神"，但主要也是"传神"地在描绘着一种异己的著名人物，并不是本人灵魂的酣畅传达。在这种情况下，倒是山水画、花鸟画，更有可能直截地展示画家的内心世界。

山水花鸟原是人物画的背景和陪衬。当它们独立出来之后，大多喜欢表现"诗中有画，画中有诗"的美学意境，基本格局比较固定。画家们也就把心力倾注在笔墨趣味上了。

笔墨趣味能够导致高雅，但毕竟还缺少一种更强烈、更坦诚的东西。有没有可能出现另一种作品，让苦恼、焦灼、挣扎、痴狂在画幅中燃烧，人们一见便可以立即发现画家本人，并且从生命根本上认识他们，就像中国人在文学上认识屈原、李白，就像欧洲人在美术上认识罗丹、毕加索和凡·高？

不少学者认为，中国艺术讲究怨而不怒、哀而不伤，正好与西方艺术的分裂呼号、激烈冲突相反。对此，我一直存有怀疑。我认为，世界上的艺术分三种：一种是"顺境挥洒"，一种是"逆境长叹"，一种是"绝境归来"。中国绘画不应该永远没有第三种。

果然，到了文化专制最为严重的明清时代，它终于出现了。

很多年以前北京故宫博物院举办过一次画展，我在已经看得十分疲倦的情况下突然看到徐渭的一幅葡萄图，精神陡然一振。后来又见到过他的《墨牡丹》、《黄甲图》、《月竹》和《杂花图长卷》。他的生命奔泻得淋漓而洒泼，躁动的笔墨后面游动着千般不驯、万般无奈。在这里，仅说笔墨趣味，显然是远远不够了。

对徐渭我了解得比较多。他实在是一个才华横溢的大艺术家，但人间苦难也真是被他尝尽了。他由超人的清醒而走向佯狂，直至有时真正的痴癫。他曾自撰墓志铭，九次自杀而未死。他还误杀过妻子，坐过六年多监狱。他厌弃人世、厌弃家庭、厌弃自身，产生了特别残酷的生命冲撞。他的作品，正是这种生命冲撞所飞溅出来的火花，正是我所说的"绝境归来"的最好写照。

明确延续着这种美学格调的，便是朱耷。他实际的遭遇没有徐渭那样惨，但作为大明皇帝的后裔，他的悲剧性感悟却比徐渭更加辽阔。

他的天地全部沉沦了，只能在纸幅上拼接一些枯枝、残叶、怪石，张罗出一种地老天荒般的残山剩水，让一些孤独的鸟、怪异的鱼暂时躲避。

这些鸟鱼完全挣脱了秀美的美学范畴，夸张地袒露其丑，以丑直镇人心，以丑傲视甜媚。它们是秃陋的、畏缩的，不想惹人，也不想发出任何音响。但它们却都有一副让整个天地都为之一寒的白眼，冷冷地看着，而且把这冷冷地看当做了自身存在的目的。

它们似乎又是木讷的、老态的，但从整个姿势看又隐含着一种极度的敏感。它们会飞动，会游弋，会不声不响地突然消失。

毫无疑问，这样的物象，走向了一种整体性的象征。

某些中国画家平素在表现花鸟虫兽时也常常追求一点通俗的具体象征，例如，牡丹象征什么，梅花象征什么，喜鹊象征什么，老虎象征什么，等等。这是一种层次很低的符号式对应，每每坠入陈词滥调，为高品位的画家们所鄙弃。看了朱耷的画，就知道其间的差异在哪里了。

四

比朱耷小十几岁的原济也是明皇室后裔，用他自己的诗句来说，他与朱耷都是"金枝玉叶老遗民"。人们对他比较常用的称呼是石涛、大涤子、苦瓜和尚。他虽与朱耷很要好，心理状态却有很大不同，精神痛苦没有朱耷那么深。很重要的一个原因，是他与更广阔的自然有了深入接触，悲剧意识有所泛化。

但是，当这种悲剧意识流泻到他的山水笔墨中时，则呈现出一派沉郁苍茫、奇险奔放，局面做得比朱耷还大。

这就使他与朱耷等人一起，与当时画坛的正统潮流形成鲜明对照，构成了很强大的时代性冲撞。有了他们，中国绘画史上种种保守、因袭、精雅、空洞的画风都显得萎弱了。

徐渭、朱耷、原济这些人，对后来的"扬州八怪"影响极大，再后来又滋养了吴昌硕和齐白石等近现代画家。中国画的一个新生代的承续系列就这样构建起来了。我深信这是中国艺术史上最有生命力的激流之一，也是中国人在沉闷的明清之际的一种罕见的骄傲。

齐白石有一段话，使我每次想起都心头一热。他说：

> 青藤（徐渭）、雪个（朱耷）、大涤子（原济）之画，能横涂纵抹，余心极服之。恨不生前三百年，或为诸君磨墨理纸。诸君不纳，余于门之外饿而不去，亦快事也。

早在齐白石之前，郑燮（板桥）就刻过一个自用印章，其文为"青藤门下走狗"。

这两件事，说起来都带有点痴癫劲头，而实际上却道尽了这股艺术激流在中国绘画史上多么难于遇见，又多么让人激动。

为了朝拜一种真正的艺术生命，郑、齐两位高傲了一生的艺术家，连折辱自己的生命也在所不惜了。由此可知，世上最强烈的诱惑是什么。

五

我在青云谱的庭院里就这样走走想想，也消磨了大半天时间。面对着各色各样很想亲近朱耷却又看不懂朱耷的游人，我想，事情的症结还在于我们一直没有很多强健的作品去震撼他们，致使他们常常过着一种缺少艺术激动的生活，随之与艺术的过去和现在一并疏离起来。因此说到底，还是艺术首先疏离了他们。

什么时候，我们身边能再出几个那样的画家，他们强烈的生命信号照亮广阔的天域，哪怕普通老百姓也会由衷地热爱他们；即便只是冷冷地躲在一个角落，几百年后的大师们也想倒赶过来做他们的仆人？

什么时候，徐渭的"绝境归来"将由紫霞迎接，朱耷的孤寂心声将由青云谱就？

上海人

一

近代以来，上海人一直是中国一个非常特殊的群落。他们有许多心照不宣的生活秩序和心理规则，说得好听一点，可以称之为"上海文明"。一个外地人到上海，不管在公共汽车上，在商店里，还是在街道间，很快就会被辨认出来，主要不是由于外貌和语言，而是这种上海文明对于别种文明的敏感。

同样，几个上海人到外地去，往往也显得十分触目。

全国有点离不开上海人，又都讨厌着上海人。不管东南西北，几乎各地都对上海人没有太好的评价。精于盘算、能说会道、自由散漫、骄傲排外、目无领导、缺少热情、疏离集体、吝啬自私、时髦浮滑、琐碎俗气，如此等等，加在一起，就是外地人心中的上海人。

上海人被骂的由头还有很多。比如，不止一个骚扰了全国的政治人物、帮派头子是从上海发家的，你上海人还有什么话说？不太关心政治的上海人便惶惶然不再言语，偶尔只在私底下嘀咕一句："他们哪里是上海人？都是外地来的！"

但是，究竟有多少地地道道的上海人？真正地道的上海人就是上海郊区的农民和渔民，而上海人又瞧不起"乡下人"。

于是，上海人陷入了一种无法自拔的尴尬。这种尴尬远不是自今日起。依我看，上海人始终是中国近代史开始以来最尴尬的一群。

二

上海人的尴尬，责任主要不在上海人。

这首先应该归因于中华文化在近代的不适应。上海人身上的半近代半传统、半国际半乡土的特质，使他们成了中华文化大家庭中的异数。照例，成为异数的命运是不好的，但上海人似乎又有点明白，当时的中华文化在国际近代化进程中更是异数，异异得正，因此产生了一点小小的得意劲儿。

在我看来，上海文明的早期代表者，在物质意义上，是十三世纪的纺织改革家黄道婆；在精神意义上，是十七世纪的官员科学家徐光启。黄道婆使上海成为一个以纺织业为中心的商贸重镇，而徐光启则以惊人的好学和包容游走在科学、国学、朝廷、外邦之间，为后代上海人的正面品质打下了很好的基础。

这实在是一个让人不敢相信的生命组合体。你看，他那么认真地向欧洲传教士们学习了西方的数学、天文学、测量学、水利学，自己参与翻译，还成了虔诚的天主教徒，在朝廷的官也越做越大，当上了礼部尚书和文渊阁大学士。与此同时，他居然还一丝不苟地编写了中国农业科学的集大成之作《农政全书》和天文历法的鼎新奠基之作《崇祯历书》。他去世时，朝廷深深哀悼、追封加谥，而他的墓前又有教会立的拉丁文碑文。这么一个贯通中西、左右逢源的大人物，在日常饮食起居上又非常节俭，未曾有过中国官场习惯的铺张浪费。

他提供了一种历史可能。那就是，中华文化在十七、十八、十九世纪遇到的最大考验是如何对待西方文明，而徐光启以自己的示范表明，如果两方面都采取明智态度，就有机会避开大规模的恶性冲突。

可惜历史走向了另一条路。但是，就在恶性冲突之后，西方列强在上海发现了一个信奉天主教的家族会聚地，叫徐家汇。当初徐光启的示范没有被历史接纳，却被血缘遗传了。西方人对此深感惊喜，于是，徐家汇很快成了传播西方宗教、科学、教学的中心，在上海近代化过程中起到了巨大作用。遗传，又变成了历史。

徐光启的第十六代孙是个军人，他有一个外孙女叫倪桂珍，便是名震中国现代史的宋氏三姐妹的母亲。倪桂珍远远地继承了先祖的遗风，是一个虔诚的基督教徒，而且尤其擅长数学。她所哺育的几个儿女对中国社会的巨大影响，可以看做徐光启发端的上海文明的一次重大呈示。

很久失去自信的上海人偶尔在广播电视里听到宋庆龄、宋美龄女士讲话，居然是一口地道的上海口音，感到很不习惯。因为多年来上海的"官话"，主要是山东口音和四川口音。一个上海人只要做到了副科长，憋出来的一定已经不是上海话。

由宋庆龄、宋美龄女士的口音作推想，三四百年前，在北京，徐光启与利玛窦等传教士商议各种文化事项时，操的也是上海口音。

三

对于一个封闭而自是的中国而言，上海偏居一隅，不足为道。我们有两湖和四川盆地的天然粮仓，小小的上海缴不了多少稻米；我们有三山五岳安驻自己的宗教和美景，上海连一个稍稍像样的峰峦都找不到；我们有纵横九州的宽阔官道，绕到上海还要兜点远路；我们有许多延续千年的著名古城，上海连个县的资格都年纪太轻……

但是，对于一个具有国际眼光的人而言，上海面对太平洋，背靠万里长江，可谓吞吐万汇，气势不凡。

直到十九世纪英国东印度公司的职员黎逊向政府投送了一份报告书，申述上海对新世界版图的重要性，上海便成为《南京条约》中开放通商的五口之一。一八四二年，英国军舰打开了上海。从此，事情发生了急剧的变化。上海出现了好几个面积不小的租界，西方文明挟带着恶浊一起席卷进来，破败的中国也把越来越多的赌注投入其间。

徐光启的后代既有心理准备，又惊慌失措地一下子陷入了这种闹腾之中。一方面，殖民者、冒险家、暴发户、流氓、地痞、妓女、帮会一起涌现；另一方面，大学、医院、邮局、银行、电车、学者、诗人、科学家也汇集其间。黄浦江汽笛声声，霓虹灯夜夜闪烁，西装革履与长袍马褂摩肩接踵，四方土语与欧美语言交相斑驳，你来我往，此胜彼败，以最迅捷的频率日夜更替。这里是一个新兴的怪异社会，但严格说来，这里更是一个进出要道，多种激流在这里撞合、喧哗，卷成巨澜。

但是，一代上海人，就在这种悖论中踉踉跄跄地成长起来了。

首先是遇到一个个案件。许多新兴思想家、革命者受到清政府追缉，逃到了上海的租界，于是两种法制体系冲突起来了。上海人日日看报，细细辨析，渐渐领悟了民主、人道、自由、法制、政治犯、量刑、辩论等概念的正常含义，也产生了对新兴思想家、革命者的理解和同情。

更具象征意义的是，上海的士绅、官员都纷纷主张拆去上海旧城城墙，因为它已明显地阻碍了车马行旅、金融商情。他们当时就在呈文中反复说明，拆去城墙，是"国民开化之气"的实验。当然有人反对，但几经争论，上海人终于把城墙拆除，成了陈旧的心理框范特别少的一群。

与此同时，上海人拥有了与苏州私家园林完全不同的公园，懂得了即使晚间不出门也要缴纳公共路灯费。上海文化的重心转向报纸、出版、电影、广播和公私学校，并从一开始就走上了文化产业的道路。

后来，一场来自农村的社会革命改变了上海的历史，上海变得安静多了。走了一批上海人，又留下了大多数上海人，他们被要求与内地取同一步伐，并对内地负起经济责任。上海转过脸来，平一平心旌，开始做起温顺的"大儿子"。车间的机器在隆隆作响，上班的电车拥挤异常，大伙都累，夜上海变得寂静冷清。

为了延续"农村包围城市"的方略，大批内地农村的干部调入上海；为了防范或许会来自太平洋的战争，大批上海工厂迁向内地山区。越是冷僻险峻的山区越能找到上海的工厂，淳朴的山民指着工人的背脊笑一声："嘿，上海人！"

改革开放以来，广州人、深圳人、温州人快速富裕，腰包鼓鼓地走进上海。上海人有点自惭形秽，却又没有失去自尊，心想，要是我们上海人真正站起来，将是另一番景象。

也许是一种自我安慰，但我知道，他们是在守护一种经济之外的东西，那就是从近代以来逐渐形成的上海人的心理品性。

四

上海人的心理品性，我想先讲三点。

第一点，也是最重要的一点，以个体自由为基础的宽容并存。

只要不侵碍到自己，上海人一般不去指摘别人的生活方式。比之于其他地方，上海人在公寓、宿舍里与邻居交往较少，万不得已几家合用一个厨房或厕所，互相间的摩擦和争吵却很频繁，因为各家都要保住自身的独立和自由。

因此，上海人的宽容并不表现为谦让，而是表现为"各管各"。

在道德意义上，谦让是一种美德；但在更深刻的文化心理意义上，"各管各"或许更贴切现代宽容观。承认各种生态独自存在的合理性，承认到可以互相不与闻问，比经过艰苦的道德训练而达到的谦让，更有深层意义。

为什么要谦让？因为选择是唯一的，不是你就是我，不让你就要与你争夺。这是大一统秩序下的基本生活方式和道德起点。为什么可以"各管各"？因为选择的道路很多，你走你的，我走我的，谁也不会吞没谁。这是以承认多元世界为前提而派生出来的互容共生契约。

上海下层社会中也有不少喜欢议论别人的婆婆妈妈。但她们也知道，"管闲事"是被广泛厌弃的一种弊病。调到上海来工作的外地官员，常常会苦恼于如何把"闲事"和"正事"区别开来。在上海人心目中，凡是不直接与工作任务有关的个人事务，都属于别人不该管的"闲事"范畴。

上海人口语中有一句至高无上的反诘语，曰："关侬啥体？"意思是:"关你什么事?"

在外地,一个姑娘的服饰受到同事的批评,她会就批评内容表述自己的观点,如"裙子短一点有什么不好"、"牛仔裤穿着就是方便"之类。但是一到上海姑娘这里,事情就显得异常简单:这是个人私事,即使难看透顶也与别人无关。因此,她只说一句"关侬啥体",截断全部争执。说这句话的口气,可以是愤然的,也可以是娇嗔的,但道理却是一样。

在文化学术领域,上海学者大多不愿意去与别人"商榷",或去迎战别人的"商榷"。文化学术的道路多得很,大家各自走着不同的路,互相遥望一下可以,干吗要统一步伐?这些年来,文化学术界多次出现过所谓"南北之争"、"海派京派之争",但这种争论大多是北方假设的。上海人即使被"商榷"了也很少反击,他们心中回荡着一个顽皮的声音:"关侬啥体?"

本于这种个体自立的观点,上海的科学文化在一开始总是具有可喜的新鲜性和独创性。但是,往往又"个体"得过了头,小里小气地不知道如何互相合作,如何依靠他人提升,如何进入宏观规范,因此总是形不成合力、成不了气候。

五

上海文明的第二心理品性,是对实际效益的精明估算。

上海人不喜欢大请客,酒海肉山;不喜欢侃大山,神聊通宵;不喜欢连续几天陪伴着一位外地朋友,以示自己对友情的忠诚;不喜欢听大报告,自己也不愿意作长篇发言;上海的文化沙龙怎么也搞不起来，因为参加者一估算，赔上那么多时间得不偿失；上海人外出，即使有条件也不太乐意住豪华宾馆，因为这对哪一方面都没有实际利益……凡此种种，都无可非议，如果上海人的精明只停留在这些地方，那就不算讨厌。

但是，在这座城市，你也可以处处发现聪明过度的浪费现象。不少人若要到市内一个较远的地方去，会花费不少时间思考和打听哪一条线路、换哪几次车的车票最为省俭，哪怕差三五分钱也要认真对待。这种事有时发生在公共汽车上，车上的旁人会脱口而出提供一条更省俭的路线，取道之精，恰似一位军事学家在选择袭击险径。车上的这种讨论常常变成一种群体性的投入，一个人的轻声询问立即引起全车一场热烈的大讨论，甚至争论得脸红脖子粗，实在是全世界各大城市都看不到的景观。公共宿舍里水电、煤气费的分摊纠纷，发生之频繁，上海很可能是全国之最。

可以把这一切都归因于贫困。但是，请注意，两方争执的金额差异，往往只是几分钱。他们在争执激动时一次次掐灭又一支支点燃的外国香烟，就抵得上争执金额的几十倍。

我发现，上海人的这种比较，大半出于对自身精明的卫护。智慧会构成一种生命力，时时要求发泄，即便对象物是如此琐屑，一发泄才会感到自身的强健。这些可怜的上海人，高智商成了他们沉重的累赘。没有让他们去钻研微积分，没有让他们去画设计图，没有让他们去操纵流水线，没有让他们置身商业竞争的第一线，他们怎么办呢？去参加智力竞赛，年纪已经太大；去参加赌博，名声经济皆受累。他们只能耗费在这些芝麻绿豆小事上，虽然认真而气愤，也算一种消遣。

上海人的精明和智慧，构成了一种群体性的逻辑曲线，在这座城市的大街小巷中处处晃动、闪烁。快速的领悟力，迅捷的推断，彼此都心有灵犀一点通。电车里买票，乘客递上一角五分，只说"两张"，售票员立即撕下两张七分票，像是比赛着敏捷和简洁。如果乘客说"两张七分"，就有一点污辱了售票员的智商，因为这儿不存"七分"之外的第二种可能。你说得快，售票员的动作也快，而且满脸赞许；你说得慢，售票员的动作也慢，而且满脸不屑。

一切不能很快跟上这条群体性逻辑曲线的人，上海人总以为是"外地人"或"乡下人"，他们可厌的自负便由此而生。上海的售票员、营业员，服务态度在全国不算下等，他们让外地人受不了的地方，就在于他们常常要求所有的顾客都有一样的领悟力和推断力。凡是没有的，他们一概称之为"拎勿清"，对之爱理不理。

平心而论，这不是排外，而是对自身智慧的悲剧性执迷。

上海人的精明估算，反映在文化上，就体现为一种"雅俗共赏"的格局。上海人大多是比较现实的，不会对已逝的生态过于痴迷，总会酿发出一种突破意识和先锋意识。他们有足够的能力涉足国内外精英文化领域，但是，他们的精明使他们更多地顾及现实的可行性和接受的可能性。他们不愿意充当伤痕斑斑、求告无门的孤独英雄，也不喜欢长期处于曲高和寡、孤芳自赏的形态。

他们有一种天然的化解功能，把学理融化于世俗，让世俗闪耀出智慧。毫无疑问，这种化解常常会使严谨缜密的理论懈弛，使奋发凌厉的思想圆钝，造成精神行为的疲庸。这种情况我们在上海文化中频频能够看到，而且似乎已经出现越来越严重的趋势。但是，在很多情况下，它也会款款地使事情取得实质性进展，获得慷慨突进者所难以取得的效果。这可称之为文化演进的精明方式。

六

上海文明的第三心理品性，是面对国际的开放型文化追求。

相比之下，在全国范围内，上海人面对国际社会的心理状态比较平衡。他们在内心从来没有鄙视过外国人，因此也不会害怕外国人，或表示超乎常态的恭敬。他们在总体上有点崇洋，但在气质上却不大会媚外。

中国不少城市称外国人为"老外"，这个不算尊称也不算鄙称的有趣说法，似乎挺密切，实则很生分，至今无法在上海生根。在上海人的口语中，除了小孩，很少把外国人统称为"外国人"，只要知道国籍，一般总会具体地说美国人、英国人、德国人、日本人。这说明，连一般市民，与外国人也有一种心理趋近。

今天，不管是哪一个阶层，上海人对子女的第一企盼是出国留学。到日本边读书边打工是已经走投无路了的青年们自己的选择，只要子女还未成年，家长是不做这种选择的，他们希望子女能正正经经到美国留学，这里普及着一种国际视野。

其实，即使在没有开放的时代，上海人对于子女的教育也隐隐埋伏着一种国际性观念，不管当时能不能实现。上海的中学对英语一直比较重视，即使当时几乎完全没有用，也没有家长提出免修。上海人总要求孩子在课余学一点钢琴或唱歌，但又并不希望他们被吸收到当时很有吸引力的部队文工团。

在"文革"动乱中，好像一切都灭绝了，但有几次外国古典音乐代表团悄悄来临，报纸上也没做什么宣传，不知怎么立即会卷起抢购票子的热潮，这么多外国音乐迷原先都躲在哪儿呢？开演的时候，他们衣服整洁，秩序和礼节全部符合国际惯例，很为上海人争脸。

前些年举行贝多芬交响音乐会，难以计数的上海人竟然在凛冽的寒风中通宵排队。

两年前，我所在的学院试演著名荒诞派戏剧《等待戈多》，按一般标准，这出戏看起来十分枯燥乏味，国外不少城市演出时观众也不多。但是上海观众却能静静看完，不骂人，不议论，也不欢呼。其间肯定不少人完全看不懂，但他们知道这是一部世界名作，应该看一看，自己看不懂也很自然，既不恨戏也不恨自己。一夜又一夜，这批去了那批来，平静而安详。

毋庸讳言，上海的下层社会并不具备国际的文化追求。但长期置身在这么一个城市里，久而久之也养成了对一般文化的景仰。上海也流行过"读书无用论"，但情况与外地略有不同。绝大多数家长都不能容忍一个能读上去的子女自行辍学，只有对实在读不好的子女，才用"读书无用论"作为借口聊以自慰，并向邻居搪塞一下。

即使在"文革"动乱中，"文革"前最后一批大学毕业生始终是视点集中的求婚对象，哪怕他们当时薪水很低，前途无望，或外貌欠佳。在当时，这种对文化的景仰带有非实利的盲目性。最讲实利的上海人在这一点上不讲实利，依我看，这是上海人与广州人的显著区别之一，尽管他们在其他方面颇为接近。

七

上海文明的心理特征还可以举出一些来，但从这几点，已经可以看出大概。

有趣的是，上海文明的承受者是一个复杂的群体。有的人居住在上海很久还未能皈依这种文明，有的人则进入不久便神魂与共。这便产生了非户籍意义上，而是文化心理意义上的上海人。很多文化人分不清这个界限，武断地论述着这个地方的人、那个地方的人，是没有意义的。

　　无疑，上海人远不是理想的现代城市人。一部扭曲的历史限制了他们，也塑造了他们；一个特殊的方位释放了他们，又制约了他们。他们在全国显得非常奇特，在世界上也显得有点怪异。

　　在文化人格结构上，他们是缺少皈依的一群。靠传统？靠新潮？靠内地？靠国际？靠经济？靠文化？靠美誉？靠实力？靠人情？靠效率？他们的靠山似乎很多，但每一座都有点依稀朦胧。他们最容易洒脱出去，但又常常感到一种洒脱的孤独。

　　他们做过的或能做的梦都太多太多。载着满脑子的梦想，拖着踉跄的脚步。好像有无数声音在呼唤着他们，他们的才干也在浑身冲动，于是，他们陷入了真正的惶恐。

　　他们也感觉到了自身的陋习，憬悟到了自己的窝囊，却不知挽什么风、捧什么水，将自己洗涤。

　　他们已经倾听过来自黄土高原的悲怆壮歌，也已经领略过来自南疆海滨的轻快步履，他们钦羡过，但又本能地懂得，钦羡过分了，我将不是我。我究竟是谁？该做什么？整座城市陷入了思索。

　　前年夏天在香港参加一个国际会议，听一位中国问题专家说："我做了认真调查，敢于断言，上海人的素质和潜力，未必比世界上许多著名的城市差。"这种激励的话语，上海人已听了不止一次，越听心里越不是滋味。

　　每天清晨，上海人还在市场上讨价还价，还在拥挤的公共汽车上不断吵架。晚上，回到家，静静心，教导孩子把英文学好。孩子毕业了，出息不大，上海人叹息一声，抚摸一下自己斑白的头发。

八

续写上海新历史，关键在于重塑新的上海人。重塑的含义，是人格结构的调整。

对此，请允许我说几句重话。

今天上海人的人格结构，在很大的成分上是百余年超浓度繁荣和动乱的遗留。在二十世纪前期，上海人大大地见了一番世面，但无可否认，那时的上海人在总体上不是这座城市的主宰。上海人长期处于仆从、职员、助手的地位，是外国人和外地人站在第一线，承受着创业的乐趣和风险。众多的上海人处于第二线，观看着，比较着，追随着，参谋着，担心着，庆幸着，反复品尝第二线的乐趣和风险。也有少数上海人冲到了第一线，如果成功了，后来也都离开了上海。

直到今天，即便是上海人中的佼佼者，最合适的岗位仍是某家跨国大企业的高级职员，而很难成为气吞山河的第一总裁。上海人的眼界远远超过闯劲，适应力远远超过开创力。有大家风范，却没有大将风范。有鸟瞰世界的视野，却没有纵横世界的气概。

因此，上海人总在期待。他们眼界高，来什么也不能满足他们的期待，而到手的一切又都不愿意放弃。他们不知道，什么也不放弃就什么也得不到。对于自己的得不到，他们只能靠发牢骚来聊以遣怀。牢骚也仅止于牢骚，制约着他们的是职员心态。

没有敢为天下先的勇气，没有统领全局的强悍，上海人的精明也就与怯弱相伴随。他们不会高声朗笑，不会拼死搏击，不会孤身野旅，不会背水一战。连玩也玩得很不放松，前顾后盼，拖泥带水。连谈恋爱也少一点浪漫色彩。

由于缺少生命感，上海人也就缺少悲剧性的体验，而缺少悲剧性体验也就缺少了对崇高和伟大的领受；他们号称偏爱滑稽，但也仅止于滑稽而达不到真正的幽默，因为他们不具备幽默所必须有的大气和超逸。于是，上海人同时失却了深刻的悲和深刻的喜，属于生命体验的两大基元对他们来说都颇为黯淡。

即便是受到全国厌弃的那份自傲气，也只是上海人对于自己生态和心态的盲目守卫，傲得琐琐碎碎、不成气派。真正的强者也有一份自傲，但是有恃无恐的精神力量使他们变得大方而豁达，不会只在生活方式、言谈举止上自我陶醉，冷眼看人。

总而言之，上海人的人格结构尽管不失精巧，却缺少一个沸沸扬扬的生命热源。于是，这个城市失去了烫人的力量，失去了浩荡的勃发。

可惜，讥刺上海人的锋芒，常常来自更落后的规范：说上海人各行其是、离经叛道；要上海人重返驯顺、重归一统。对此，胸襟中贮满了海风的上海人倒是有点固执，并不整个儿翻然悔悟。

暂时宁肯这样，不要匆忙趋附。困惑迷惘一阵子，说不定不久就会站出像模像样的一群。

上海人人格结构的合理走向，应该是更自由、更强健、更热烈、更宏伟。它的依凭点是大海、世界、未来。这种人格结构的群体性体现，在中国其他城市还都没有出现过。

如果永远只有一个拥挤的职员市场，永远只是一个"新一代华侨"的培养地，那么，在未来的世界版图上，这个城市将黯然隐退。

历史，从来不给附庸以地位。

失落了上海的中国，也就失落了一个时代。失落上海文明，是全民族的悲哀。

秋雨注：此文发表在二十年前。当时上海的改革开放还没有正式起步，上海人备受全国厌弃，连自己也失去了自信。因此，我在这篇文章中指出了上海人的历史地位和心理品性，从文化上对他们进行了全方位的鼓励，又指出了他们的致命弱点。文章发表后引起巨大反响，在此我要深深感谢上海市民。我对他们的严厉批评居然没有引起任何反感，这在中国各地"地域性敏感"越来越强烈的情况下，极不容易。

考古上海

一

上海的松江地区有一个广富林文化遗址，这是很多人不知道的。前不久有一次考古现场的电视直播，我与指挥这次发掘的考古学家宋健先生、上海博物馆馆长陈燮君先生一起，接受了即时采访。

上海的历史一般被说成是七百年。那是指公元一二九二年，元朝设立了上海县。

这是行政地理学上的概念。按照这个概念往前推，上海地区早在春秋战国时代，便是介乎吴、越之间的征战之地，西汉时代属海盐县，唐宋时代属华亭县。这是上海的"前史"。

但是，如果我们的目光从行政地理学拓展到人类生态学，那么，上海地区的"前史"就更早了。在被官方划来划去之前，这一带早有祖先活动的踪迹。广富林文化遗址，可以确定已有四千年历史，这就一下子把我们的时间概念拉长了。

上海这座充分近代化的城市，居然出现了这么悠远的历史背景，就像车水马龙的街市后面突然出现了巨大的山影，把人吓了一跳。这里有一种神秘的时间呼应，一定会让大艺术家们深深沉思。

但是，我们不能匆忙地把广富林遗址与现代上海直接相连。

我在传媒上已经看到不少这样的宣传。有的报刊甚至硬把考古发现中的点点滴滴说成是"上海特性"，与今天上海的发展扯在一起，真是牵强附会。

其实，广富林和今天的上海，连"远亲"都说不上。

严格说来，广富林遗址为新石器时代长江下游的人类生态，提供了一个新的佐证。它的文化意义要宏大得多，开阔得多。

中国进入新石器时代，大概在八、九千年之前。中国现代考古学产生以后，有很长一段时间，人们对新石器时代的了解，更多地集中在黄河流域，例如陕西、河南一带的仰韶文化，甘肃的马家窑文化，山东的大汶口文化，以及衍伸于陕西、河南、山东的龙山文化。

为此，大家一直喜欢把黄河说成是中华文化的"母亲河"。这是对的，但并非唯一。

长江下游新石器时代文化的系统发现，是在二十世纪五十年代以后。其中良渚文化倒是早在三十年代就发现了，但当时只认为是龙山文化的别支，到五十年代才定名为良渚文化。

现在我们有信心说，在整个新石器时代，长江下游的文化遗址不仅丰富，而且已经可以完整地构成代代相续的系统。

据我本人的现场考察，最早的应该是我家乡余姚的田螺山文化遗址和河姆渡文化遗址。河姆渡文化遗址比较有名，开始于七千年前；田螺山文化遗址在河姆渡东边，是近几年发掘的，比河姆渡文化遗址还早了一千年左右，大约八千年吧。

与河姆渡文化差不多时间，或稍后，浙江嘉兴一带又出现了马家浜文化。也有人认为，马家浜文化就来自于河姆渡文化，渡了一条钱塘江。

又过了一千年，马家浜文化发展为崧泽文化。那就直接出现在上海地区了，中心遗址就在现在的青浦区。时间，大约在六千年到五千五百年前之间。

崧泽文化终于又发展成了赫赫有名的良渚文化。良渚文化的中心遗址，在浙江杭州的余杭，时间从五千五百年前开始。正好与崧泽文化相接，延续到四千四百年前。

请看，从八千年前开始，几乎每一千年都有一种重要的文化出现，直到四千年前。长江下游的文化生态链，堪称完好。

二

良渚文化的遗址，我曾重点考察。

我一直认为，这是整个中国新石器时代最华贵生态的集中展现。除了精致的陶器和丝麻织物外，让现代人眼睛一亮的是各种精美的玉器。那些玉琮、玉璧，从造型设计到磨制雕刻技术，都达到了极高的审美等级。

由此可知，良渚社会中的上层贵族已经过着十分奢华的日子，而社会等级的划分也更明显了。这是良渚文化与它的母体崧泽文化的一个重大差别。

更重要的是，良渚文化证明，作为原始文化的核心"生活方式"，已经在很大程度上转变成"精神价值"，而"精神价值"的外显方式和确认方式，是审美。

那种灵动和饱满，那种柔雅和力度，那种平衡和端庄，那种精巧和大气，直到几千年后的今天看来，仍是无法超越的经典。在现实生活中，似乎什么都超越了，唯独审美无法超越。这说明，文化中高层的"精神价值"和相应的审美型态一旦出现，有可能比即时的世俗"生活方式"更稳定、更不朽。

这种感觉，我在河南安阳面对商代的青铜器、玉器的时候也产生过，而且更加强烈。因为那儿是皇家聚集，更出气象。

其实，据我所知，良渚文化的奢华在长江下游的新石器时代也不是绝无仅有。例如安徽巢湖地区凌家滩文化中的水晶、玛瑙、玉器制品就都很精致。有的学者认为，为了寻求玉矿资源，这种奢华风尚从巢湖地区转移到太湖地区。良渚，以及早一点的崧泽，都属于"环太湖地区"。

但是，历史不知为何又一次出现了"黑屏期"。如此美轮美奂的良渚文化却突然崩溃了，崩溃得无影无踪。崩溃的时间，大约在四千四百年前。

在良渚文化以后，长江下游似乎进入到了一个空白时代。原来从田螺山、河姆渡、马家浜、崧泽到良渚的几千年传代系列，戛然而断。

到底发生了什么事情？不知道。

在文化史上，这是一种让人惊心动魄、屏息凝神、又哑口无言的"不知道"。

文化啊文化，你为什么来得那么完整、那么有序，又消失得那么突然？

而且，如此"来无踪去无影"的，不仅仅是远古文化。

一九五八年，上海松江农民在广富林村挖河的时候，发现一些古物。一九六一年正式进行考古发掘，被认定为良渚文化的延续。这就是说，良渚文化在崩溃之后，有一脉小小的遗留，落到了松江。

一个重大文化的依稀余音，一种在沉重的"不知道"之后的一点点"知道"，当然引人关注。

新世纪开始以来，又一次考古发掘在松江广富林地区开始。

这次考古发掘规模很大，初步结果发现，除了良渚文化的遗留，更多地看到了黄河流域龙山文化的遗迹。有一些陶器，应该来自于河南、山东、安徽的交界地带。因此，广富林遗址也就不仅仅是良渚文化的余脉了，而成了一种融合了其他文化的独立文化。

三

要分析广富林文化的性质，我们还是要从良渚文化崩溃的原因上来开始推测。

我对于良渚文化崩溃的原因，大致有三种估计。

第一种估计，是生态原因。

邻近大海的长江下游，几千年前的洪涝灾害很容易摧毁人类还很脆弱的基本生态。从河姆渡文化开始，这一带以稻作生产为主。洪涝灾害极有可能引发海水倒灌（后来钱塘江的海堤就是为了阻止海水频频倒灌而建造的）。在良渚文化时代，人们还无法对付海水倒灌所造成的颗粒无收，只得四处逃命。在九死一生之中，也可能有一部分凭借着简单的木舟，去了远方。生存的机会虽然不大，但也不能排斥有一丝可能。遗址墓葬中可提取的DNA，说不定能在今后的研究中追寻出惊人的线索。

如果将来哪一年，在太平洋的某个小岛上找到了良渚文化的基因留存，大家也不必奇怪。

说到生态灾难，我们不能不注意海滩边一种人类与自然纠缠的悲剧式建筑。

广富林文化遗址最显眼的，是干栏式建筑群的遗迹。干栏式建筑，我们从河姆渡文化遗迹中就能看到。这种建筑把住房筑于一排排木桩和竹桩之上，一般目的是为了防潮，防禽兽蛇虫，而重要目的是为了防另一种"潮"，那就是潮水。

这种干栏式建筑是一种智慧，也是一种挣扎。古人在江潮和海潮面前，采用了力所能及的自卫方法，但是，如果潮水再大一点呢？因此，干栏式建筑也是一种族群面临淹没的前兆。

我们看到那一排排干栏的遗迹，终于没有能撑住它们上面的房舍。一般总以为这是因为时间的力量，其实，更大的可能是因为自然的力量。

从广富林遗址，似乎可以判断这是一个处于迁徙过程中的族群所在。甚至可以说，处处暴露出某种"生态逃难者"的痕迹。

正宗的良渚文化中，墓葬分类清晰有序：上层贵族有专属墓地；中、下层贵族虽无专属墓地却也在村落墓地间显而易见，而且拥有一些精美的陪葬品；而平民墓葬则以生活用品陪葬。但广富林的几处墓葬，不仅不存在统一规则，连墓主头颅的朝向都很杂乱，可见社会层级不高。或者，曾经社会层级很高的人群处于一种无可奈何的低级生态之中。

而且，从现在发掘的成果看，广富林文化延续的时间也不长。才一百多年时间吧，可见它处于一种脆弱的生态边缘，或处于一种生态威胁之中。

第二种估计，是战争原因。

由那么多精美玉器装潢着的良渚文化，给自身划分了森严的等级和阶层，既强大又自傲，那就极有可能发动战争。当然，更有可能被别的群落觊觎而讨伐。

我在四川成都的金沙遗址中曾发现过良渚文化的玉琮，可见在遥远的古代，良渚的器物即便在良渚文化崩溃之后，也被各地君主所艳羡。不难想象，在当时的战争中，生态层次高的文化群落反而会显得软弱无力。人类历史上很多发达的文明就是如此湮灭的。

在考古现场，只要发现极度的奢侈，跟着就可能会发现灭绝的浩劫。《易经》和《老子》，就是对这种辽阔的地下世界的概括。于是，地下世界就成了地上世界的模式和预言。

松江广富林遗址中出现了明显的黄河流域的器物，这就很可能是征战的遗留。是良渚进攻了北方，还是北方进攻了良渚？都有可能。或一先一后，或回旋往返。这些问题的答案，就要期待广富林遗址的进一步挖掘了。

广富林墓葬中有不少蜷曲的遗骸，我们还没有获得完全可信的解释。在考古挖掘中，类似的情况很多，有的还反背着手。是一种巫术习俗，还是原始宗教的仪式？都有可能。我的意见，比较偏向于这是一种刑罚，而相对集中的存在，则可能与战争有关。

第三种估计，是信仰原因。

这种估计，与第一、第二种估计相关。那就是，良渚文化在遇到生态灾难和战争灾难的时候，在集体精神上无法有效应付，走上了一条自我毁灭的道路。

那么，为什么会这样？一种比较可信的回答是，过于刻板而精细的社会结构，造成了控制能力的僵化。

那些精美玉器，多数是祭祀用的礼器。玉器和陶器上十分一致地刻着神人兽面神徽，证明良渚文化已摆脱了原始多神教的自然崇拜，躬行着一种以祖宗崇拜为基础的极端化神权信仰。

这种极端化神权信仰，既是文化的演进，又是文化的歧路。因为正是这种不正常的信仰，使整个社会失去了发现危机、应对危机、战胜危机的能力。一旦有事，习惯性地依赖神权，当然只能走向灭亡。人类历史上有不少更大的文明，也正是由于这种极端化的神权信仰，而迅速破败。

可见，极端化信仰，或信仰的极端化，会放弃自身智慧，导致精神失控。

因华贵而刻板，因刻板而极端，因极端而盲目，因盲目而依赖，因依赖而低能，因低能而无措，这似乎是一种必然。

相比之下，松江广富林文化遗址中出现的黄河流域龙山文化的痕迹，却没有像良渚文化那么极端化的信仰标记。

龙山文化显得比良渚文化粗疏和落后，但又显得世俗和务实。历来，与极端化信仰相比，反倒是世俗和务实更有生命力。长江边的精致奇迹，为什么比不过黄河边的粗犷存在？这里埋藏着的兴衰玄机，至今仍有意义。

多年以来，我一直寻找着中华文明两条母亲河交融和撞击的前沿焦点。事实证明，这种寻找有些难度。约略找到一些，却又不是很早，缺少追根溯源的价值。松江广富林，是到目前为止两河文化相叠的最早遗址之一。我期待着今后的挖掘，能找到这方面更多的证据。

我说了，前面这几点都只是估计和推测。但粗粗一想，即便是推测也已经具有很大的学术气象。你看，生态原因、战争原因、信仰原因，最后的结果是两条母亲河之间的文化叠加，这是一些多么有意义的理论课题！中华文化的研究，理应提升到更高的层次之上，而真正的高度又总是与始源性的探寻有关。

四

广富林文化遗址尽管现在还不太著名，而且与其他遗址相比，挖掘出来的物品也不是很多，但是，它却处于中华文化史一个极其关键的时段上。

四千年前，对中国是一个什么概念？那是中华文化跨进成熟文明门槛的关键时刻，在中原，正值夏代。就严格意义上的"中华文明"而言，这个时段因文字、市邑、青铜器的汇集，而成为一个重要起点。

长江下游的情况，与华夏文明的核心地区有着明显差异。但是，总会有好奇的学者很想看看在这个重要起点上长江流域的动静、长江下游的动静。那么，松江广富林，是一个绕不开的地点。

而且，这个时段，也是中国古代氏族社会逐渐解体的关键点。

我前面说了，不要简单地把广富林遗址和现代上海生拉硬扯。但是，这样一个遗址存在，却使现代上海承担了一种思维责任。

总的说来，广富林文化的出现，对今天的上海文化来说有点突兀。上海的习惯性思维方式，缺少面对遥远古代的准备和兴趣。但是，我觉得身处文明古国，每一个大城市的合格市民都应该具备关心古代文化的基本素养，不管这种古代文化产生在什么区域，离自己的城市是近是远。

这儿所说的古代，是真正的古，也就是足以纵横数千年而不是局囿一百年，更不是开口闭口就是三十年代、民国时代、孤岛时代，而且越说越玄乎、越说越无知、越说越反胃。

为了摆脱琐碎和无聊，上海拥有一个长久性的考古现场是一件好事情，至少可以帮助上海人领略文化的初旨。初旨，是雄伟本性的豪迈起步。

身处生态危机频发的今天，现代上海人更可以从这些考古现场体会到数千年间曾经一再出现的环境生态威胁。然后，重新理解国际环保人士对于上海几十年后有可能面对的生态危机的提醒。

悠久的时间会经常敲响警钟：我们并不安全，尽管看起来是那么舒适和华贵。

五

既然文化的初旨是"雄伟本性的豪迈起步"，那么，考古必然会帮助人们更深地理解整体文化，包括当代文化。

以前，很多考古学家一再声明，考古学上的"文化"与一般意义上的"文化"是两回事。例如，河姆渡文化、良渚文化和广富林文化中的"文化"概念，和我们平常所说的"文化"就不一样。这种区分也许是必要的，但我今天要特别强调两者之间的共性。

考古学上"文化"，是指由实物遗存证明的人类在地点和时间上的生态共同体。那么，一般意义上的"文化"是指什么呢？说法很多，著名的定义就有两百多种，但在我看来，应该仍然是指地点和时间上的生态共同体。

这里所说的生态，包括生活方式和精神价值两个方面。其中，什么样的生活方式能保存下来而进入文化，由精神价值的选择来决定。那么，地点和时间上的生态共同体，也就可以进一步称之为"以精神价值为核心的生态共同体"。

我把考古学上的"文化"和一般意义上的"文化"合为一体，是想以初旨为坐标，来提升一般意义上的"文化"的学术含量，防止它被大量表皮现象所肢解。现在，大家在"文化热"的潮流中，常常失去"以精神价值为核心的生态共同体"的文化初旨，越讲越零碎，结果很可能以文化的名义败坏了文化。

我一直动员我的学生和其他文化界朋友稍稍关心考古，也是出于这个原因。考古，乍一看是爬剔远古时代的破残印痕，其实与当代生气勃勃的文化创造密切有关。

十九世纪的德国考古学家谢里曼（H.Schliemann）和英国考古学家伊文斯（A.Evans），通过考古，印证了《荷马史诗》中的描写，使人们知道千古诗情与野外挖掘的密切关系。他们也使欧洲文化重见源头、重知根脉、重获初旨。中国现代考古学开始以后，不少充满诗人情怀的文化人成了考古学家，例如王国维、罗振玉、郭沫若、陈梦家等等。由此可见，考古，是现代人对于自己邈远身世的大胆追寻，借以遥想祖先为什么要有文化的原因。

江南小镇

一

　　我一直想写写这个题目，但又难于下笔。江南小镇太多了，一一拆散了看，哪一个都算不上重大名胜。但是如果全都躲开了，那就躲开了中国文化的一个生态秘密，非常可惜。

　　一说江南小镇，闭眼就能想见：一条晶亮的河道穿镇而过，几座灰白的石桥弓着背脊，黑瓦的民居挤在河边，民居的楼板底下就是水，石阶的埠头一级级伸向水面，女人正在埠头上浣洗，离她们只有几尺远的乌篷船上正升起一缕缕炊烟，炊烟穿过桥洞飘到对岸，对岸河边上有一排又低又宽的石栏，几位老人正满脸宁静地坐在那里，看着过往船只……

　　从懂事开始，我就没有把这样的小镇当一回事。我家虽在农村，但离几个小镇都不远，走不了多久就到了，因此对它们都很熟悉。我在课堂上知道了很多重要地名，我和同学们都痴痴地想象着、向往着。听说离我们最近的小镇里有一位老大爷到过宁波和杭州，便敬若神明，远远地跟在后面学步，只奇怪他为什么到了好地方还要回来。

我小学毕业后到上海读中学，后来又进了大学，我们全家也搬到上海，成了地地道道的城里人。农村和小镇的事，渐渐淡忘。

但是，就在上大学的时候，遇到了一场被称之为"文革"的民粹主义大劫难。父亲被关押，叔叔被害死，我作为长子不到二十岁却挑起了全家衣食重担。在波涌浪卷的口号、标语大海中，不知道明天的日子怎么过下去。

忽然被告知，必须立即到外地军垦农场服役改造。去了才知，那农场还是一片沼泽，我们必须跳到严冬的冰水里一锹锹挖土筑堤。宿舍也由自己用泥土和茅草搭建，在搭建的那些天，晚上就住在附近一个小镇的废弃仓库里。在泥地上铺一层稻草，那就是我们的床。

我十分疲惫地躺在地上，听到头边木板墙的缝隙中传来讲话的声音。懒懒地翻一下身子，从缝隙中看出去，发现那里是一个简陋的院落。小小一间屋子面对着河流，进进出出是一对年轻的夫妻。他们淘米、炒菜，然后说笑几句，慢慢吃饭。他们都不漂亮，但头面干净，意态平静，可能是哪家小商店的营业员和会计吧。还没有孩子，估计是新婚，从年龄看，和我们差不多。

这个纯属小镇的景象，实在把我镇住了。我把脸贴在缝隙上，看了很久很久。

没有故事情节，没有生离死别，没有惊心动魄，有的只是平常和平静。但是，对于身处灾难中的我，却在这里发现了最渴望的境界。几年的生死挣扎不知在追求什么，这一下，如蓦然悟道，如醍醐灌顶，如荒漠遇泉，如沧海见帆，终于明白。天下灾难的发生，各有原因，而共同的结果都是破坏平常和平静。破坏了，就更加疼惜，但内心还不敢承认自己是在疼惜平常和平静。直到看到木墙缝隙外的图像，才彻底承认。

我躺在铺着稻草的泥地上，突然想起了莎士比亚的《麦克白》。麦克白夫妇黑夜杀人篡权，天亮了，城堡中响起了敲门声。这敲门声与他们的行为毫无关系，很可能是送牛奶的人在敲邻近的门。但是，麦克白夫妇听到后惊恐极了。不是惊恐罪行暴露，而是惊恐黎明来临。

在黑夜城堡里，他们出于贪欲，由常人一步步变成魔鬼，因此，只有最平常的市井声音才能把他们从魔鬼梦魇中惊醒。惊醒后再反观自己，吓坏了。其实，《麦克白》演出时，台下的观众听到这黎明的敲门声也都会心里一抖，因为观众在前几个小时也进入了梦魇般的心理程序，同样被敲门声惊醒。

一百多年前有一位英国学者托马斯·德·昆西（T.De Quincey），在童年时观看《麦克白》时，很奇怪自己为什么会被最普通的敲门声所感染，长大后不断回忆、思考、研究，终于写出了一篇论文《论麦克白中的敲门声》，成了世界莎士比亚研究中的重要文献。我在大学里认真读过这篇文章，此刻又想了起来。

一想起就明白，我被一对最普通夫妻的最普通生活所震撼，也是因为听到了"敲门声"。小镇的敲门声，正常生活的敲门声，笃笃笃，轻轻的，隐隐的，却灌注全身。

江南小镇的最典型画面，莫过于陈逸飞先生的油画作品《故乡的回忆》了。他画的是江苏昆山周庄，但那并不是他真正的故乡。他与我同乡，我们的另一位同乡作家三毛，一到周庄，也热泪盈眶。可见，故乡未必具体，也未必定向。只要让人听到那种敲门声，便是最深刻的故乡。

不管怎么说，既然陈逸飞先生起了头，周庄总得去一趟。

二

像多数江南小镇一样，去周庄，坐船才有味道。

我约了两个朋友，从青浦淀山湖的东南岸雇了条船，向西横插过去。走完了湖，就进入了河网地带。

在这里，纵横交错的河流就像人们可以随脚徜徉的大街小巷。一条船一家人家，悠悠地走着，丈夫在摇船，妻子在做饭，女儿在看书，神情都很安静。其中有一条船的船头坐着两个打扮光鲜的老太太，像是走亲戚去的，我们的船驶得有点快，把水溅到一个老太太的新衣服上了，老太太撩起衣服下摆，嗔色指了指我们。我们连忙拱手道歉，老太太立即笑了。

我们的船慢了下来，因为河道上已经越来越挤，头上掠过的石桥越来越多。已经到了一个集镇，当然，是周庄。

两岸的房屋都很老派，一眼看去，多数应该是清代民居的格局，但奇怪的是，没有颓败之相。那么多兵荒马乱的岁月，好像都被删略了，瓦楞、木窗、小吃、声调，都是曾祖父和更老长辈们留下的，至今变化不大。沿河码头很多，那几个特别像样的码头，通向一幢幢大宅子，那气派，应该是明代的了。

找一个码头上岸，那宅子很深，叫沈厅，听说是明代初年江南首富沈万三（山）后人的住所。原来沈万三就是周庄人，一想到他，你就会觉得小镇不小。

岂止不小。想当年明太祖朱元璋定都南京，颁旨大修城墙，沈万三居然主动承担三分之一的费用。小小的周庄，就这样扛起了大大的京城。对这件事，朱元璋当然笑逐颜开，但眼角又闪过几分猜忌。

沈万三毕竟是商人，在朝野一片赞扬声中昏了头，乐颠颠地又拿出一笔钱要"犒赏军队"。

这下朱元璋发怒了："你是什么东西？军队是你犒赏得了的吗？"于是下令杀头，后来据说因皇后劝阻，改旨发配云南。于是，这位中国十四世纪的理财大师，再也没有回到周庄，客死遥远的戍所。

今天走在周庄的小街上，不免想起大家都想过的一个问题：沈万三那么多钱，是从哪里来的？传说很多，我比较相信，是因为海外贸易。周庄靠近长江口、杭州湾的地理位置，是我作出这样判断的原因之一。黄道婆从海南回来，刚从这里上岸，而郑和的远航，不久之后也将从这里出发。

如果真是这样，那么，江南小镇实在是气吞万里了。万里间的贸易带来了万般钱财，最后，竟把自己的生命也弃之于万里之外。

这么一想，我们必须对街边河道上的那些木船刮目相看了。一船船梦想和宏图，一船船货物和白银，一船船辛酸和眼泪，一船船押解和永别，全部在这码头上搬上搬下。

大多是夜晚，手脚很轻，话语很少，只有月亮看见了，却又躲进了云层。

承受过大发达、大富裕、大冤屈、大悲苦，小镇路上鹅卵石，被多少踉跄的脚步磨砺，早就一颗颗在微风细雨中大彻大悟。外来游人必须明白，小镇的朴实和低调，并不是因为封闭和愚钝。

三

上午看完了周庄，下午就去了另一个小镇同里。

同里比周庄挺展、精致，于是进一步明白，周庄确实被沈万三案件吓得不轻，灰帽玄衣几百年。同里没有受过那么大的惊吓，有点洋洋自得，尽管也很有分寸。

　　同里有一个"退思园"，是任兰生的私家园林，已有一百多年历史。一进门就喜欢，原因是静。

　　我们去的时候，上海到这里还没有直达的长途汽车。苏州近一点，但自己有太多园林，当然很少有人过来。因此，退思园，静得只有花石鱼鸟、曲径树阴。

　　静，是多数古典艺术的灵魂，包括古典园林在内。现代人有能力浏览一切，却没有福分享受真正的静，因此也失却了古典灵魂。估计今天的退思园，也静不了了。大量外来游客为了求静而破坏了静，但这是无可奈何的事，怪不了谁，只是想来有点伤心。

　　当时我们被安静感动，连迈步都变得很轻。就这么轻轻地从西大门走进去，越走越惊讶。总以为走完这一进就差不多了，没想到一个月洞门又引出了一个新空间。而且，一进比一进更妥帖。

　　静而又静，加上深而又深，这就构成了一种刻意营造的隐蔽，一种由层层高墙围起来的陶渊明和林和靖。隐蔽需要山水，这个园林构建了人造的山水模型，随之，连主人也成了动态模型。

　　那么，退思园的主人任兰生是一个什么样的模型呢？他是同里人，官做得不小，授资政大夫，赐内阁学士，管理过现今安徽省的很大一块地方。后来遭弹劾而落职回乡，造了这个园林。造园的费用不少，应该都来自安徽任上的吧？但是中国古代官场有一种"潜规则"，不管多少钱财，用于回乡造园了，也就不再追究。因为这证明主人已经无心京城仕途，给了别人一种安全感。或者说，用一种故意营造的退息安全，换取了同僚们的心理安全。因此，江南小镇中的这种园林，也是宫殿官衙的一种附属结构、一种必要补充。

任兰生为了让京城同僚们更加放心，为园林起了一个宣言式的名字：退思。语出《左传》"进思尽忠，退思补过"。但任兰生强调的，只是那个"退"字。

这种官场哲学，借由一种园林美学实现。今天远远看去，任兰生毕生最大的功业，就是这个园林。但是，他是主人，却不是营造者。营造者叫袁龙，我们应该记住他的名字。他是同里本地人，任兰生用他，是"就地取材"。那么多江南小镇，为什么至今仍然具有很高的游观价值？因为处处都有一个个"袁龙"。他们大多籍籍无名，只把自己的生命，遗留成了小桥流水的美学。那一进进月洞门，正是这部美学的章章节节。

四

退思园外的同里镇，还有很多古老建筑，像崇本堂、嘉荫堂、耕乐堂等等，都与隐退有关。但是，隐退于官场，并非隐退于历史，江南小镇也有可能成为时代转折的思维重镇。

例如，说的近一点，从十九世纪晚期到二十世纪前期，这些小镇就很有一点动静。

在周庄，我匆匆看了一下早年参加同盟会的叶楚伦（1887-1946）的故居。在同里，则看到了另一位同盟会会员陈去病（1874-1933）的老宅。陈去病曾与柳亚子（1887-1958）一起建立过文学团体"南社"，参与过辛亥革命和反帝制复辟的运动，因此我以前也曾稍稍注意。

我知道在同里镇三元街的老宅中，陈去病曾经组织过"雪耻学会"，推行过梁启超的《新民丛报》，还开展过同盟会同里支部的活动。秋瑾烈士在绍兴遇难后，她的密友徐自华女士曾特地赶到这里，与陈去病商量如何处置后事。当时，在这些小镇的码头上，一艘艘小船在神秘出没，船缆重重一抖，牵动着整个中国的精神前沿。

　　那天，陈去病又撩着长衫上船了，他是去拜访柳亚子。柳亚子住在同一个县的黎里镇。拜访回来，他用诗句记述了这次会面：

　　　　梨花村里叩重门，

　　　　握手相看泪满痕。

　　　　故国崎岖多碧血，

　　　　美人幽咽碎芳魂。

　　　　茫茫宙合将安适，

　　　　耿耿心期只尔论。

　　　　此去壮图如可展，

　　　　一鞭晴旭返中原！

　　这便是那些小船所负载的豪情。

　　因此，我们切莫小看了小镇的平静而慵懒。任兰生所说的"退思"，也有可能出现以"思"为重的时节；这篇文章开头所说的黎明的敲门声，敲的也许是历史之门。

　　不错，又回到了敲门声。但这次，不再是麦克白的城堡，也不再是木板墙的缝隙，而是美得多了。满村都是梨花，刚刚下船的陈去病用手拨过花枝，找到了柳亚子的家门，他一笑，便抬起手来，去轻拍门环……

当代文人都喜欢挤在大城市里，习惯地接受全方位的"倾轧"。大家似乎什么也不缺，但仔细一想，却缺了那些河道，那些小船，那些梨花，缺了那一座座未必是江南的"江南小镇"。随之，"江南小镇"也缺了那些诗句，那些身影，那些灵魂。

也许，文化应该重敲小镇之门？小镇应该重敲文化之门？

希望有一天，打开中国的山河地图，满眼都散落着星星点点的人文光亮，到处都密布着四通八达的诗情河道。因此，人人都想整装远行，人人都想解缆系缆，人人都想轻轻敲门。

贵池傩

一

傩，一个奇奇怪怪的字，许多文化程度不低的人也不认识它。它的普通意义，是指人们在特定季节驱逐疫鬼的祭仪。

我们的祖先埋头劳作了一年，到岁尾岁初，要抬起头来与神对对话了。要扭动一下身子，自己乐一乐，也让神乐一乐了。要把讨厌的鬼疫狠狠地赶一赶了。这就是各乡各村傩祭的来由。

对神，人们既有点恭敬，又不想失去自尊。对鬼，人们既有点畏惧，又不想放弃勇敢。因此表情非常复杂，很难做得出来。于是我们的祖先干脆凝冻表情，戴上面具，把人、神、鬼搅成一气，又让巫在中间穿插，在混混沌沌中歌舞呼号，简直分不清是对上天的祈求，还是对上天的强迫。

反正，在傩祭仪式中，肃穆的朝拜气氛是不存在的，涌现出来的是一股蛮赫的精神狂潮：鬼，去你的吧！神，你看着办吧！

这种精神狂潮，体现了世俗大地与原始神祇的激烈斡旋，从天人交战到天人合一，如梦如幻，如痴如醉，最终成为一个民族生命力的抒泄仪式。

汉代，一次傩祭牵动朝野上下，主持者和演出者数以百计，皇帝、一品至六品的官员都要观看，市井百姓也允许参与。

宋代，一次这样的活动已有千人以上参加，观看时的气氛则是山呼海动。

明代，傩戏演出时竟出现过万人齐声呐喊的场面。

……

若要触摸中华民族的精神史，哪能置傩于不顾呢？

法国现代学者乔治·杜梅吉尔（Georges Dumezil）根据古代印度和欧洲神话中不约而同地存在着主神、战神、民事神的现象，提出过"印欧古文明三元结构模式"。他认为这种三元结构在中国不存在，这似乎已经成了国际学术界不可动摇的结论。但是，如果我们略微关注一下傩祭中的傩神世界，很快就发现那里有宫廷傩、军傩、乡人傩，分别与主神、战神、民事神严密对应。因此，我们可以有把握地说，在漫长的年代之中，在史官的记述之外，傩完整地潜伏着中国古代社会最基本的几个文明侧面。

时间已流逝到二十世纪八十年代，傩事究竟如何了呢？

平心而论，几年前刚听到目前国内许多地方还保留着完好的傩仪活动时，我是大吃一惊的。随即便决定把它当做一件自己应该关注的事来对待，好好花点工夫。

一九八七年二月，春节刚过，我挤上非常拥挤的长途汽车，向安徽贵池山区出发。据说，那里傩事颇盛。

二

从上海走向傩，毕竟有漫长的距离。田野在车窗外层层卷去，很快就卷出了它的本色。绵延不绝的土墙、泥丘、浊沟、小摊，簇拥着一个个农舍。"文革"时期刷在墙上的革命标语早已涂掉，只留下一些淡淡的印痕，新贴上去的对联勾连着至少一个世纪之前的记忆。路边有几个竹棚为过往车辆的轮子做着打气补胎的行当，不知怎么却写成了"打胎补气"，让人想起明代的庸医。

汽车一站站停去，乘客在不断更替。终于，到九华山进香的妇女成了车中的主体。她们高声谈论，却不敢多看窗外。窗外，步行去九华山的人们慢慢地走着，他们远比坐车者虔诚。

这块灰黄的土地，怎么这样固执呢？它慢条斯理地承受过一次次现代风暴，又依然款款地展露着自己野拙的面容。世事在一件件退色，豪语如风，誓言如雾；坟丘在一圈圈增加，纸幡飘飘，野烧隐隐。下一代闯荡一阵、呼喊一阵、焦躁一阵，很快又雕满木讷的皱纹。这么一想，路边的观景全都失去了时间，而我耳边，已经响起了傩祭的鼓声……

这鼓声使我回想起三十多年前。一天，家乡的道士正在一处做法事，他头戴方帽，敲着一个小鼓，在为一位客死异地的乡人招魂。他报着亡灵返归的沿途地名，祈求这些地方的冥官放其通行。突然，道士身后拥出一群人，是小学的校长带着一批学生。

小学校长告诉道士，学校正在普及科学知识，这种迷信活动有可能干扰孩子们的正常课程。

跟在校长后面的学生一起呼应，抵拒招魂。那个时期道士本来就已经发不出太大的声音，一看这个阵势也就唯唯诺诺地离开了。

这就引起了做法事的那家和邻里乡亲的不满，认为不管什么理由，阻断人家的丧葬仪式很不应该。那天傍晚吃晚饭的时候，几乎有小学生的家庭都发生了两代间的争论。父亲拍着筷子追打孩子，孩子流着眼泪逃出门外，三五成群地躲进草垛后面，记着校长和老师的嘱咐，饿着肚子对抗迷信。

月亮上来了，夜风正紧，孩子们抬头看看，抱紧双肩，心中比夜空还要明净：校长说了，这是月球，正围着地球在转；风，空气对流而成。

想到这里我心中一笑，出发前听到一个消息：今天要去看的贵池傩祭仪式，之所以保存得比较完好，要归功于一位小学校长。

也是小学校长！

我静下心来，闭目细想，把我们的小学校长与他合成一体。我仿佛看见，这位老人在劝阻了许多次招魂法事，讲述了无数遍自然、地理课程之后，终于皱起眉头品味起身边的土地来。

接连的灾祸，犟韧的风俗，不变的人伦，重复的悲欢，单纯的祈愿，循环的时序，使他一次次拿起又一次次放下那些古今书籍，熬过了许多不眠之夜。他慢吞吞地从课本下面抽出几张白纸，走出门外，开始记录农民的田歌、俗谚。

最后，犹豫再三，他敲响了早已改行的道士家的木门。

他坐在道士身边听了又听，又花费多年时间去访问各色各样的老人。终于，有一天，他迟迟疑疑地走进了政府机关的大门，对他以前的学生、今天的官员申述一条条理由，要求保存傩文明。这种申述十分艰难，直到国外的文化考察者不断来访，直到国内著名学者也来挨家挨户地打听，他的理由才被大体澄清。

于是，我也终于听到了有关傩的公开音信。

三

单调的皮筒鼓响起来了。

山村不大，村民们全朝鼓声拥去。那是一个陈旧的祠堂，灰褐色的梁柱上贴着驱疫祈福的条幅。正面有一高台，傩戏演出已经开场。

开始是傩舞，一小段一小段的。这是在请诸方神灵。请来的神当然也是人扮的，戴着面具，踏着锣鼓声舞蹈一回，算是与这个村结下了交情。神灵中有观音、魁星、财神、判官，也有关公。村民们在台下一一辨认妥当，看到一年中该指靠的几位都来了，心中便觉安定。

接下来，演出一段《打赤鸟》，赤鸟象征着天灾。又来一段《关公斩妖》，这里的妖有着极广泛的含义。其中有一个妖竟被迫跳下台来，冲出祠堂。观看的村民哄然起身，也一起冲出祠堂紧追不舍。

一直追到村口，那里早有人燃起野烧，点响一串鞭炮，终于把妖魔逐出村外。村民们拊掌而笑，又闹哄哄地拥回祠堂，继续观看。

如此来回折腾一番，演出场地已延伸到整个村子，所有的村民都已裹卷其间，仿佛整个村子都在齐心协力地驱妖。火光在月色下闪动，鞭炮一次次窜向夜空。在村民们心间，小小的舞台只是点了一下由头，全部祭仪铺展得很大。他们在祭天地、日月、山川、祖宗，空间和时间都非常广阔，祠堂的围墙形同虚设。

接下来是演几段大戏。有的注重舞，有的注重唱。舞姿笨拙而简陋，让人想到远古。由于头戴面具，唱出的声音低哑不清，也像从几百年前传来。

有一个重头唱段，由傩班的领班亲自完成。这是一位瘦小的老者，毫不化装，也无面具，只穿今日农民的寻常衣衫，在浑身披挂的演者们中间安稳坐下，戴上老花眼镜，一手拿一只茶杯，一手翻开一个绵纸唱本，咿咿呀呀唱将起来。全台演员依据他的唱词而动作，极似木偶。这种演法，虽然粗陋却也自由至极，很有可能遭到现代戏剧家嘲笑，而它也在不露声色地嘲笑着现代戏剧家。

平心而论，傩戏在表演技巧上实在乏善可陈。我曾经读到一些研究者写的论文，盛赞傩戏艺术高超，这显然是言过其实。试想，演者全非专业，平日皆是农民、工匠，匆促登台，腿脚生硬，也只能如此了。演者中有不少年轻人，估计是在国内外考察者来过之后，才走进傩仪队伍中来的。本来血气方刚、手脚灵便的他们，来学这般稚拙动作，看来更是牵强。

演至半夜，休息一阵，表演者们到祠堂边的小屋中吃"腰台"。"腰台"亦即夜宵，是村民对他们的犒赏。

屋中摆开三桌，每桌中间置一圆底锅，锅内全是白花花的肥肉片，厚厚一层油腻浮在上面。围着圆锅的是十只瓷烧杯，一小坛自酿烧酒已经开盖。

据说，吃完"腰台"，他们要演到天亮。从日落演到日出，谓之"两头红"，颇为吉利。

我已浑身乏困，陪不下去了，约着几位同行者，离开了村子。住地离这里很远，我们要走一程长长的山路。

四

翻过一个山坳，我们突然被一排火光围困。

又惊又惧，小心走到近前。拦径者一律山民打扮，举着松明火把，照着一条纸扎的龙。见到了我们，也不打招呼，只是大幅度地舞动起来；我们不解其意，不知所措。

舞完一段，才有一位站出，用难懂的土音大声说道："听说外来的客人到那个村子看傩去了，我们村也有，为什么不去？我们在这里等候多时！"

我们惶恐万分，只得柔声解释，说现在已是深更半夜，身体困乏，不能再去。山民认真打量着我们，最后终于提出条件，要我们站在这里，再看他们好好舞一回。

那好吧，我们静心观看。

在这漆黑的深夜，在这阒无人迹的山坳间，看着火把的翻滚，看着举火把的壮健的手和满脸亮闪闪的汗珠，实在是一番雄健的美景，我们由衷地鼓起掌来。

掌声方落，舞蹈也停，也不道"再见"，那火把，那纸龙，全都迤逦而去，顷刻消失在群兽般的山林中。

太像是梦，唯有鼻子还能嗅到刚刚燃过的松香味，信其为真。

我实在被这些梦困扰了，直到今天，仍然无法全然超脱。

我对贵池傩事的考察报告，已经发表在美国夏威夷大学的学报上，据说引起了国际学术界不小的关注。但是，对我自己而言，有一些更大的问题还没有解决，因此，只得常常在古代文明和现代文明、土俗文明和文本文明间，左支右绌，进退维谷。

勉强可以说几句的是：文化，是祖先对我们的远年设计，而设计方案则往往藏在书本之外、大山深处，而且大多已经步履踉跄、依稀模糊。

我们很难完全逃脱这种设计，但也有可能把这种设计改变。这是个人的自由选择，不必强求统一。然而，不管哪一种，大家都应该在听完校长和老师的教诲之后，多到野外的大地去走一走。

伞下侗寨

我在国内的文化考察，是从边远地区开始的。后来，随着一个个研究专题的深入，渐渐偏重于古往今来的一些发达地区。这是必要的，但也容易迷失。发达是一种聚集，聚集是一种重复，重复是一种规范，因此极有可能失去文化真正的独立性。不仅如此，聚集中常常会有智能互耗，把一个个简易的问题引向繁杂。结果，看起来文化浓度很高的地方，反而缺少本真的大文化。

于是，我又要向边远地区求援了。

一

这是翠绿群山间的一个小盆地，盆地中间窝着一个几百户人家的村寨。村寨的房屋全是黑褐色的吊脚楼，此刻正朦胧着灰白色的雾气和炊烟。把雾气和炊烟当做宣纸勾出几笔的，是五座峭拔的钟楼。

钟楼底层开放通透，已经拥挤着很多村民和过路客人，因为在钟楼边的花桥上，另一些村民在唱歌，伴着芦笙。

唱歌的村民一排排站在花桥的石阶上，唱出来的是多声部自然和声，沉着、柔和、悦耳。这些村民有一年被选到法国巴黎的国际合唱节里去了，才一开口，全场屏息，第二天巴黎的报纸纷纷评论，这是中国所有歌唱艺术中最容易被西方接受的一种。

村民们没有听过太多别的歌唱艺术，不知道法国人的这种评论是不是有点夸张。但他们唱得比平时更来劲了，路人远远一听就知道：嘿，侗族大歌！

不错，我是在说一个侗族村寨，叫肇兴。地图上很难找得到，因此我一定要说清它在地球上的准确方位：东经109°10′，北纬25°50′。经纬交会处，正是歌声飘出的地方。

唱歌的村民所站立的花桥就像一般所说的"风雨桥"，很大，筑有十分讲究的顶盖，又把两边的桥栏做成两溜长椅。不管风晨雨夕还是骄阳在天，总有不少村民坐在那里观看河景，说说笑笑。此刻，桥头的石阶变作了临时舞台，原来坐在桥栏边的村民没有起身，还是坐着，像是坐在后台，打量着自己的妻子、女儿、儿子的后脑勺。

这些站在桥头石阶上唱歌的村民中，不同年龄的妇女都穿上了盛装。中年妇女的服装比较收敛，是黑色为底的绣花衣；而站在她们前面低一级石阶上的姑娘们，则穿得华丽、精致，配上一整套银饰，光彩夺目。据说，姑娘们自己织绣多年的大半积蓄，父母亲赠与她们的未来妆奁，都凝结在这套服装中了。这里的财富不隐蔽，全都为青春在叮叮当当、闪闪烁烁。

领唱的总是中年妇女，表情比较严肃，但她们的歌声在女儿辈的身上打开了欢乐的闸门。我一遍遍地听，当地的侗族朋友在我耳边轻轻地介绍着歌曲内容，两头听下来终于明白，这样的歌唱是一门传代的大课程。中年传教给青年，青年传教给小孩，歌是一种载体，传教着人间的基本情感，传教着民族的坎坷历史。像那首《珠郎和娘梅》的叙事长歌，就在向未婚男女传教着什么是爱情、什么是忠贞，为了爱情与忠贞应该做出什么样的抗争、付出什么样的牺牲。

歌声成了民族的默契、村寨的共识、世代的叮咛。但是，这种叮咛从来不是疾言厉色，而是天天用多声部自然和声完成。这里所说的"多声部自然和声"已不仅仅是一个音乐概念，而是不同年龄间的一种共同呼应、集体承认。这里的课本那么欢乐，这里的课程那么简明，这里的教室那么敞亮，这里的考试那么动人。

这所永恒的学校，大多以女性为主角。男性是陪衬者，唱着雄健有力的歌，作为对母亲、妻子、女儿间世代叮咛的见证。他们更以芦笙来配合，不同年龄的男子高高矮矮地吹着大小不一的芦笙，悠悠扬扬地搀扶着歌声走向远处。女性们获得了这样体贴的辅佐，唱得更畅快了。

我听一位在村寨中住了几年的外来人说，在这里，几乎每天在轻轻的歌声中醒来，又每天在轻轻的芦笙曲中睡去。我一听就点头，因为我这几天住宿的那家干净的农家旅馆，边上就是一条河，时常有一群一丝不挂的小男孩在游泳，边游边唱。在近旁洗衣服的小女孩们不唱，只向小男孩们泼水。她们是主角，是主角就不轻易开口。明天，或者后天，她们就要周周正正地站在花桥石阶的最低一级与大人们一起歌唱了。那些小男孩还站不上去，只能在一边学吹最小的芦笙。

我们平日也可能在大城市的舞台上看到侗族大歌的演出，但到这里才知道，歌唱在这里不是什么"余兴节目"，而是全部生活的起点和终点，全部历史的凝练和传承，全部文化的贮存和展开。

二

　　歌声一起，吊脚楼的扇扇窗子都推开了，很多人站在自己家的窗口听。这个画面从鼓楼这里看过去，也就成了村寨歌会的辽阔布景。

　　石桥、小楼、窗口，这本来也是我家乡常见的图像。岂止是我家乡，几乎整个江南都可以用这样的图像来概括。但是，今天在这里我发现了一个重大差别。江南石桥边楼房的窗口，往往有读书人在用功；夜间，四周一片黑暗，只有窗口犹亮——我历来认为，那是文明传承的灯火。

　　我也曾经对这样的窗口灯火产生过怀疑：那里边攻读的诗文，能有几句被窗下的乡亲知晓？如果说这些诗文的功用是浮载着书生们远走高飞，那么，又留给这里的乡亲一些什么？

　　答案是，这些书生不管是发达还是落魄，不管是回来还是不回来，他们诵读的诗文与故乡村庄基本无关。因此，河边窗口的灯光对于这片土地而言，永远是陌生的、暂驻的，至少，构不成当时当地的"多声部自然和声"。

　　侗族长期以来没有文字，因此也没有那些需要日夜攻读的诗文。他们的诗文全都变成了"不著一字"的歌唱。这初一看似乎很不文明，但是我们记得，连汉族最高水准的学者都承认，"不著一字"极有可能是至高境界。我这样说当然不是否定文字在文明演进过程中的重要作用，只是对自己作一个提醒：从最宏观的意义上看，在文明演进的惯常模式之外，也会有精彩的特例。

　　不错，文字能够把人们引向一个辽阔而深刻的精神世界，但在这个过程中要承担非常繁重的训练、校正、纷争、一统的磨炼，而磨炼的结果也未必合乎人性。请看世间多少麻烦事因文字而生？精熟文字的鲁迅叹一声"文章误我"便有此意。如果有一些地方，不稀罕那么辽阔和深刻，只愿意用简洁和直接的方式在小空间里浅浅地过日子，过得轻松而愉快，那又有何不可？

可以相信，汉族语文的顶级大师老子、庄子、陶渊明他们如果看到侗族村寨的生活，一定会称许有加、流连忘返。

与他们不同的是，我在这里还看到了文字崇拜的另一种缺陷，那就是汉族的饱学书生几乎都不善于歌舞，更无法体验其中的快乐。太重的学理封住了他们的歌喉，太多的斯文压住了他们的舞步。生命的本性原来是载歌载舞的，在他们身上却被褊狭的智能剥夺了大半。

欧洲的文艺复兴，其实是对于人类的健全和俊美的重新确认，从奥林匹亚到佛罗伦萨，从维纳斯到大卫，文字都悄悄地让了位。相比之下，中国的书生做了相反的让位。只有在边远的少数民族地区，才会重新展现生命的更本质方面。

三

花桥石阶上的歌唱一结束，有一个集体舞蹈，歌者和观者一起参加，地点就在宽敞的鼓楼底下。这时才发现，在集体舞蹈围绕的圆心，也就是在鼓楼的中央，安坐着一圈黑衣老者。

老者们表情平静，有几个抽着长长的烟杆。他们是寨老，整个村寨的管理者群体。一个村民，上了年纪，又德高望重，就有资格被选为寨老。遇到村寨安全、社会秩序、村民纠纷、节日祭祀等方面的事情，鼓楼的鼓就会击响，寨老们就会聚集在这里进行商议。寨老中又有一位召集人，商议由他主持。寨老们做的决定就是最后决定，以示权威。

寨老们议事也有既定规范。由于没有文字，这些规范成为寨老们必须熟记的"鼓词"——鼓楼下的协调规则，听起来很是有趣。石干城先生曾经搜集过，我读到了一些。其中一段，说到村寨的青年男女们在游玩中谈情说爱是理所当然的，而过度骚扰和侵犯却要受到处罚，很典型地展示了鼓词的风格。且引几句——

> 还有第二层，
> 讲的是男女游玩的事。
> 耳边插鸡尾，拉手哆耶，
> 墙后弹琵琶，相依唱歌，
> 依身在门边，细语悄言，
> 不犯规矩，理所当然。
> 倘有哪个男人伸脚踩右，伸手摸左，
> 狗用脚爬，猫用爪抓，
> 摸脚掐手，强摘黄花，
> 这类事，事轻罚酒饭，
> 事重罚金银，罚他一百过四两。

这种可爱的规矩，本来就包含着长辈的慈祥口气，因此很有禅性。真正处罚起来，还要看事端的性质和事主的态度，有所谓"六重六轻"之分，因此就需要寨老们来裁决了。但是，处罚也仅止于处罚，没有徒刑。因为这里的侗族自古以来都没有警察，没有监狱，当然更没有军队。

寨老不是官员，没有任何特权。他们平日与村民一样耕种，养家糊口，犯了事也一样受到处罚。他们不享受钱物方面的补贴，却要承担不小的义务。例如，外面来了一些客人，他们就要分头接到家里招待。如果每个寨老都接待了，还有剩余的客人，一般就由那位寨老召集人负责了。

"因此，一位长者要出任寨老召集人，首先要征得家里儿女们的同意，需要他们愿意共同来承担这些义务性开支。"两位年轻的村民看我对寨老的体制很感兴趣，就热情地为我解释。

我一边听，一边看着这些黑衣长者，心想，这就是我心中长久向往的"村寨公民社会"。

道家认为，一个社会，机构越简负累也越简，规则越少邪恶也越少。这个原则在这里得到了最好的体现。

我所说的"村寨公民社会"，还包括另一番含义，那就是，村寨是一个大家庭，谁也离不开谁。到街上走走，总能看到很多妇女一起织一幅布的情景。这里的织布方式要拉开很长的幅度，在任何一家的门院里都完成不了，而是需要四五家妇女联手张罗。这到底算是一家织布几家帮忙，还是本来就是几家合织？不太清楚。清楚的是，长长的棉纱把好几家人家一起织进去了。

织布是小事，遇到大一点的事情，各家更会当做自己家的事，共同参与。

更让外来者惊讶的是，家家户户收割的粮食都不藏在家里，大家约定放在一个地方，又都不上锁。一位在这儿出生的学者告诉我，在侗语中，根本没有作为名词或动词的"锁"的概念。

入夜，我站在一个杉木阳台上看整个村寨，所有的吊脚楼都黑糊糊地融成了一色，不分彼此。这样的村寨是真正平静的，平静得连梦都没有。只待晨光乍露时第一支芦笙从哪一个角落响起，把沉睡了一夜的歌声唤醒。

四

我所站立的杉木阳台，是农家旅馆的顶层三楼，在村寨里算是高的了。但我越来越觉得，对于眼下的村寨，万不能采取居高临下的考察视角。在很多方面，它比我们的思维惯性要高得多。如果说，文化生态是一门最重要的当代课程，那么，这儿就是课堂。

当地的朋友取笑我的迷醉，便在一旁劝说："还是多走几个村寨吧。"

我立即起身，说："快！"

离肇兴不远，有一个叫堂安的寨子。我过去一看便吃惊。虽然规模比肇兴的寨子小，但山势更加奇丽，屋舍更有风味。这还了得，我的兴头更高涨了，顺着当地朋友的建议，向西走很远很远的路，到榕江县，去看另一个有名的侗寨——三宝。

一步踏入就站住了。三宝，实在太有气势。打眼还是一座鼓楼，但通向鼓楼的是一条华美的长廊，长廊两边的上沿，画出了侗族的历史和传说。村民们每天从长廊走过，也就把祖先的百代艰辛慰抚了，又把民族的千年脚力承接了。这个小小的村寨，一开门就开在史诗上，一下子抓住了自己的荷马。

鼓楼前面，隔着一个广场，有一排榕树，遒劲、苍郁、繁茂，像稀世巨人一般站立在江边。后面的背景是连绵的青山，衬着透亮的云天。这排榕树是力量和历史的扭结，天生要让世人在第一眼就领悟什么叫伟大。我简直要代表别的地方表达一点嫉妒之情了：别的地方的高矗物象，大多不存在历史的张力；别的地方的历史遗址，又全都失去了生命的绿色。

在这排大榕树的左首，也就是鼓楼的右前方，有一座不大的萨玛祠。萨玛，是侗族的大祖母，至高无上的女神。

我早就推断，侗族村寨一定还有精神皈依。即使对寨老，村民们已经给予了辈分性、威望性的服从，却还不能算是精神皈依。寨老会更替，世事会嬗变，大家还是需要有一个能够维系永久的象征性力量，现在看到了，那就是萨玛。

问过当地很多人，大家对萨玛的由来和历史说法不一，语焉不详。这是对的，任何真正的信仰都不应该被历史透析，就像再精确的尺子也度量不了夜色中的月光。

我问村里几位有文化的时尚年轻人："你们常去萨玛祠吗？"

他们说："常去。遇到心里不痛快的事就去。"

我问："如果邻里之间产生了一点小小的矛盾，你觉得不公平，会去找村里的老人、智者去调解，还是找萨玛？"

他们齐口同声："找萨玛。用心默默地对她诉说几句。"

他们那么一致，使我有点吃惊，却又很快在吃惊中领悟了。我说："我知道了，你们看我猜得对不对。找公平，其实是找倾诉者。如果让村里人调解，一定会有一方觉得不太公平。萨玛老祖母只听不说，对她一说，立即就会获得一种巨大的安慰。"

他们笑了，说："对，什么事只要告诉她了，都成了小事。"

就这么边说边走，我们走进了萨玛祠。

我原想，里边应该有一座塑像，却没有。

眼前是一个平台，中间有一把小小的布伞，布伞下有很多鹅卵石，铺满了整个平台，平台边沿有一圈小布人儿。

那把布伞就是萨玛。鹅卵石就是她庇荫着的子孙后代，边沿上的小布人儿是她派出来守护子孙的卫士。

老祖母连自己的形象也不愿显露出来，全然化作了庇护的心愿和责任，这让我非常感动。我想到，世间一切老祖母、老母亲其实都是这样的，舍不得留给自己一丝一毫，哪怕是为自己画个像、留个影。

于是，这把伞变大了，浮悬在整个村寨之上。

一位从小就住在萨玛祠背后的女士走过来对我说，村民想把这个祠修得大一点，问我能不能题写"萨玛祠"的三字匾额。

我立即答应，并深感荣幸。

世上行色匆匆的游子，不都在寻找老祖母的那把伞吗？

我还会继续寻找生命的归程，走很远的路。但是，十分高兴，在云贵高原深处的村寨里，找到了一把帮我远行的伞。是鼓楼，是歌声，是寨老，是萨玛，全都乐呵呵地编织在一起了，编织得那么小巧朴实，足以挡风避雨、滤念清心，让我静静地走一阵子。

秋雨注：这篇文章在互联网上贴出后，据贵州省黔东南旅游局的负责人来电话说，当地的外来游客量立即上升了84%，多数游客都说是看了我的文章才去的。这让我很高兴。真的，我很希望我们的旅游能更多地向边远地区延伸，那儿有一些被我们遗忘已久的人文课题。

追回天籁

一

五月的草原，还有点冷。

在呼伦贝尔的一间屋子里，我弯着腰，置身在一群孩子中间。他们来自草原深处，都是少数民族。我已经问过他们的年龄，在五岁到十三岁之间。

把他们拉到我眼前的是王纪言先生。他六岁之前也是在呼伦贝尔度过的。现在他是个大忙人，成天穿梭般地往来于世界各大都市之间，但是，不管走到哪里，只要听到一两句有关草原的歌声依稀飘过，他就会骤然停步，目光炯炯地四处搜寻。他说，有关童年的其他记忆全都模糊了，剩下的就是一些断断续续的歌声。

人人都有童年，每个童年都有歌声。但是，大多数童年的歌声过于微弱，又容易被密集的街市和匆忙的脚步挤碎。值得羡慕的是蒙古草原，只有它的歌总是舒展得那么旷远而浩荡，能把游子的一生都裹卷在里边。

我有很多学生，来自草原又回到了草原，因此我有幸一次次获得奇特的体验。有一年冬天，这些学生和他们的朋友们汇集在北京，占满了一家餐厅的每一张桌子，我坐在他们中间。才欢叙几句，一个学生的喉头不经意地吐出了一句低低的长调，刹那间，整个餐厅就变成了一个此起彼伏、回荡涡旋的歌咏交响，我左顾右盼，目不暇接，最后只得闭起眼睛，承蒙着一个巨大音响的笼罩。这种笼罩与置身于一般的歌咏会中全然不同，因为笼罩四周的已不是一句句具体的歌声，而是一种忧郁、低沉而又绵远的气压。

这样的场合我后来又多次遇到。未必是学生，也未必有那么多人，只要是与出生在蒙古草原的朋友们坐在一起，不必很久，歌声总会慢慢响起。

唱到最后，他们都会加一首歌，是由席慕容作词、乌兰托嘎作曲的《父亲的草原母亲的河》。我相信，这是席慕容女士写那首短诗时没有预料到的。她在诗中告诉人们，父母亲即使把家庭带到了天涯海角，也会把描摹家乡作为教育孩子的第一课。结果，她只是在诗中轻轻地喊一句"我也是高原的孩子啊"，把茫茫一片大地都感动了。

能够让一个成年人自称"孩子"的可能是很难找到的，席慕容找到了，因此也让一大批人找到了。

今天，王纪言先生就是以"孩子"的身份回到呼伦贝尔，来寻找今天埋藏在草原深处的其他孩子的。他带来了自己的女儿，女儿像席慕容女士一样来寻找父亲的童年。他们父女俩不必讲很多话，这儿的朋友一听就懂，帮着寻找。席慕容女士闻讯，也从台北淡水的山坡上出发，七拐八弯地赶来了。

谁都知道，这种寻找既属于个人，又不属于个人。

二

眼前这些孩子大多来自僻远地区的少数民族。

"家中没有牛羊,有一顶蒙古包,父母给别人家放羊……"孩子们在轻声回答询问。

他们在几个大人的帮助下刚刚组成了一个合唱团,开口一唱就震惊四座。我刚刚听完,便对孩子们结结巴巴地重复着一句话。这句话他们现在一定都听不明白,但明知他们听不明白我还要重复,只因为此时此刻心中只有这句话。

我说的是:"你们正在做一件真正的大事、非常大的大事……"

什么是我所说的"大事"?那就是在文化艺术界越来越陷于假、大、空的华丽套路时,用童声提醒一小部分人,文化艺术的基座是什么,极致是什么。

由于毛病已经不轻,因此,这种提醒也就是救助。那一双双软软的小手,谁都想拉起它们做点什么事;但一上手就发现,它们的力量更大,正要拉着大批成人拔离泥沼。

你看,现在我正抓着一双小手。对,就是他,脸庞清瘦、头发凌乱的鄂温克族男孩子巴特尔道尔吉,刚才穿着一双小马靴走出队列站定,缓慢的步子立即引起了全场肃静。他轻轻地闭上眼睛,又轻轻地张开了嘴,一种悠长的声调随即绵延而出。

> 茫茫大地无声无息,
> 心中的母亲在祈祷上苍。
> 她正为我向上苍献奶,

她正遥望着远方的远方。

我的母亲，

她在远方……

声音一起，这个孩子立即失去了年龄。几百年马背上的思念和忧伤顷刻充溢屋宇，屋宇的四壁不见了，千里草原上最稚嫩和最苍老的声音都在共鸣。

在场的成年人都深受感动。我打听了，这个孩子完全不识五线谱和简谱，他只是在繁忙的父母嘴边捡拾到一些歌声罢了，竟然能快速地连贯成自己最初的音乐生命。站在我身边的国际著名钢琴家刘诗昆先生轻声告诉我，他的音准无懈可击。

这究竟是怎么回事？

让人吃惊的事情不断在孩子们中发生。两个月前这里路过一个蒙古国的歌手，看到孩子们在唱歌，便送给孩子们一份描写森林里各种禽鸟生态的复杂歌谱，才教唱了两遍就匆忙回国了。歌谱放在老师那里，却不知怎么丢失了，大家没法再学，深感可惜。没想到站出来一个十二岁的小女孩，巴尔虎蒙古族的阿木日其其格，她说自己在跟唱两遍的时候已经能够全部背唱，请老师拿出纸笔记录。老师惊奇地记录着。后来歌谱的原稿找到了，一作对比，居然一字不差、一音不差。

这又是怎么回事？

不仅是唱歌，连舞蹈也是如此。这些刚刚集合在一起的孩子显然没有受过任何舞蹈训练，但是，他们的动作却展现出一种天然的韵律和节奏。有一个名叫娜日格乐的布里亚特蒙古族小女孩，才九岁，一举手一投足都渗透着公主般的高贵和娴静，让我们这些走遍世界各地的大人们都非常奇怪。她的风度与她的经历基本没有关系，那么，她的风度就只能来自于她的经历之前，或经历之外。

……

这些例证，很可能被人说成是天才。我想换一个字，是天籁。天才是个人奇迹，天籁是天生自然。天才并不常见，天籁则与人人有关。

今天中国文化艺术界失落很多东西，其中最重要的就是天籁。

三

在古代汉语中，籁，最早是指一种竹制的乐器。天籁，则把自然当做乐器了，是指自然之声。其实人也是自然的一部分，在他们还没有被阻塞、被蒙蔽、被扭曲的时候，最能感受自然生态，并且畅快地吐露出来。这样的人，常常被称为未失天籁、未失天真、未失天性之人。但是，这样的人是越来越少了，大多只能从儿童中、从边远地区的荒漠间寻找。

这样的人，说得好听一点，是未受污染之人，说得难听一点，是未受教化之人。但是，他们是那么可爱、那么纯净、那么无拘无束、那么合乎艺术本性，不能不使我们一次次回过头来，对现代文明的所谓"教化"投去怀疑的目光。

现代文明当然也有很多好处，但显然严重地吞噬了人们的自然天性。密集的教学、训导、观摩，大多是在狠命地把自然天性硬套到一个个既成模式中去。自然天性一旦进入既成模式，很少有活着出来的。只有极少数人在临近窒息之时找到一条小缝逃了出来，成了艺术上的稀世奇侠，或其他领域的神秘天才。当然，也可能在逃出来之后不知所措，终老于混混沌沌的自然状态。但即使这样，也活得真实，躲过了模式化的虚假。

因此，现代文明不能过于自负。在人和自然的天性面前，再成熟的文明也只是匆忙的过场游戏，而且总是包含着大量自欺欺人的成分。例如，大家都以为艺术是现代文明的训练结果，但不妨静夜自问，我们每个人在童年时代就大致分得清人的美丑了，那又经受过什么训练？后来在课堂上说得非常复杂的平衡、挺拔、生动等美学规则，只是教师们对童年直觉的笨拙表述罢了，很难从学术上论定。童年直觉来自何处？天性，天籁。

同样，当我们童年的眼睛第一次面对自然美景时发出惊喜光芒，也与后天的教育基本无关。甚至在我们成年后的写作中，那些不知怎么流泻出来的可圈可点的句子，肯定也与前人或旁人文章关系不大。

清代学者袁枚在《随园诗话》中说："天籁不来，人力亦无如何。"如果来了，则"不著一字，自得风流"。可惜我们现在看到的，尽是人力，尽是文字，尽是雕琢，尽是理念。

大家还以为，这才是进步，这才是文化。

这真让人着急。

我之所以数度接受中央电视台的邀请担任全国青年歌手大奖赛的"文化素质总讲评"，就是想把这种着急之心系统地表达一下。因为每次长达四十多天，天天全国直播，收视的观众上亿。我已经不能不借助于这么大的高台，来呼唤天籁。

歌手都很年轻，绝大多数受过严格的专业训练，拥有大专学历。但是，一旦让他们谈谈自己、谈谈父母、谈谈家乡、谈谈音乐，立即出现一种惊人的景象。多数人都不假思索，随口吐出，用词华丽，充满了成语、形容词和排比，却又都严重雷同。他们谁也没有意识到，他们说得多么虚假和空洞。不管你怎么追问，他们还给你的，是加倍的虚假和空洞。

我不能不对着电视镜头严峻地讲评道："你说了那么多描述妈妈的话，但很抱歉，我觉得你对自己的妈妈还缺少感情。因为你和其他四位歌手描述妈妈的话几乎完全重复，而世界上并不存在完全重复的妈妈。因此，尽管我相信你心中有一个真妈妈，但你口中的妈妈是一个假妈妈。"

我又对另一位歌手说："问了你三遍最早学歌的原因，你讲的都是宏大词汇，什么历史的审美需求、时代的文化趋势，却与你自己的着迷无关。自己不着迷，可以从事别的职业，却不能是艺术。"

我还一次次要求他们，能不能把他们挂在嘴上的那些句子，像"受众心理的定格"、"第三维度的判断"等说说明白，换成正常人的语言。

当然，我没有让这些歌手在文化素质的考评中及格。但我反复说明，这主要不是针对他们个人，我是在为一种越来越得意、越来越普及的伪文化打分，他们只是受害者。

受害者很多，从学校到官场都未能幸免，就像一场大规模的传染病。文化的传染病比医学上的传染病更麻烦，因为它有堂皇的外表、充足的理由、合法的传播，而且又会让每一个得病者都神采飞扬、炯炯有神。

对于这样的疫情我已无能为力，只能站在一个能让很多人听得到、看得见的高台上呼喊几句：这是病。有不少文化人原先很不赞成我参加这样通俗的电视活动，发表文章说让一个资深学者出来点评年轻人的文化素质，是"杀鸡用牛刀"，可见他们都不在意疫情的严重和紧迫，因此也无法体会我急于寻找高台的苦心。

捷克前总统哈维尔说，只有得过重病的人才知道什么是健康，同样，只有见到过真正健康人的人才知道什么是疾病。真是天助我也，正当我深感吃力的那些日子，一些来自边远地区的少数民族歌手来到了我的高台边。他们从服饰、语言到歌声都是原生态，从家乡走到县城都要花几天时间，却长途跋涉地来到了北京。他们显然没有受过什么训练，但一开口就把所有人的耳朵勾住了。热闹的赛场里立即出现了远山丛林间的夜风豪雨，以及一切生命的质朴起点。

每支歌唱完，是我与歌手对话的时间，全国电视观众都在倾听。

你看这位少数民族女青年，二十来岁，汉语还说得相当生硬。我就简单问了她一个小问题："这首歌，是从妈妈那里学来的吗？"

"我妈妈不唱歌。"她迟疑了一下又说，"但她最会唱歌……"

"这是怎么回事？"我好奇地问。

"我爸爸原是村子里最好的歌手，他用歌声引来了另一个村子的最好歌手，那就是我妈妈。但是，在我出生不久，爸爸就去世了，妈妈从此就不再唱歌。"

几句结结巴巴的话，立即使我警觉，此刻正在面对一个极为重要的人生故事。

她还在说下去："前些天初赛，妈妈在电视中看到了，我刚回家，她就抱住了我。这时，我听到耳边传来低低的歌声。这是爸爸去世那么多年后她第一次开口，真是唱得好。"

两位歌王的天作之合，二十年的封喉祭奠，最后终于找到了再次歌唱的理由……我还没有来得及理清自己的感受，抬头看见这位歌手正等着我的讲评和打分。我说："请代我问候你的妈妈——这位高贵的妻子、高贵的母亲！"

现场的掌声如山洪暴发，我看到很多担任评委的著名音乐家在擦泪。我轻轻地加了两个字："满分。"

本来我还想通过电视问候那个村子里的乡亲。整整二十年，这些乡亲知道他们的女歌王为什么封喉，因此你一句我一句地教会了她的女儿。但是，我要表达这种问候需要用不少语言，而当时比赛现场的浓郁气氛已容不得语言。后来才知道，当时几乎整个中国都被这个朴实的故事感动了。

我想，这下，那些用空洞重复的套话来叙述自己父母亲的歌手，该知道我为什么不让他们及格了。

此刻，我在呼伦贝尔草原又想起了祖国西南地区的那个村庄。两个地方隔得很远，但它们的歌声却能互相听到，因为它们属于同一种美学范畴。其实，这也是人类学范畴。

从眼前的十多岁的小孩子，到中央电视台比赛现场的那位二十岁左右的女青年，到她的母亲和乡亲，再到在评委席里擦泪的著名音乐家们，这一连串面容，在我脑海中连成了一条线。这条线，就叫"人类深层艺术史"。

四

令人惆怅的是，凭着我们的呼吁，天籁还能在我们的生活和艺术中占据多大的分量？

几个朋友对此非常悲观，认为现代文明的推土机很难抵挡。推土机一过，一切都可想而知。因此，谁也不愿和它作对了，现在的很多文化艺术，都已经成了推土机的伴奏音响。

我对此稍有乐观。不是乐观于推土机的终将停止——这是不可能的——而是乐观于不少人的心底可能还有文化良知存活。这些存活的因素只是点点滴滴，却是人间真文化千年传承的活命小道。

　　想到这里，我看了鄂温克族小男孩达维尔一眼，他正站在我的右边。

　　鄂温克族一直在深山老林里过着原始的狩猎生活，很多年来，政府部门在山下为他们建造了居住社区，又为了保护珍稀动物而限制狩猎，他们的生态改变了。面对着远比过去舒适和安逸的物质生活，他们却陷入了深深的苦闷。这是一种说不清楚原因的苦闷，其实也就是文化苦闷。因此，他们会在原来的狩猎地养几头鹿，或其他什么动物，过一段日子就上山去与它们一起住一阵，像过去一样。不要嘲笑他们过于怀旧，这是他们吃力地在与自己的文化"谈判"。

　　那天，十二岁的达维尔从合唱团回家，问刚刚从山上下来的奶奶和妈妈，还有没有老歌可以教给他。于是，几位长辈就开始在灯下一句句地回忆起来。几天下来，达维尔学到很多歌，而奶奶和妈妈则完全变了。像是受到了天神的指点，她们的笑容、步态立即变得自在和坦然。

　　这，已经属于一个民族的天籁了。

　　推土机永远会一步步推进。但我们还有骏马，还有不同年龄的骑手，可以扬鞭纵缰，去追回那些重要的东西。

故 乡

一

在茫茫山河间，每个人都能指出一个小点。那是自己的出生地，也可以说是家乡、故乡。

任何一个早年离乡的游子在思念家乡时，都会存在一种两重性：他心中的家乡既具体又不具体。可以具体到一个河湾，几棵小树，半壁苍苔。但是如果仅仅如此，思念完全可以转换成回乡的行动。然而真的回乡又总是失望，天天萦绕我心头的一切原来是这样的么？因此，真正的游子是不大愿意回乡的，走在外面又没完没了地思念，结果终于傻傻地问自己，家乡究竟在哪里？

稍识文墨的中国人都会背诵李白"床前明月光，疑是地上霜，举头望明月，低头思故乡"这首诗，一背几十年，大家都成了殷切的思乡者。但李白的家乡在哪里？没有认真去想过。

这位写下中国第一思乡诗的诗人总也不回乡。是忙吗？不是，他一生都在旅行，也没有承担多少推卸不了的要务，回乡并不太难，但他却老是不回。日本学者松浦友久说，李白一生都使自己处于"置身异乡"的体验之中，我看说得很有道理。

置身异乡的体验非常独特。异乡的山水更会让人联想到自己生命的起点，勾起浓浓的乡愁。乡愁越浓越不敢回去，越不敢回去越把自己和故乡连在一起——简直成了一种可怖的循环。结果，一生都避着故乡旅行，避一路，想一路。

> 谁家玉笛暗飞声，
> 散入春风满洛城。
> 此夜曲中闻折柳，
> 何人不起故园情！

> 兰陵美酒郁金香，
> 玉碗盛来琥珀光。
> 但使主人能醉客，
> 不知何处是他乡。

诸般人生况味中非常重要的一项，就是异乡体验与故乡意识的深刻交糅，漂泊欲念与回归意识的相辅相成。

前两年电视导演潘小扬拍摄艾芜的《南行记》，最让我动心的镜头是艾芜老人自己的出场。老人年轻时曾以自己艰辛的远行记述而成名，现在镜头上他已被年岁折磨得满脸憔悴，表情漠然地坐在轮椅上。画面外歌声响起，大意是：妈妈，我还要远行，世上没有比远行更让人销魂。听到这歌声他的眼睛突然发亮，而且颤动欲泪。他昂然抬起头来，饥渴地注视着远方。

一切远行者的出发点总是与妈妈告别，一路上暗暗地请妈妈原谅，而他们的终点则是衰老，不管是否落脚于真正的故乡。

暮年的老者呼喊早已不在的妈妈不能不让人动容，一声呼喊道尽了回归也道尽了漂泊。

不久前读到冰心老人的一篇短小散文，题目就叫《我的家在哪里》。这位九十多岁高龄的作家周游世界，曾在许多不同城市居住。这些年来，却在梦中常常回家。

回哪里的家？照理，一个女性只有在自己成了家庭主妇之后才有完整的家庭意识，然而奇怪的是，她在梦中每次回的，总是少女时代的那个家。

在一般意义上，家是一种生活；在深刻意义上，家是一种思念。只有远行者才有对家的殷切思念，因此只有远行者才有深刻意义上的家。

中国历史上每一次大的社会变动都会带来许多人的迁徙和远行。或义无反顾，或无可奈何，但最终都会进入一首无言的史诗，哽哽咽咽，又回肠荡气。

你看现在中国各地哪怕是再僻远的角落，也会有远道赶来的白发华侨怆然饮泣。匆匆来了又匆匆走了，不会不来又不会把家搬回来。他们抹干眼泪，又须发飘飘地走向远方。

二

我的家乡是浙江省余姚县桥头乡车头村，我在那里出生、长大、读书，直到小学毕业离开。

十几年前，这个乡划给了慈溪县，因此我就不知如何来称呼家乡的地名了。在各种表格上填籍贯的时候总要提笔思忖片刻，十分为难。有时想，应该以我在那儿的时候为准，于是填了余姚；但有时又想，这样填了，有人到现今的余姚地图上去查桥头乡却又查不到，很是麻烦，于是又填了慈溪。当然也可以如实地填上"原属余姚，今属慈溪"之类，但一般表格籍贯栏挤不下那么多字，即使挤得下，自己写着也气闷：怎么连自己是哪儿人这么一个简单问题，都说得如此支支吾吾、暧昧不清！

我不想过多地责怪改动行动区划的官员，他们一定也有自己的道理。但他们可能不知道，这种改动对四方游子带来的迷惘是难于估计的。就像远飞的燕子，当它们随着季节回来的时候，屋梁上的鸟巢还在，但屋子的结构变了，它们只能唧唧啾啾地在四周盘旋，盘旋出一个大问号。

其实我比那些燕子还要恓惶，因为连旧年的巢也找不到了。我出生和长大的房屋早已卖掉，村子里也没有严格意义上的亲戚，如果现在回去，也想不出可在哪一家吃饭、宿夜。这，居然就是我的故乡，我在这个世界上唯一的故乡？

早年离开时的那个清晨，夜色还没有退尽而朝雾已经迷蒙，小男孩瞌睡的双眼使夜色和晨雾更加浓重。这么潦草的告别，总以为会有一次隆重的弥补，事实上世间的一切都无法弥补，我就潦草地踏上了背井离乡的长途。

我所离开的是一个非常贫困的村落。贫困到哪家晚饭时孩子不小心打破一个粗瓷碗就会引来父母的追打，而左邻右舍都觉得这种追打理所当然。这儿没有正儿八经坐在桌边吃饭的习惯，至多在门口泥地上搁一张歪斜的小木几，家人在那里盛了饭就拨一点菜，托着碗东蹲西站、晃晃悠悠地往嘴里扒，因此孩子打破碗的机会很多。粗黑的手掌在孩子身上疾风暴雨般地抡过，又小心翼翼地捡起碎碗片拼合着。几天后挑着担子的补碗师傅来了，花费很长的时间把破碗补好。补过和没补过的粗瓷碗里，很少能够盛出一碗白米饭。偶尔哪家吃白米饭了，饭镬里通常还蒸着一碗霉干菜，于是双重香味在还没有揭开镬盖时已经飘洒全村，而这双重香味直到今天我还认为是一种经典搭配。雪白晶莹的米饭顶戴着一撮乌黑发亮的霉干菜，色彩的组合也是既沉着又强烈。

说是属于余姚，实际上离余姚县城还有几十里地。余姚在村民中唯一可说的话题，是那儿有一所高山仰止般的医院叫"养命医院"。常言道，只能医病，不能医命。这家医院居然能够"养命"，这是何等的本事！何等的气派！村民们感叹着，自己却从来没有梦想过会到这样的医院去看病。没有一个乡民是死在医院里的，他们认为宁肯早死多少年，也不能不死在家里。

乡间的出丧比迎娶还要令孩子们高兴，因为出丧的目的地是山间，浩浩荡荡跟了去，就是一次热热闹闹的集体郊游。这一带的丧葬地都在上林湖四周的山坡上，送葬队伍纸幡飘飘、哭声悠扬，一转入山岙全都松懈了，因为山岙里没有人家，纸幡和哭声失去了视听对象。山风一阵使大家变得安静也变得轻松，刚刚还两手直捧的纸幡已随意地斜扛在肩上。满山除了坟茔就是密密层层的杨梅树，村民们很在行，才扫了两眼便讨论起今年杨梅的收成。

杨梅收获的季节很短，超过一两天它就会泛水、软烂，没法吃了。但它的成熟又来势汹汹，在运输极不方便的当时，村民们唯一能做的事情就是放开肚子拼命吃。家家户户屋檐下排列着附近不同山梁上采来的一筐筐杨梅，任何人都可以蹲在边上慢慢吃上几个时辰，嘟嘟哝哝地评述着今年各座山的脾性。哪座山赌气了，哪座山在装傻，就像评述着自己的孩子。

孩子们到哪里去了？他们都上了山，爬在随便哪一棵杨梅树上边摘边吃。鲜红的果实碰也不会去碰，只挑那些红得发黑但又依然硬扎的果实，往嘴里一放，清甜微酸、挺韧可嚼，扪嘴啜足一口浓味，便把梅核用力吐出，手上的一颗随即又按唇而入。

这些日子他们可以成天在山上逗留，杨梅饱人，家里借此省去几碗饭，家长也认为是好事。只是傍晚回家时一件白布衫往往是果汁斑斑，暗红浅绛，活像是从浴血拼杀的战场上回来。母亲并不责怪，也不收拾，这些天再洗也洗不掉，只待杨梅季节一过，渍迹自然消退，把衣服往河水里轻轻一搓便什么也看不见了。

孩子们爬在树上摘食杨梅，时间长了，满嘴会由酸甜变成麻涩。他们从树上爬下来，腆着胀胀的肚子，呵着失去感觉的嘴唇，向湖边走去，用湖水漱漱口，再在湖边上玩一玩。

上林湖的水很清，靠岸都是浅滩。梅树收获季节赤脚下水还觉得有点凉，但欢叫两声也就下去了。脚下有很多滑滑的硬片，弯腰捞起来一看，是瓷片和陶片，好像这儿打碎过很多很多器皿。一脚一脚蹚过去，全是。那些瓷片和陶片经过湖水多年的荡涤，边角的碎口都不扎手了。细细打量，釉面锃亮，厚薄匀整，弧度精巧，比平日在家打碎的粗瓷饭碗不知好到哪里去了。

这究竟是怎么回事？难道这里曾经安居过许多钟鸣鼎食的豪富之家？但细看四周并没有任何房宅的遗迹，也没有一条像样的路，豪富人家的日子怎么过？捧着碎片仰头回顾，默默的山，呆呆的云，谁也不会回答孩子们。

孩子们用小手把碎片摩挲一遍，然后侧腰低头，把碎片向水面平甩过去，看它能跳几下。这个游戏叫做"削水片"，几个孩子比赛开了，神秘的碎片在湖面上跳跃奔跑，平静的上林湖犁开了条条波纹。不一会儿，波纹重归平静，碎瓷片、碎陶片和它们所连带着的秘密，全都沉入湖底。

我曾隐隐地感觉到，故乡也许是一个曾经很成器的地方，它的"大器"不知碎于何时。碎得如此透彻，像轰然山崩，也像渐然家倾。为了不使后代看到这种痕迹，所有碎片的残梦都被湖水淹没，只让后代捧着几个补过的粗瓷碗，盛着点白米饭霉干菜木然度日。

如果让那些补碗的老汉也到湖边来，孩子们捞起一堆堆精致的碎瓷片、碎陶片请他们补，他们会补出一个什么样的物件来？一定是硕大无朋又玲珑剔透的吧？或许会嗡嗡作响或许会寂然无声？补碗老汉们补完这一物件又会被它惊吓，不得不蹑手蹑脚地重新把它推入湖底然后仓皇逃离。

我是一九五七年离开家乡的。吃过了杨梅，拜别上林湖畔的祖坟，便来到了余姚县城。也来不及去瞻仰一下心仪已久的"养命医院"，立即就上了去上海的火车。

那年我才九周岁，在火车窗口与送我到余姚县城的舅舅挥手告别，怯生生地开始了孤旅。我的小小的行李包中，有一瓶酒浸杨梅、一包霉干菜，活脱脱一个最标准的余姚人。一路上还一直在后悔，没有在上林湖里拣取几块碎瓷片随身带着，作为纪念。

三

我到上海是为了考中学。父亲原本一个人在上海工作，我来了之后不久全家都迁移来了，从此，回故乡的必要性和可能性都已不大，故乡的意义也随之越来越淡，有时，淡得几乎看不见了。

摆脱故乡的第一步是摆脱方言。

余姚虽然离上海不远，但余姚话和上海话差别极大，我相信一个纯粹讲余姚话的人在上海街头一定步履维艰。余姚话与它的西邻绍兴话、东邻宁波话也不一样，记得当时在乡下，从货郎、小贩那里听到几句带有绍兴口音或宁波口音的话，孩子们都笑弯了腰，一遍遍夸张地模仿和嘲笑着，嘲笑天底下怎么还有这样不会讲话的人。村里的老年人端然肃然地纠正着外乡人的发音，过后还边摇头边感叹，说外乡人就是笨。

这种语言观念，自从我踏上火车就渐渐消解。因为我惊讶地发现，那些非常和蔼地与我交谈的大人们听我的话都很吃力，有时甚至要我在纸上写下来他们才恍然大悟，哈哈大笑。笑声中，我讲话的声音越来越小，到后来甚至不愿意与他们讲话了。

到了上海，几乎无法用语言与四周沟通，成天郁郁寡欢。有一次大人把我带到一个亲戚家里去，那是一个拥有钢琴的富有家庭，钢琴边坐着一个比我小三岁的男孩，照辈分我还该称呼他表舅舅。我想同样是孩子，又是亲戚，该谈得起来了吧，他见到我也很高兴，友好地与我握手。但是才说了几句，我能听懂他的上海话，他却听不懂我的余姚话，彼此扫兴，各玩各的了。

最伤心的是我上中学的第一天，老师不知怎么偏偏要我站起来回答问题。我红着脸憋了好一会儿终于把满口的余姚话倾泻而出，我相信当时一定把老师和全班同学都搞糊涂了，完全不知道我在说什么。

等我说完，憋住的是老师。他不知所措的眼光在厚厚的眼镜片后一闪，终于转化出和善的笑意，说了声"很好，请坐"。这下轮到同学们发傻了，老师说了"很好"？他们以为上了中学都该用这种奇怪的语言回答问题，全都慌了神。

幸亏当时十岁刚出头的孩子们都非常老实，同学们一下课就与我玩，从不打听我的语言渊源，我也就在玩耍中快速地学会了他们的口音。仅仅一个月后，当另外一位老师叫我站起来回答问题的时候，我说出来的已经是一口十分纯正的上海话了。短短的语言障碍期跳跃得如此干脆，以至于我的初中同学直到今天还没有一个人知道，我是从余姚赶到上海来与他们坐在一起的。

这件事现在回想起来仍感到非常惊讶。我竟然一个月就把上海话学地道了，而上海话又恰恰是特别难学的。

上海话的难学不在于语言的复杂而在于上海人心态的怪异。广东人能容外地人讲极不标准的广东话，北京人能容忍羼杂着各地方言的北京话，但上海人就不允许别人讲不伦不类的上海话。有人试着讲了，几乎所有的上海人都会求他"帮帮忙"，别让他们的耳朵受罪。这一帮不要紧，使得大批在上海生活了四十多年的"南下干部"至今不敢讲一句上海话。我之所以能快速学会是因为年纪小，语言敏感强而自羞敏感弱，结果反而无拘无碍，一学就会。

我从上海人自鸣得意的心理防范中一头窜了过去，一下子也成了上海人。有时也想，上海人凭什么在语言上自鸣得意呢？他们的前辈几乎都是从外地闯荡进来的，到了上海才渐渐甩掉四方乡音，归附上海话；而上海话又并不是这块土地原本的语言，原本的语言是松江话、青浦话、浦东话，却为上海人所耻笑。上海话是一种类似于"人造蟹肉"之类的东西，却能迫使各方来客进入它的盘碟。

一个人或一个家庭一旦进入上海就等于进入一个魔圈，要小心翼翼地洗刷掉任何一点非上海化的印痕，特别是乡音的遗留。我刚到上海那会儿，街市间还能经常听到一些年纪较大的人口中吐出宁波口音或苏北口音，但这种口音到了他们下一代基本上就不存在了。现在，你已经无法从一个年轻的上海人的谈吐中判断他的原籍所在。

我天天讲上海话，后来又把普通话作为交流的基本语言，余姚话隐退得越来越远，最后已经很难从我口中顺畅吐出了。我终于成为一个基本上不大会说余姚话的人，只有在农历五月杨梅上市季节，上海的水果摊把一切杨梅都标作余姚杨梅在出售的时候我会稍稍停步，用内行的眼光打量一下杨梅的成色，脑海中浮现出上林湖的水光云影。但一转眼，我又汇入了街市间雨点般的脚步。

故乡，就这样被我丢失了。

故乡，就这样把我丢去了。

四

重新拣回故乡是在上大学之后，但拣回来的全是碎片。我与故乡做着一种捉迷藏的游戏：好像是什么也找不到了，突然又猛地一下直竖在眼前，正要伸手去抓却又空空如也，一转身它又在某个角落出现……

进大学后不久就下乡劳动。那乡下当然不是我的故乡，我痴痴地看着与故乡一样的茅舍小河，一样的草树庄稼。正这么看着，一位一起下乡来劳动的书店经理站到了我身边，轻轻问我："你是哪儿人？"

"余姚。浙江余姚。"我答道。

"王阳明的故乡，了不得！"当年的书店经理有好些是读了很多书的人，他好像被什么东西点燃了，突然激动起来，"你知道吗，日本有一位大将军一辈子裤腰带上挂着一块牌，上面写着'一生崇拜王阳明'！连蒋介石都崇拜王阳明，到台湾后把草山改成阳明山！你家乡，现在大概只剩下一所阳明医院了吧？"

我正在吃惊，一听他说阳明医院就更慌张了。"什么？阳明医院？那是纪念王阳明的？"原来我从小不断从村民口中听到的"养命医院"，竟然是这么回事！

我顾不得书店经理了，一个人在田埂上呆立着，为王阳明叹息。他狠狠地为故乡争了脸，但故乡并不认识他，包括我在内。我，王阳明先生，比你晚生五百多年的同乡学人，能不能开始认识你，代表故乡，代表后代，来表达一点歉仄？

从此我就非常留心有关王阳明的各种资料。令人生气的是，当时大陆几乎所有的书籍文章只要一谈及王阳明都采取否定的态度，理由是他在哲学上站在唯心主义这边，在政治上站在农民起义对立面，是双料的反动。对此，我不想作学术上的声辩，只觉得有一种非学术的卫护本能从心底升起：怎么能够这样欺侮我们余姚人！

我点点滴滴地搜集与他有关的一切，终于越来越明白：即使他不是余姚人，我也会深深地敬佩他；而正因为他是余姚人，我由衷地为故乡骄傲。

中国历史上能文能武的人很多，但在两方面都臻于极致的却寥若晨星。三国时代曹操、诸葛亮都能打仗，文才也好，但在高层哲理的创建上毕竟未能俯视历史；身为文化大师而又善于领兵打仗的有谁呢？宋代的辛弃疾算得上一个，但总还不能说他是杰出的军事家。好像，一切都要等到王阳明的出现。

王阳明是无可置疑的军事天才。他打过起义军，也打过叛军，打的都是大仗。从军事上说，都是独具谋略、干脆利落的漂亮动作，也是当时全国最重要的军事行为。明世宗封他为"新建伯"，就是表彰他的军事贡献。

我有幸读到过他在短兵相接的前线写给父亲的一封问安信，这封信，把连续的恶战写得轻松自如，把复杂的军事谋略说得如同游戏，把自己在瘴疠地区得病的事更是一笔带过，满纸都是大将风度。

《明史》说，整个明代，文臣用兵，没有谁能与他比肩。这当然是不错的，但他又不是一般的文臣，而是中国历史上屈指可数的几个大哲学家之一。因此，他的特殊性就远不止在明代了。

我觉得文臣用兵真正用到家的还有清代的曾国藩，曾国藩的学问也不错，但与王阳明独建心学的成就相比，显然还差了一大截。

王阳明一直被人们诟病的哲学，在我看来是中华民族智能发展史上的一大成就，能够有资格给予批评的人其实并不太多。请随便听一句：

> 你未看此花时，此花与汝同归于寂；你来看此花时，则此花颜色一时明白起来……

这是多高超的悟性，多精致的表达！我知道有不少聪明人会拿着花的"客观性"来反驳他，但那又是多么笨拙的反驳啊！又如他提出的"致良知"的千古命题，对教条如此轻视，而对人类共通本性却抱有如此信心。凡此种种，对我来说，只有恭敬研习的份。

王阳明夺目的光辉，也使他受了不少难。他入过监狱，挨过廷杖，遭过贬谪，逃过暗算，受过冷落，但他还要治学讲学，匡时济世，终生是一个奔波九州的旅人。最后病死在江西南安的船上，只活了五十七岁。临死时学生问他遗言，他说："此心光明，亦复何言！"

王阳明一生指挥的战斗正义与否，他的哲学观点正确与否，都可以讨论。但谁也不能否定，他是一个特别强健的人。我为他骄傲，首先就在于此。能不能碰上打仗是机遇问题，但作为一个强健的人，即使不在沙场，也能在文化节操上坚韧得像个将军。

我在王阳明身上看到了一种楷模性的存在，但是为了足以让自己的生命安驻，还必须补充范例。翻了几年史籍，发现在王阳明之后最让我动心的很少几位大师中，仍有两位是余姚人，他们就是黄宗羲和朱舜水。

黄宗羲和朱舜水，都可称为满腹经纶的血性汉子。生逢乱世，他们用自己的嶙峋傲骨，支撑起了全社会的人格坐标。因此，乱世也就获得了一种精神引渡。

黄宗羲先生的事迹我在以前的文章中已多次提到，可知佩服之深，今天还想说几句。你看他十九岁那年在北京，为报国仇家恨，手持一把铁锥，见到魏忠贤余孽就朝他们脸上刺过去，一连刺伤八人，把整个京城都轰动了。这难道就是素称儒雅的江南文士吗？是的，浑身刚烈，足以让齐鲁英雄、燕赵壮士也为之一震。在改朝换代之际，他又敢于召集义军、结寨为营。失败后立即投身学术，很快以历史学泰斗和百科全书式的文化巨人形象，巍然挺立。

朱舜水也差不多，在刀兵行伍间奔走呼唤多年而未果，毅然以高龄亡命海外，把中国文化最深致的部分向日本弘扬，以连续二十余年的努力创造了亚洲文化发展史上的宏大业绩。白发苍苍的他一次次站在日本的海边向西远望，泣不成声。他至死都在想念着家乡，而虔诚崇拜他的日本民众却把他的遗骨和坟墓，永久性地挽留住了。

梁启超在论及明清学术界王阳明、朱舜水、黄宗羲家族和邵晋涵家族时，不能不对余姚钦佩不已了。他说：

> 余姚以区区一邑，而自明中叶迄清中叶二百年间，硕儒辈出，学风沾被全国以及海东。阳明千古大师，无论矣；朱舜水以孤忠羁客，开日本德川氏三百年太平之局；而黄氏自忠端以风节历世，梨洲、晦木、主一兄弟父子，为明清学术承先启后之重心；邵氏自鲁公、念鲁公以迄二云，世间崛起，绵绵不绝……生斯邦者，闻其风，汲其流，得其一绪则足以卓然自树立。

梁启超是广东新会人，他从整个中国文化的版图上来如此激情洋溢地褒扬余姚，并没有同乡自夸的嫌疑。我也算是梁启超所说的"生斯邦者"吧，曾经"闻其风，汲其流"，不禁自问，那究竟是一种什么"风"、什么"流"呢？

我想，那是一种神秘的人格传递。而这种传递，又不是直接的，而是融入到了故乡的山水大地、风土人情，无形而悠长。这使我想起范仲淹的名句：

> 云山苍苍，江水泱泱，先生之风，山高水长。

写下这十六个字后我不禁笑了，因为范仲淹的这几句话是在评述汉代名士严子陵时说的，而严子陵又是余姚人。对不起，让他出场实在不是我故意的安排。

由此，我觉得真正找到了自己的故乡。

五

我发现故乡也在追踪和包围我,有时还会达到很有趣的地步。

最简单的例子是我进上海戏剧学院读书后,发现当时全院学术威望最高的朱端钧教授和顾仲彝教授都是余姚人。这是怎么搞的,我不是告别余姚了吗,好不容易进了大学又一头撞在余姚人的手下。

近几年怪事更多了。有一次我参加上海市的一个教授评审组,好几个来自各大学的评审委员坐在一起发觉彼此乡音靠近,三言两语便认了同乡。然后,都转过头来询问没带多少乡音的我是哪儿人。我的回答使他们怀疑我是冒充同乡来凑趣,直到我几乎要对天发誓他们才相信。这时正好走进来新任评审委员的复旦大学王水照教授,大家连忙问他,王教授十分文静地回答:"余姚人。"

就在这次评审回家,母亲愉快地告诉我,有一个她不认识的乡下朋友来过电话,用地道的余姚话与她交谈了很久。问了半天我才弄明白,那是名扬国际的英语专家陆谷孙教授。

前两年我对旧上海世俗社会的心理结构产生了兴趣,在研究中左挑右筛,选中了"海上闻人"黄金荣和"大世界"的创办者黄楚九作为重点剖析对象,还曾戏称为"二黄之学"。但研究刚开始遇到二黄的籍贯我不禁颓然废笔,傻坐良久。二黄并没有给故乡增添多少美誉,这两位同乡在上海一度发挥的奇异威力使我对故乡的内涵有了另一方面的判断。

故乡也有很丢人的时候。在"文化大革命"这场民粹主义浩劫中,严子陵、王阳明、黄宗羲、朱舜水的纪念碑亭全被砸烂,这虽然痛心却也可以想象,因为当时整个中国大陆没有一个地方不是这样做的；但余姚发生的武斗之惨烈和长久，则出乎想象之外。

长长的铁路线，独独因余姚而瘫痪在那里。上海的街头贴满了武斗双方的宣言书，实在让一切在外的余姚人都抬不起头来。难道黄宗羲、朱舜水的刚烈之风已经演变成这个样子了？王阳明呼唤的良知已经纤毫无存？

在那些人心惶惶的夜晚，我在上海街头寻找着那些宣言书，既怕看又想看。昏黄的灯光照着那些出自余姚人手笔的词句，就文词而言，也许是当时同类宣言书中写得最酣畅的，但这使我更加难过。如果前后左右没有人看见，我会从墙上撕下这些宣言书，扯成最细的纸丁，塞进阴沟，然后做贼般逃走。

我怕有人看见，却又希望故乡能在冥冥中看到我的这些举动。我怀疑它看到了，我甚至能感觉到它苍老的颤抖。它多么不愿意掏出最后的老底来为自己正名，苦苦憋了几年，终于忍不住，就在武斗现场附近，一九七三年，袒露出一个震惊世界的河姆渡！袒露在不再有严子陵、王阳明、黄宗羲、朱舜水遗迹的土地上，袒露在一种无以言表的的荒凉之中。要不然，有几位大师在前面光彩着，河姆渡再晚个千把年展示出来也是不慌的。

河姆渡着实又使家乡风光顿生。它以七千年前的稻作文明遗迹证明，这儿不仅是我的故乡，而且也是中华民族的故乡。从二十世纪七十年代开始，中国的一切历史教科书的前面几页，都有了余姚河姆渡这个名称。

后来，几位大师逐一恢复名誉，与河姆渡遥相呼应，故乡的文化分量就有点超重。记得前年我与画家程十发一起到日本去，在东京新大谷饭店的一个宴会厅里，与一群日本的汉学家坐在一起闲聊。不知怎么说起了我的籍贯，好几个日本朋友夸张地瞪起了眼，嘴里发出"嗬——嗬——"的感叹声，像是在倒吸冷气。他们虽然不太熟悉严子陵和黄宗羲，却大谈王阳明和朱舜水。最后又谈到了河姆渡，倒吸冷气的声音始终不断。他们一再把手按在我的手背上要我确信，我的家乡是神土，是福地。

同桌只有两位陶艺专家平静地安坐着，人们向我解释，他们来参加聚会是因为过几天也要去中国大陆考察古代陶瓷。我想中止一下倒吸冷气的声音，便把脸转向他们，随口问他们将会去中国的什么地方，他们的回答译员翻不出来，只能请他们写，写在纸条上的字居然是"慈溪—上林湖"！

我无法说明慈溪也是我的家乡，因为这会使刚才还在为余姚喝彩的日本朋友疑惑不解。但我实在压抑不住内心的激动，告诉两位陶艺专家："上林湖，是我小时候三天两头去玩水的地方。"两位陶艺专家惊讶地看了我一眼，从口袋里取出一叠照片，上面照的全是陶瓷的碎片。

一点不错，这正是我当年与小朋友一起从湖底摸起，让它们在湖面上跳跃奔跑的那些碎片！

两位陶艺专家告诉我，据他们所知，上林湖就是名垂史册的越窑所在地。从东汉直至唐、宋，那里曾分布过一百多个窑场，既有官窑又有民窑。国际陶瓷学术界已经称上林湖为举世罕见的露天青瓷博物馆。

我专注而又失神地听着，连点头也忘了。竟然是这样！一个从小留在心底的谜，轻轻地解开于异国他乡。谜底的辉煌，超过我曾经作过的最大胆的想象。

想想从东汉到唐、宋这段漫长的风华年月吧，曹操、唐明皇、武则天的盘盏，王羲之、陶渊明、李白的酒杯，都有可能烧成于上林湖边。家乡细洁的泥土,家乡清澈的湖水,家乡热烈的炭火,曾经铸就过无数哺育民族生命的美丽载体,天天送到那些或是开朗、或是苦涩的嘴边。这,难道就是我从小就想寻找的属于故乡的"大器"吗?

六

从日本回来后,我一直期待着一次故乡之行。对于一个好不容易修补起来了的家乡,我不应该继续躲避。今年秋天终于回去了一次,一直陪着我的乡土学者姚业鑫先生要我先去看看河姆渡博物馆,这又结识了博物馆馆长邵九华先生。两位学者用余姚话给我详细介绍了河姆渡的出土文物,那是足够写几篇大文章的,留待以后吧。我在参观中最惊讶的发现是,这儿,七千年前,人们已经在摘食杨梅,在陶甑所盛的香喷喷白米饭上,已经有可能也盖着一层霉干菜!有的学者根据一个陶碗上所刻的野猪图形,判断当时的河姆渡人不仅烧食猪肉,而且极有可能正是由霉干菜烧成。难道故乡的生态模式,早在七千年前就已经大致形成?如此说来,七千年过得何其迅速又何其缓慢。

我在河姆渡遗址上慢慢地徘徊,在这块不大的空间里,漫长的时间压缩在泥土层的尺寸之间。我想,文明的人类总是热衷于考古,就是想把压缩在泥土里的历史爬剔出来。那么,考古也就是回乡,也就是探家。

我在本文开头说过,探视地面上的家乡往往会有难言的失落,使无数游子欲往而退;那么,探视地底下的家乡就没有那么多心理障碍了，整个儿洋溢着历史的诗情、想象的愉悦。我把这个意思说给了陪着我的两位专家听，但他们说，探视地底下的家乡也不轻松。

我终于约略明白了他们的意思。就在我们脚下，当一批批七千年前的陶器、木器、骨器大量出土的时候，考古学者在陶釜和陶罐里发现了煮食人肉的证据，而且，煮食的是婴儿。多么不希望是这样，他们郑重地请来了古人类学家贾兰坡教授，老教授亲自鉴定后做出了肯定的结论。此外，又挖掘出了很多无头的骨架，证明这里盛行过"猎首"的祭奠仪式。当然这一切绝不仅仅发现在河姆渡遗址中，但这儿的发现毕竟说明，使故乡名声大震的悠久文化中，包含着大量无法掩饰的蒙昧和野蛮。

可以为祖先讳，可以为故乡讳，但讳来讳去只是一种虚假的安慰。远古的祖先在地底下大声咆哮，儿孙们，让我真实，让我自在，千万别为我装扮！

于是，远年的荣耀负载出远年的恶浊，精美的陶器贮存着怵目的残忍。我站在这块土地上离祖先如此逼近，似乎伸手便能搀扶他们，但我又立即跳开了，带着恐惧和陌生。

美国人类学家摩尔根指出，蒙昧——野蛮——文明这三个段落，是人类文化和社会发展的普遍阶梯。文明是对蒙昧和野蛮的摆脱，但是蒙昧和野蛮并不是一回事。蒙昧往往有朴实的外表，野蛮常常有勇敢的假象。从历史眼光来看，野蛮是人们逃开蒙昧的必由阶段，相对于蒙昧是一种进步；但是，野蛮又绝不愿意就范于文明，它会回过身去与蒙昧结盟，一起来对抗文明。

结果，一切文明都会遇到两种对手的围攻：外表朴实的对手和外表勇敢的对手，前者是无知到无可理喻，后者是强蛮到无可理喻。更麻烦的是，这些对手很可能与已有的文明成果混成一体，甚至还会悄悄地潜入人们的心底。这使我们在寻找它们的时候，常常寻找到自己的父辈、自己的故乡、自己的历史。

我们的故乡，不管是空间上的故乡还是时间上的故乡，究竟是属于蒙昧、属于野蛮，还是属于文明？我们究竟是从何处出发，走向何处？

我想，即使是家乡的陶瓷器皿也能证明：文明有可能盛载过野蛮，有可能掩埋于蒙昧。文明易碎，文明的碎片有可能被修补，有可能无法修补。

然而，即便是无法修补的碎片，也会保存着高贵的光彩，永久地让人想象。能这样，也就够了。

告别河姆渡遗址后，几乎没有耽搁，便去余姚市中心的龙泉山拜谒重新修复的四位先贤的碑亭。一路上我在想，区区如我，毕生能做的，至多也是一枚带有某种文明光泽的碎片罢了，没有资格跻身某个遗址等待挖掘，没有资格装点某种碑亭承受供奉，只是在与蒙昧和野蛮的搏斗中碎得于心无愧。

无法躲藏于家乡的湖底，无法奔跑于家乡的湖面，那就陈之于异乡的街市吧，即便被人踢来踢去，也能铿然有声。

偶尔有哪个路人注意到这种声音了，那就顺便让他看看，那一小片洁白和明亮。

七

第二天我就回上海了。

出生的村庄这次没有去，只在余姚城里见了一位远房亲戚：比我小三岁的表舅舅。记得吗，当年我初到上海时在钢琴边与我握手的小男孩，终于由于语言不通而玩不起来；后来阴差阳错，他到余姚来工作了，这次相见我们的语言恰好倒转，我只能说上海话而他则满口乡音。倒转，如此容易。

我就算这样回了一次故乡？不知怎么，疑惑反而加重了。远古沧桑、百世英才，但它属于我吗？我属于它吗？身边多了一部《余姚志》，随手翻开姓氏一栏，发觉我们余姓在余姚人数不多。也查过姓氏渊源，知道余姓的一脉，是秦代名臣由余氏的后裔。但我在学术研究中又发现，更有生命力的余姓一脉，是古羌族，世居凉州，即今天甘肃武威。后来加入了西夏王朝，又曾纳入成吉思汗的队伍，行迹不定。我的祖先，是什么时候泊到浙江余姚的呢？我口口声声说故乡、故乡，究竟该从什么时候说起呢？河姆渡、严子陵时代的余姚，越窑鼎盛时期的上林湖，肯定与我无关，我真正的故乡在哪儿呢？

正这么傻想着，列车员站到了我眼前，说我现在坐的是软席，乘坐需要有级别，请我出示级别证明。我没有这种证明，只好出示身份证，列车员说这没用，为了保护软席车厢旅客的安全，请我到硬席车厢去。

车厢里大大小小持有"经理"证明或名片的旅客开始用提防的眼光注视我，我赶紧抱起行李低头逃离，

可是，我车票上的座位号码本来就不在硬席车厢，怎么可能在那里找到座位呢？只好站在两节车厢的接口处，把行李放在脚边。

我突然回想起三十多年前第一次离开余姚到上海去时坐火车的情景，也是这条路，也是这个人，但那时是有座位的，行李里装着酒浸杨梅和霉干菜，嘴上嘟哝着余姚话。今天，座位没有了，身份模糊了，乡音丢失了，行李里也没有土产了，哐唧哐唧地又在这条

路上走一趟。

从一个没有自己家的家乡，到一个有自己家的异乡。离别家乡，恰恰是为了回家。人生的旅行，怎么会变得如此怪诞？

火车外面，陆游、徐渭的家乡过去了，鲁迅、周作人的家乡过去了，郁达夫、茅盾的家乡过去了，丰子恺、徐志摩的家乡过去了……

他们中有好多人，最终都没有回来。有几个，走得很远，不知所终。

车窗外的云彩暗了，时已薄暮。淅淅沥沥，好像下起雨来了。

图书在版编目（CIP）数据

山河之书/余秋雨著.—武汉：长江文艺出版社，2012.11（2023.9重印）
ISBN 978-7-5354-6194-0

Ⅰ.①山… Ⅱ.①余… Ⅲ.①散文集—中国—当代 Ⅳ.① I267

中国版本图书馆 CIP 数据核字 (2012) 第 249607 号

责任编辑：张莹莹　史义伟　　　责任校对：李莹肖
封面设计：俗气照相馆　　　　　责任印制：张　涛

出版：长江出版传媒｜长江文艺出版社
地址：武汉市雄楚大街 268 号　　　　邮编：430070
发行：长江文艺出版社
　　　北京时代华语国际传媒股份有限公司　（电话：010-83670231）
http：//www.cjlap.com
印刷：唐山富达印务有限公司

开本：690 毫米 × 980毫米　1/16　　印张：20.25
版次：2012 年 11月第1 版　　　2023 年 9 月第 19 次印刷
字数：270千字

定价：58.00 元